新 潮 文 庫

ガイズ&ドールズ

デイモン・ラニアン
田 口 俊 樹 訳

新 潮 社 版

11906

誰より助けてくれたP・A・Gに

〈コスモポリタン・マガジン〉の編集者レイ・ロング、
〈サタデー・イヴニング・ポスト〉の記者ジョージ・ホーラス・ロリマー、
各作品の本書への収録を許可してくれた〈コリアーズ・ウィークリー〉誌と
〈リバティ・マガジン〉誌に心からの感謝を。

D・R

ガイズ&ドールズ

序文

O・ヘンリーのスタイルは、かかる才能もセンスも持たない者から、このふたつを受け継ぐ資格さえない者へと、今なお広く伝承されている。言うまでもないことだが、それはデイモン・ラニアンにはあてはまらない。この『ガイズ&ドールズ』をものすることで、ラニアンはニューヨーク・ライフを短篇にまとめたあの先達の栄光と威厳を受け継いだ、などと言う者はいまい。

実際、ラニアンとO・ヘンリーには手法においても視点においても共通点は見られない。ラニアンはO・ヘンリーの緊密なプロットもサプライズ・エンディングも受け継いでいない。それでも、同じことを試みて、死後忘れ去られた作家も少なくない中、デイモン・ラニアンが偉大なこの都市の路地裏に強い関心を示した、最初の書き手のひとりだったことは今さら言うまでもない。

彼の〝集中度〟はさきに挙げた巨匠のそれを凌《しの》ぐ。彼はニューヨークのごく一部しか描かなかった。加えてその一部はブロードウェイ全体ですらない。ラニアンの作品で作中起こる出来事は、すべてタイムズ・スクウェアとコロンバス・サークルのあいだにかぎられる。

　これは、しかし、フィクションの世界における健全なあり方だ。そう思うのは、テリトリーを広げすぎる作家がそもそも私は好きではないということもあるが、書き手は自分の家の裏庭からだけでもいくらでも作品が書けるはずだ。せいぜい離れても通りの次の角ぐらいにしておいてほしい。私は昔からそう思っている。

　そんな私にとって、この『ガイズ&ドールズ』でなにより印象深いのは、デイモン・ラニアンの耳のよさだ。ラニアンは類《たぐ》い稀《まれ》な洞察力で街のギャングや詐欺師《さぎし》のことばづかいの真の響きを捉《とら》えてやまない。彼らのことばはほぼそのまま書き写される。その際、彼はどんなアーティストでもやることをやる。すなわち取捨選択の特権をいかんなく発揮する。そして、その者たち――彼の短篇に活《い》き活《い》きと登場する者たち――のことばづかいを誇張することも揶揄《やゆ》することもない。

　本書に収められた作品の趣向やプロットについて、私のような一介の新聞記者が論ずるのは僭越《せんえつ》というものだろう。そういう仕事は読者ひとりひとりに委《ゆだ》ねられるべきだ。それでも、どの作品においても、作中起こる出来事には大いに興奮させられ、心を震わされた。これはひとえに、登場人物のひとりひとりが今このときにも生きていることが私にはわかるからだろう。彼らが現に生き、現に愛し、現に闘い、現にちょこまかと走りまわっていることが。それも私が住んでいるところから四分の一マイルと離れていないところで。

ヘイウッド・ブルーン

目次

序文……7
第一話　ブロードウェイのブラッドハウンド……13
第二話　社交場での大きな過ち……37
第三話　サン・ピエールの百合……61
第四話　ブッチは赤子の世話をする……87
第五話　リリアン……115
第六話　荒ぶる四十丁目界隈のロマンス……141
第七話　どこまでも律儀な男……169
第八話　マダム・ラ・ギンプ……199

第九話　ダーク・ドロレス……229

第十話　紳士のみなさん、国王に乾杯！……259

第十一話　世界で一番ヤバい男……287

第十二話　ブレイン、わが家に帰る……309

第十三話　血圧……335

おまけの一話　ミス・サラ・ブラウンの恋の物語……363

解説　小森　収

第一話

ブロードウェイの
ブラッドハウンド

The First Story

THE BLOODHOUNDS
OF
BROADWAY

早朝四時頃、おれはブロードウェイのミンディのレストランのまえに立ってる。リグレット（残念）という名の男と。彼にそういう渾名《あだな》がついてるのは、ホイットニー厩舎《きゅうしゃ》のリグレットという名の牝馬《ひんば》がケンタッキー・ダービーで一着になった年、その馬にでっかく賭《か》けて大儲《おおもう》けしたからだ。それが本人には忘れられないんだね。その勝負は彼の人生で最初で最後のでかい賭けだ。

本名は聞いたことがない。だけど、どんな名にしろ、おれには関係ない。ここブロードウェイじゃなおさら。だって、そいつがどんな名にしろ、それは本名じゃないんだから。だから、おれは今から話そうと思ってるこのおしゃべりなデブ男の名前がリグレットで全然かまわない。もっとも、おしゃべりと言ったって、リグレットはだいたいのところ馬の話しかしないけど。馬が走ってりゃ、どこでもいいんだけど、たとえばベルモント競馬場のあるレースで昨日、こ汚ねえ鼻三つの差で負けたとか。彼がするのはだいたいそんな話だ。

知り合ったのはもう何年もまえだけど、リグレットがこれまでに負けた鼻差を全部足すと、鼻一万差ぐらいになるんじゃないかな。で、その鼻の全部がやつに言わせると〝こ汚ねえ〟鼻になる。実際の話、彼が〝こぎれいな〟鼻の差で負けたなんて言うのは聞いたことがない。まあ、もちろん、こういうのは競馬好きだけに通用することばづかいなんだろうけど。

馬に賭ける以外、リグレットはどういうことをしてるのか、何をなりわいにしてるのかは知らない。でも、きっとうまくやってるんだろう、だいたいいつもいい服を着て現われて、ヴェストのポケットにはいつもいっぱいでっかい葉巻を入れてるところを見ると。

朝の四時ともなると、ブロードウェイも静かなもんだ。その時間はみんなたいていもぐり酒場かナイトクラブにいる。今、おれが話してる朝はことさら静かで、実際の話、マーヴィン・クレイってやつが若い女になにやらぐずぐずぐず言ってるだけだ。クレイはタクシーに女を乗せて自分のアパートメントに連れていきたがってて、女はそれを拒んでる。もちろん、リグレットもおれもそんなことには注意を向けない。ただ、リグレットが言う。あの娘、朝の四時なんて時間にブロードウェイをぶらぶらしてる女にしちゃ、しっかりしてるな、と。というのも、マーヴィン・クレイのアパートメントに行くような女は脳みそ皆無か、最初からその気になってる女か、どっちかに決まってるからだ。

このマーヴィン・クレイというのはよく名の知れた社交界の男で、ナイトクラブの常連だ。鉄道だかなんだかで儲けた親父《おやじ》から受け継いだ金をたんまり持ってる。だけど、この男、とことん胸くそが悪くなる野郎で、紳士であったためしがない。無遠慮で、金があるのをいいことに、ナイトクラブで働いてるような若い娘には、とことん乱暴で粗野で、虐待《ぎゃくたい》めいたことさえする。娘のほうはそれを我慢しなきゃならない。なんと言っても、マーヴィン・クレイは上得意だから。

いつも夜会服を着てて、夜以外はあんまり出歩かなくて、歳《とし》は五十ぐらいで、しみと吹き出物だらけのすごく醜い顔をしてる。でも、言うまでもないけど、マーヴィン・クレイぐらい金を持ってるやつはハンサムである必要なんてないのさ。ブロードウェイじゃ、どこへ行っても歓迎される。個人的にはマーヴィン・クレイみたいなやつとは関わり合いになりたくないけど、ブロードウェイにそこそこ長いこといたら、クレイみたいなやつには千人ぐらい会わなきゃならない。ブロードウェイにはクレイみたいなやつがいつでもいるから。鉄道で金儲けした親父がいるかぎり、やつらはのさばりつづける。

やがてマーヴィン・クレイは若い女をどうにかタクシーに乗せて、タクシーは走り去る。ブロードウェイはまたひっそり閑とする。リグレットとおれは立ち話を続ける。あれやこれやこれやあれやくっちゃべる。すると、すごく奇妙に見える男がこれまたすごく奇妙に見える犬を二匹連れて現われる。男はすごく痩《や》せてる。もしかしたら、小麦袋よりさらに二ポンド軽いんじゃないか。長い鼻に悲しげな顔してて、へなへなの黒いフェルト帽をかぶってる。フランネルのシャツに、コーデュロイのバギーパンツ、それにシー・モア・コート。シー・モア・コートというのは、着ると上着《コート》よりズボンの尻《しり》のポケットのほうがよく見える《シー・モア》、丈のやけに短い上着のことだ。

個人的なことを言うと、ブロードウェイでここまで奇妙な恰好《かっこう》をしたやつを見たのはこれが初めてだ。だけど、飼い主がそうなら、犬はその上をいってる。頭がめちゃでかくて、顔は皺《しわ》くちゃ、ファロ（純粋な偶然に頼るシンプルなカードゲーム）の昔のディーラーみたいに頬がたるんでて、耳がやたらとでかくて、ベッドのシーツぐらいありそうで、眼もこれまたでかい。ただ、やけに淋《さび》しそうで、今にも泣きだしそうな眼をしてる。

色は黄色と黒。尻尾《しっぽ》が長くて、肋骨《ろっこつ》が皮を破って突き出そうなほどがりがりに痩せてる。犬も犬を連れてる男も今すぐにでもハンバーガーを食べたがってるのが一目でわかる。もっとも、この時間そう思ってるやつはいっぱいいるだろうけど。犬を別にしても。

いずれにしろ、リグレットはすぐさま犬に興味を覚える。やつはだいたい動物が好きなんだ。だから男を呼び止めると、犬のことをあれこれ訊《き》きはじめる。なんという種類の犬かとか。実際の話、おれも訊きたい。犬ぐらいおれもあれこれ見てるけど、こんな犬は初めてだ。

「これはブラッドハウンドだ」と悲しげな男は悲しげに言う。その声音には南部の連中には避けられない訛《なま》りがある。「こいつらはジョージアの人間追跡用のブラッドハウンドだ」

ブラッドハウンドがどんな犬かぐらいおれもリグレットも知ってる。子供の頃、映画の『アンクル・トムの小屋』で見た。イライザが凍った川を渡るとき、追っかけてくるのがブラッドハウンドだ。だけど、現物をこの眼で見るのは初めてだ。しかもブロードウェイで。なので、その男と話し込む。そいつの話はそいつの顔とおんなじで、悲しい話だ。それを聞くうち、おれたちもそいつのために悲しくなる。

で、まずはそいつとブラッドハウンドをミンディの店に連れていって、でっかいステーキを食わせてやる。犬を連れ込んだことについちゃ、ミンディに金切り声をあげて怒られる。いったいここをなんだと思ってるんだって。それでもリグレットになだめられると、おれが生きてるあいだにシェトランドポニーを連れ込んだりすることだけはやめてくれよ、なんて言って大目に見てくれる。

　この悲しげな顔をした男の名はジョン・ワングル、伯父貴がお偉い保安官をしてるジョージアの小さな町からやってきたみたいで、ブラッドハウンドの一匹の名前はニップ、もう一匹はタック、ともに仔犬《こいぬ》の頃から、郡の刑務所を逃げ出した囚人とか、性質《たち》の悪いニガーとか、その他もろもろ追いかける訓練を受けてるらしい。ジョン・ワングルはミンディのステーキで腹の虫をなだめると、やけに弁舌さわやかになる。ひょっとしてこいつは第一級の嘘《うそ》つきなのか。それともブラッドハウンドはほんとに世界最高の人間追跡犬なのか。ワングルの話を聞いてるうち、おれもリグレットも気づくとそんなことを考えてる。

　犬はそれぞれでかいサーロインステーキを六切れと、ユダヤ教の祝日のあと、いっぱい残ってしまった種なしパンと、誰かの夕食の残りのグヤーシュ（ハンガリーのビーフシチュー）をぺろっとたいらげて、さらにほかにもちょこちょこ食べる。〝人間追跡犬〟というよりめちゃくちゃ〝健啖犬《けんたんけん》〟だ。今は二匹とも床に寝そべってる。でっかい耳で顔を隠して。でっかいいびきをかいて。そばにいると、自分の頭の中の声さえ聞こえなくなるほどのでかさだ。

どういういきさつで、ジョン・ワングルは二匹のブラッドハウンドを連れて、ジョージアからニューヨークまでやってくることになったのか。これがなかなか面白い話でね。この二匹のブラッドハウンドが悪党のニガーを追いつめるという手柄を立てたすぐあと、ちょうどニューヨーク出身の男がひとり、ジョンの町に流れ着いたんだそうだ。そのニューヨーカーはこのブラッドハウンドの話を聞いて、こう思った、ジョン・ワングルと犬をニューヨークに連れていったら、映画会社が雇ってくれるんじゃないかって。悪党を追いかける犬の役で。だけど、そうやってニューヨークに出てくるまではよかったんだけど、悪党を追いかける役についちゃ、映画会社には映画会社の考えがあるみたいで、ジョンと犬をニューヨークに連れてきた男は金を使い果たして、姿を消しちまうんだ。ジョンとブラッドハウンドをおっぽり出して。

で、ジョン・ワングルはこうやってニップとタックと一緒にここニューヨークにいるってわけ。西四十九丁目の公営住宅の一室に一緒に住んでるらしい。生活はかなりきつい。ジョンは徒歩以外でジョージアに帰る方法を知らない。それに、帰る途中のヴァージニア州のロアノークの南なんかとても歩けたもんじゃないと聞かされてる。だったら、保安官の伯父さんに手紙を書けばいいじゃないかっておれが言うと、ジョンはそれができない理由がふたつあると言う。ひとつは自分は字が書けなくて、もうひとつは伯父さんは字が読めないからだと。

だったら、ブラッドハウンドを売ったらどうだって言ってみる。すると、ジョンは、ニューヨークのブラッドハウンド市場がひどく低調なことと、そもそもブラッドハウンドを連れないで手ぶらでジョージアに帰ろうものなら、伯父さんにこっぴどくぶん殴られる、なんてこれまたふたつ理由を述べる。しかし、それよりなによりジョンはニップとタックをものすごく愛してて、実際、こんな話をする。この一週間は飢えがもう頂点に達してたらしい。それでも一匹のどっちか、それとも二匹とも食べずにこられたのは、ひとえに二匹が愛《いと》しいからだって。

いずれにしろ、リグレットがこんなに何かにあからさまな興味を示すのをおれは初めて見る。ジョンとブラッドハウンドにまさに興味津々《しんしん》だ。おれはと言うと、実際の話、ちょっと飽きてる。それにはニップというほうの犬がおれの脚を咬《か》みはじめたこともある。ステーキかなんかとまちがえてるのさ。おれは頭に来て、ニップの鼻づらを蹴飛《けと》ばす。それを見て、ジョン・ワングルはおれに怖い顔をしてみせ、リグレットはこんなことを言う、口の利《き》けない動物にあんな真似《まね》するのは下衆《げす》野郎だけだなんて。だけど、言っとくと、ジョン・ワングルと彼のブラッドハウンドは、口が利けないわけでも馬鹿《ばか》でもない。それが証拠にこの朝以来、毎朝同じ時間にミンディの店のまえにやってくる。リグレットはそのたびやつらに食いものをやる。もっとも、今は食いものを歩道まで持って出なきゃならないけど。ミンディが犬を店の中に入れるのをもう許しちゃくれないんで。当然、ニップとタックはリグレットのことが大好きになる。と言っても、飼い主のジョン・ワングルより好きになることはないけど、もちろん。飼い主は今やほどよく肥《ふと》りだしてる。ブラッドハウンドも体重が増えはじめてる。

　ところが、続けて何日かリグレットが姿を見せなくなる。なんのことはない、馬で大儲けしたんで、タキシードを新調して、ナイトクラブ遊びを始めたんだ。特にミス・ミズーリ・マーティンのクラブ〈スリー・ハンドレッド〉がお気に入りで、よく出入りするようになる。そのクラブじゃ、若くてきれいな娘が松葉杖《まつばづえ》のパッドの布っ切れほどの大きさの服を着て踊っててさ。それも何人も。リグレットはそういうのを見るのが好きで知られてる。

　さらに聞いたところじゃ、〈スリー・ハンドレッド〉で働いてるミス・ラヴィ・ルーって娘に熱を上げてて、しかもその娘をめぐって、あのマーヴィン・クレイと揉《も》めて、クレイの顔を一発殴っちまったらしい。まあ、ブロードウェイにしばらくいると、男は誰もが単純そのものになっちまうもんだけど、リグレットもご多分に洩《も》れずってことなんだろう。一方、ジョン・ワングルとニップとタックのほうは、施しを求めてミンディの店のまえにやってきてもいいことは何もない。なぜって、ステーキを買ってやるほど彼らの話を面白がるやつは、ミンディの店の常連にはいないからね。すぐにニップもタックもまたみすぼらしく悲しげに見えはじめる。ジョン・ワングルもことさら意気消沈して見える。

そんなある日の暖かい早朝、ミンディの店のまえには、新鮮な空気を吸おうと店から出てきた客が何人もいる。そこへマクナマラっていう名の警視が現われる。私服刑事を大勢引き連れて。マクナマラはおれとは友達なんで、教えてくれる、五十四丁目にあるアパートメントで男が撃たれたようで、これから捜査に行くんだと。五十四丁目と言えば、ミンディの店からはほんの三ブロック先だ。ほかにすることもないんで、おれは彼らについていく。警察とはあんまり深く関わろうとは思わないけど、もちろん。お巡《まわ》りと仲よくなるのを快く思わない人ってけっこういっぱいいるからね。

自分のアパートメントの居間の床に夜会服姿で倒れてたのは、誰あろう、マーヴィン・クレイだ。シャツのまえは真っ赤に染まって、マクナマラ警視の見立てでは、クレイは胸にどでかい一発を食らって、もうすっかり死んじまってるというものだ。さすが警視。誰が撃ったのか、証拠は皆無。マクナマラ警視は言う——こりゃまちがいなくどでかいミステリーだ。ブン屋にしてみりゃ、願ったり叶《かな》ったりのな。やつらもここしばらく銃撃事件とは縁がなかったからな。

もちろん、おれにはなんの関係もないことだ。だけど、気づいたときには、ジョン・ワングルと彼のブラッドハウンドのことを考えてる。ひょっとしてやつらにとっちゃ、すごいチャンスになるんじゃないか？　おれは警視に言ってみる。

「聞いてくれ、マック。こんなやつがいるんだよ。ジョージアから人間追跡犬のブラッドハウンドを連れてこっちに来てるんだけど、その犬はこういうときに人間を捜すエキスパートだ」さらにおれは続ける。「そいつらに任せたら、マーヴィン・クレイを撃ったやつを見つけてくれるかもしれないぜ。今ならまだ犯人のにおいが辛子みたいに強烈に残ってるだろ？」

これはあとから聞いたことだけど、おれのその申し出についちゃ、腹を立てたやつらがいっぱいいたそうだ。マーヴィン・クレイを殺したやつが誰にしろ、そいつはブラッドハウンドに追跡されるより、情状酌量されるべきだって言うのさ。実際の話、犯人にふさわしいのは勲章だって言うやつもいるぐらいなんだけど、この話はまたあとでするよ。

いずれにしろ、最初のうち、警視はおれの話に乗ってこない。ほかの刑事たちもおんなじだ。それよりこういう状況のときには、眼につくやつを全員しょっぴいて、重要参考人としてひと月ぐらい勾留《こうりゅう》するのが一番だなんて言ってる。ただ、今にかぎって言えば、とりあえず眼につくやつはおれしかいない。警視は友達のおれにそんなことはしない。なので、一応そのブラッドハウンドを連れてこいってことになる。

おれは急いでミンディの店まで戻る。案の定、ジョン・ワングルとニップとタックは店のまえの歩道にいる。行き交う人々の中にリグレットはいないかと探してる。見てるとなんか辛《つら》くなる。いや、ほんとうに。それでも、おれがマーヴィン・クレイの話をすると、ジョン・ワングルの顔がぱっと明るくなる。おれはジョンと一緒に件《くだん》のアパートメントにまた戻る。ジョンがめちゃくちゃ急いで、リードをずっと引っぱりつづけるものだから、現場に着くまでのあいだに、ニップの首が一フィートぐらい伸びちまう。タックなんかもう半分腹這《はらば》いで、無理やり引きずられてる。

現場に着くと、ジョン・ワングルはニップとタックをマーヴィン・クレイのそばまで連れていく。二匹は死体のにおいをくんくんと夢中で嗅《か》ぐ。二匹とも死体に慣れてるんだろうね。そこでジョン・ワングルがリードを解いて、二匹に向かってなにやら叫ぶ。すると、今度はアパートメント全体をさかんに嗅ぎはじめる。マクナマラ警視もほかの刑事もそのときにはだいぶ関心を持ってて、ジョンたちを見てる。ニップとタックはいきなりアパートメントを出る。そして、一気に通りに飛び出す。まずジョン・ワングルがそのあとを追う。残りのおれたちはジョン・ワングルのあとを追う。ジョンと犬は五十四丁目通りを渡ってブロードウェイに戻ると、みんなが見てる中、ミンディの店のまえをさかんに嗅ぎまわる。

そのうち二匹は路面に鼻づらをくっつけて、ブロードウェイを北に向かいはじめる。おれたちはそのあとをついていく。みんな興奮してる。刑事たちさえ今では犬たちが本物だと認めざるをえなくなってる。自分たちは今まさにマーヴィン・クレイを撃った犯人を追いつめてると思ってる。最初のうち、ニップとタックは歩いてる。そのあといきなり走りだす。おれたちも走りだす。ジョン・ワングルも警視もおれもほかの刑事も。

当然のことながら、この騒ぎは朝早くから起きてる人たちの注意を惹《ひ》く。そのうち牛乳配達人は運搬車から降りて、ゴミ収集人はトラックをほっぽらかして、新聞売りの少年は新聞を全部投げ捨てて、全員がブラッドハウンド追っかけ競走に参加する。ブロードウェイが五十六丁目通りとぶつかるところまで来る頃には、そりゃもう大変な人数の人間がニップとタックのあとを追ってる。ジョン・ワングルはその一番先頭で時折犬たちに声をかけてる。

「がんばれ、おまえら、がんばれ！」

ブラッドハウンドは五十六丁目の交差点を東に曲がって、ブロードウェイを離れると、扉がやけにきっちり閉じられてる、古いガレージと思《おぼ》しい建物のまえで立ち止まる。ニップもタックも明らかにその中にはいりたがってる。警視と刑事が扉を蹴破る。すると、誰あろう、ブロードウェイの有力者たちが雁首《がんくび》そろえて、クラップス（サイコロ賭博の一種）に興じてる。当然のことながら、みんなびっくり仰天だ。ブラッドハウンドを見て、おれたちを見て、特に刑事たちを見て。見るなり、あらゆる出口から逃げ出そうとする。このあたりじゃ、クラップスは違法なんだ。

けれど、警視は「なるほど、なるほど」なんて言うだけで、その場にいた連中の名前を書きとめるだけなのさ、違法賭博《とばく》のことはまたあとにしようって言わんばかりに。ニップとタックはと言うと、そのガレージにはいったのとおんなじくらい早くまた外に出る。そして、五十六丁目通りをまた嗅ぎはじめると、そのあと都合四軒の家のまえで立ち止まる。刑事がまたドアを蹴破ると、どこももぐり酒場で、一軒は阿片窟《あへんくつ》でもあるのがわかる。みんなびっくりもして怒ってもいる。マクナマラ警視がなにやら書きとめてるんで、なおさら怒ってる。

最後に、警視は刑事たちを厳しい眼つきで睨《ね》めまわす。この地区でこれほどの不法行為が横行してるのが、彼には大いに不満なのさ。刑事のほうは、ニップとタックにあからさまに文句を言いだす始末。ひとりの刑事はおれにこんなことまで言う。

「これじゃ、この犬ども、タレ込み屋と変わらない！」

ジョン・ワングルのかけ声やら、あとをついてきてる野次馬のざわめきやらで、あたりの騒々しさは増すばかりだ。脇道《わきみち》に建つアパートメントハウスやホテルの住人もみんな起こされる。特に今は夏だ。たいてい誰もが窓を開けて寝てる。

実際の話、男も女も窓からくしゃくしゃ頭を突き出して訊いてくる。

「いったい何事だ？」

ブラッドハウンドが極悪犯を追いかけてるっていう噂《うわさ》が広まると、五十丁目界隈《かいわい》全体が大騒ぎになる。これはあとから聞いた話だけど、おれたちが追いかける途中で、通り抜けたホテルじゃ、びっくりして窓や非常階段から飛び降りたせいで、足首の骨を折ったり、ひどい打撲を負ったりしたやつが三人いたらしい。

さて、ニップとタックはいきなり七番街にはいると、小さなアパートメントハウスの入口から中に飛び込んで、階段を一階分駆け上がる。そうしてＢ‐2号室のドアを激しく引っ掻《か》く。ウーフウーフと興奮した吠《ほ》え声をあげて。おれたちの興奮もいやがうえにも高まる。ところが、正直な話、ドアが開いてその向こうに立ってるのは、誰あろう、モード・ミリガンじゃないか！　誰もが知ってる、サイコロ転がしのビッグ・ニッグの愛する恋人だ。ニッグは今はたまたまアーカンソーのホットスプリングズに行ってる。湯治かなんかで。

ついでに言っとくと、赤毛のモード・ミリガンはこっちからあんまり関わり合いになりたくなるような女じゃない。なんであれ、容赦がないんだよ。だから、おれはニップとタックが居間を走りまわって、彼女のベッドを飛び越えただけで、彼女のアパートメントに見切りをつけてくれたことに、ほっとする。犬と一緒にやってきた中に見知った顔を見つけるなり、彼女がそいつらをすごい眼つきで睨《にら》むのを見たあとはなおのこと。二部屋しかないんで、ニップとタックはあっというまに彼女のアパートメントを出ると、階段を降りて、また七番街を走りはじめる。マクナマラ警視は相変わらず手帳になにやら書きつけてる。

犬たちがついにミス・ミズーリ・マーティンのクラブ〈スリー・ハンドレッド〉の入口のところまで来たときには、追っかけ市民が四百人ほどまでにふくれ上がってる。みんな興奮しまくり、汗かきまくりだ。入口のまえにはソルジャー・スウィーニーっていうドアマンが立ってて、シッシッと言って犬を追い払おうとする。ニップはそんなソルジャーの股《また》のあいだを一気に走り抜ける。タックは転んだソルジャーの眼を踏んづけて、ニップを追う。犬に続く群衆もソルジャーを次々に踏んづける。おかげでソルジャーはどんどん薄っぺらになって、最後にはぺらっぺらっになっちまう。〈スリー・ハンドレッド〉の中にはいると、ニップとタックの吠え声も高まって、二匹とも興奮しまくる。そのあとにジョン・ワングル、警察官、群衆が続く。おれたちがはいったとき、ミス・ミズーリ・マーティンは、ダンスフロアの真ん中に置かれた椅子《いす》の背に坐《すわ》ってて、今から彼女のショーを始めようとしてるんだけど、おれたち群衆が雪崩《なだ》れ込んできたのに気づくと、最初はすごく喜ぶ。みんな新しい客だと思ったんだろうね。ミス・ミズーリ・マーティンは何が好きかって、新しい客ほど好きなものはない。

　ところが、カモさん、ようこそいらっしゃい、とかなんとか言う隙《すき》も彼女に与えず、ニップが彼女の椅子の下にもぐり込む。たぶん急に自分がダックスフンドに思えたんだろう。その勢いに、ミス・ミズーリ・マーティンはひっくり返されて、とてつもない悲鳴をあげる。だけど、そんなことより誰もが知ることになるのは次に起きたことだ。ニップとタックは店の隅までダッシュすると、そこに坐ってた肥った男のまわりを這いはじめる。へこへこ機嫌を取りはじめる。その肥った男とは誰あろう、リグレットだ！　しかもそのそばには美女がいる。

ニップとタックにあまりにべたべたまとわりつかれるので、それをよけようとリグレットは立ち上がる。そこを二匹に飛びつかれ、その勢いに押されて美女の上に倒れ込む。その女こそ誰あろう、ミス・ラヴィ・ルーだ！　彼女はリグレットの巨体にのしかかられて叫び声をあげる。一フィートほどの長さの舌でニップに舐《な》められ、化粧があらかた落ちてしまうと、さらに大きな叫び声をあげて、助けを求めてリグレットに手を伸ばす。見るかぎり、リグレットの巨体の下になって圧死するより、ブラッドハウンドのほうが怖いらしい。ジョン・ワングルとおれがリグレットの下から彼女を助け出すと、彼女はこんなことを言う。

「あの犬にわたしを食べさせないで——白状するから」

このことばを聞いたのは、おれとジョン・ワングルだけだ。ほかのみんなはリグレットとブラッドハウンドを引き離すのに忙しい。ジョン・ワングルにはミス・ラヴィ・ルーのことばの意味がわからない。おれは彼女を立たせると、人混みの中を抜けて、厨房《ちゅうぼう》に連れていく。従業員はみんな騒ぎを見にいってしまってて、厨房は閑散としてる。

「白状するって何を？」とおれは言う。「マーヴィン・クレイのことか？」

「そうよ」と彼女は言う。「あいつのことよ、あの豚野郎の」と彼女は続ける。「あたしが撃ったのよ。撃ってせいせいしたわ。あいつ、二年まえにあたしにしたことだけじゃ満足できなくて、あたしの妹にも手を出そうとしたのよ。だから、わたしは連れ込まれちゃった妹を救いにあいつのアパートメントに行ったの。そしたらあいつ、妹は絶対渡さないなんて言った。だから撃ったのよ。兄さんのピストルで。そのあと妹を家に連れて帰った。あいつ、死んでればいい。あいつなんか死んで、あいつが本来いるべきところにいればいい」

「ああ」とおれは言う。「あの男が本来いるべきところはどこかってことについちゃ、全然異論はないよ。それより今はここをおん出て家に帰るといい。このことに関して何ができるか、わかるまではじっとしててくれ。おれはさっきのところに戻って、リグレットを助け出してくる。どう考えても今、面倒な立場にいるのはやつだからね」

「あの恐ろしい犬たちに彼を食べさせないで」そう言って、彼女は出ていく。おれのほうは店内に戻る。そこはもう大混乱だ。リグレットがひどく怒ってる。ニップとタックに。二匹のうちのどちらかが彼のシャツのまえのところに前肢《まえあし》をのせたんだろう、そこがひどいしみになってる。どうにか立ち上がると、リグレットは両手を振りまわしはじめる。普段喧嘩《けんか》なんかとは無縁の男にしては悪くない。右のパンチがまずニップの顎《あご》をとらえる。お次は左のフックで、これでタックがほんとに吹っ飛ぶ。

哀れなタックはすべりやすいダンスフロアをすべって、ミス・ミズーリ・マーティンのところにたどり着く。ちょうど立ち上がろうとしてたミス・ミズーリ・マーティンは、タックにぶつかられてまた倒れる。さすがにこれには腹を立てて、彼女は立ち上がるなり淑女らしからぬ振る舞いながら、タックを蹴飛ばす。タックはミス・マーティンのことはもちろん知らないけど、リグレットのことはよく知ってる。だから、ただふざけてるだけなんだって思って、舌を垂らし、尻尾を振って彼のところに戻っていく。そのときジョン・ワングルがまえに出て、二匹を押さえつけなきゃ、この騒ぎはいつまで続いてたことやら。マクナマラ警視がリグレットに腕をまわして告げる、マーヴィン・クレイ銃撃容疑で逮捕するって。

リグレットが犯人だともちろん誰もが思う。マーヴィン・クレイとのあいだには以前いざこざがあったことを思い出せばなおさらだ。その場の全員が嫌悪《けんお》もあらわに彼を見てる。あの顔は変質者以外の何者でもないなんて囁《ささや》くやつもいる。

マクナマラ警視がミス・ミズーリ・マーティンの客たちに向けて演説を始める。その中で、ジョン・ワングルとニップとタックを誉《ほ》めそやす。彼らはこの極悪非道の犯人を捕まえるというすばらしい仕事をしてくれただけじゃなくて、警察内の士気も大いに高めてくれたって。リグレットはと言えば、警視の演説にほとんど注意を向けてない。少しずつニップとタックににじり寄り、最後に見事な一蹴りを二匹に浴びせる。

　客たちは警視の演説に拍手して、ミス・ミズーリ・マーティンはジョン・ワングルと彼のブラッドハウンドたちのために二百ドルを超える寄付金を集める。自分の懐《ふところ》に入れた分を差っ引いても。そのあと料理長が出てきて、ジョン・ワングルとニップとタックを厨房に連れていき、目一杯料理を振る舞う。ま、個人的な意見を言えば、〈スリー・ハンドレッド〉で出される料理なんかおれは一品も食おうとは思わないけど。

　リグレットは留置場にぶち込まれるけど、なんで自分が逮捕されたのか、あんまりよくわかってない。ただ、ニップとタックに関係があることだけはわかるんで、警官に賄賂《わいろ》をつかませ、ニップとタックも自分とおんなじ留置場に入れさせようとする。当然のことながら、警官はそれがいい考えだとは思わない。リグレットが留置されてるあいだに、やがてこんな噂が囁かれはじめる。なんとマーヴィン・クレイは死ななかったばかりか、全快する可能性もあるというんだ。これはあとからわかることだけど、実際、すっかりよくなる。

　さらにさらに、クレイはリグレットの保釈金まで出して、彼を訴えない。おまけにそのあと国外に出てしまう。リグレットは何週間も留置されるけど、そういう状況がわかったあとも、自分がマーヴィン・クレイに弾丸《たま》をぶち込んだ犯人じゃないとは言いださない。当然のことながら、ミス・ラヴィ・ルーは、リグレットのすばらしい犠牲的精神にめちゃめちゃ感謝する。こうなったらもう彼の貞淑な妻になってもいいはずだ。リグレットが彼女にプロポーズさえすれば。ところが、そうはならない。思うに、リグレットもすごく考えたんだろう、彼女が銃にものを言わせたことについて。そういう女を最愛の妻にすることについて。

　ジョン・ワングルとニップとタックは、ミス・ミズーリ・マーティンが集めてくれた金で、人間追跡犬としての栄誉を携えてジョージアに帰る。話はこれで全部だ。ただ、ある夜、おれはスーツケースをさげたリグレットとばったり出くわすんだ。暑くもないのに、彼はなんだかやたらと汗をかいてる。どこかへ行くのかって尋ねると、まあ、そうだって言う。そればかりか、ずっと遠くへ行くつもりだなんて言う。当然、こっちはその理由を訊きたくなる。すると、こんな答が返ってくる。

「クラップス賭博師のビッグ・ニッグ。ホットスプリングズから帰ってきて、ブラッドハウンドがどうやってマーヴィン・クレイを襲った犯人を突き止めたのかって話を聞いてからというもの、やつは出くわすたびにおれをちらちら横眼で見るんだよ」とリグレットは続ける。「あいつが頭の中で何か考えてるのは見え見えだ。だけど、あいつはそう頭の切れるほうじゃない。だから、こっちとしちゃそこが心配なんだ、あいつがそのうちまちがった結論にたどり着いたりしないかって。そう、おれはそこのところを心配してるんだよ。ニップとタックは最初、なんで犯人のにおいじゃなくて、おれのにおいをたどったのか、なんてことをビッグ・ニッグも考えはじめるかもしれないだろ？　いや、実際の話、性格のひねくれたやつらはもうひそひそ囁きはじめてる。おれとしちゃ、ビッグ・ニッグにはそういうまちがった考えは絶対持ってほしくないね。なんで犬どもはさきにモード・ミリガンのアパートメントに行ったのかなんて。やめてほしいよ」

第二話

社交場での大きな過《あやま》ち

The Second Story

SOCIAL ERROR

ミスター・ジーグフェルド（奇抜なレヴューで知られる当時の演劇プロデューサー、フローレンツ・ジーグフェルド・ジュニアのこと）が選ぶ女はみんな平均をはるかに超えてる。女選びにかけちゃ彼はまぬけじゃない。それでも、ミス・ミッジー・マルドゥーンを見つけて、彼はこれまでの最高記録を破ったんじゃないかな。少なくともタイ記録にはなってるね。彼女ほどきれいな人をおれは見たことがない。まあ、おれの好みからすりゃ、彼女はちょっとちっちゃいんだけど。おれはしっかり抱きしめられるだけの分量のある女が好きでね。その点、彼女は背がポメラニアンの膝《ひざ》ぐらいの高さしかない。でも、とにかくキュートだ。だから、ハンサム野郎のジャック・マディガンが彼女に夢中になっても、彼を責める気にはなれない。

ハンサム野郎のジャック・マディガンを夢中にさせるのはブロードウェイの女の大半の願いだろう。だから、ミス・ミッジー・マルドゥーンがハンサム・ジャックを袖《そで》にしたことを知って、誰もが驚く。ミス・ミッジー・マルドゥーンはただのコーラスガールで、一方、ハンサム・ジャックはこの街じゃそこそこ知られた男であることを考えるとなおさら。だけど、〈ホット・ボックス〉でハンサム・ジャックがめかし屋デイヴの女房のミス・ビリー・ペリーを通じて、会いたい気持ちをミス・ミッジー・マルドゥーンに伝えても、彼女はハンサム・ジャックにこんな返事を返すんだ――わたし、そのすじの殿方《タフガイ》とはおつきあいしませんの。

当然のことながら、この返事にハンサム・ジャックは怒りまくる。だけど、めかし屋デイヴは気にするなって彼に言う。それだけじゃなく、ミス・ミッジー・マルドゥーンの言ってることは当たってるとも言う。大して働きもせず、おしゃべりばっかりして、タフガイぶってるだけで、時間を無駄にしてるところなんか特に当たってるって。実際の話、デイヴは何が嫌いって、そのすじの者だってことをそれとなく相手にわからせて、まわりをビビらせたりする男ほど嫌いなものはないからだ。でもって、ハンサム・ジャックはまさにそういうやつなんだけどね。

背が高くて、がっしりしてて、髪はブロンドで、出身はウェストサイドのヘルズキッチンと呼ばれる界隈《かいわい》で、もうちょっと頭があれば、今にもめかし屋デイヴぐらいの大物にだってなれるやつなんだ。いつまでもデイヴの下で働くんじゃなくて。高級スーツを着るのが好きで、酒が好きで、無為にだらだら過ごすのが好きで、おしゃべりが好きで、いくら稼ごうと、金でもなんでも長いこと手元に置いとくってことができないのがハンサム・ジャックだ。

　個人的には、ハンサム・ジャックなんかどうでもいいんだけど。だいたいジャックは短気で、すぐにドンパチやりそうで、そういう連中にはあんまり近づかないのが得策だ。だから、ハンサム・ジャックを見かけたら、おれはいつだってすぐに背を向ける。だけど、この世の中にはハンサム・ジャックみたいなやつらに自分から近づきたがるやつもけっこういるんだよ、これが。たとえばバジル・ヴァレンタインとか。

　このバジル・ヴァレンタインというのは、角ぶちの眼鏡をかけた小男で、雑誌に記事を書いたりしてるんだけど、人間としちゃとってもいいやつで、水蛇ほどにも人畜無害だ。ただ、分別が足りない。そうじゃなきゃ、ハンサム・ジャックみたいなやつらとつき合ったりするものかい。

　男がタフガイとつき合って、つき合いが充分長くなると、そいつは自分もタフガイなんじゃないかって思いはじめる。まわりからもそう思われるようになる。そうなって初めて気づくのは、ジョニー・ブラニガンみたいなギャング対策班の私服刑事に目の敵にされることだ。ブラニガンたちはそういうやつに眼をつけちゃ、警棒で顔をぶん殴って、そいつがどれほどタフか確かめるんだ。いずれにしろ、さっき言ったように、バジル・ヴァレンタインというのは人畜無害な男なんだけど、ハンサム・ジャックとつき合いはじめてだいぶ経《た》つと、こんな噂《うわさ》が聞こえてくる。バジルは最近給仕見習いに乱暴な口を利《き》くようになったって。それが次は相手が給仕になって、さらに給仕頭にもなって、最後には誰に対しても乱暴な口を利くようになる。

でも、実際の話、堅気の男で、そのすじの人間《タフガイ》とつき合いたがるやつってけっこういる。なんでそんなことをしたがるのか、おれにはさっぱりわからないけど。ある夜、ブン屋のウォルドー・ウィンチェスターにそのことを話したら、ウォルドーは多くの点で半可通じゃあるんだけれど、こんなことを言う、それは〝裏社会コンプレックス〟のせいだって。でもって、タフガイがやってることに興味を持ってる堅気の男は何人もいて、そういう男たちはタフガイがやってることをすごくロマンティックなことだと思ってるんだそうだ。もし信じないなら、タフガイをヒーローに仕立てるクズ記事を新聞がどれだけ書いてるか、見ればいいって。

ウォルドーに言わせりゃ、裏社会コンプレックスは別に珍しいものじゃなくて、バジル・ヴァレンタインにはそれがあるんだろうっていうことだ。そういうことを言うと、ミス・ハリエット・マッカイルもそのひとりだね。もしそうじゃなきゃ、タフガイのいるところにあんなに顔を出したりするわけないもの。このミス・ハリエット・

マッカイルというのは、いつもヘビみたいにくねくねした夜会服を着て、髪は少年みたいに短くして、耳を思いっきり出してて、夜の遊び場に入りびたってて、たいていちょびひげを生やしたイギリス訛《なま》りの男を連れてる金持ち女だ。ちょっとヤバい店でもよく見かけて、まともな頭の持ち主なら絶対に声をかけないような相手に自分から挨拶《あいさつ》する。たとえばレッド・ヘンリーとかにも。それも、誰かの金庫からあれこれ盗み、別の金庫は吹っ飛ばしてあれこれ盗み、けっこう長いお務めのあと、ダネモラの刑務所から出てきたばかりのヘンリーに、だ。

実際の話、ある夜なんかミス・ハリエット・マッカイルはかなりヤバいクラブの〈ハーツ&フラワーズ〉で、ほかでもないレッド・ヘンリーとダンスをしてる。このことをウォルドーに話すと、彼はこれこそ彼の言う裏社会コンプレックスなんだって言う。彼女は金庫破りとダンスをすることをカッコいいことだと思ってて、それを上流階級の友達に言いふらすのが、これまたカッコいいことだと思ってる。そういうことらしい。金庫破りとダンスするなんてそもそもありえないけど、ダンスするにしても、おれならレッド・ヘンリーよりましな金庫破りを選ぶね。だって、ヘンリーはダネモラから帰って以来、一度も風呂《ふろ》にはいってないようなやつだからさ。しかもあいつがダネモラから帰ってきたのは、もう数ヵ月まえのことなんだから。

ウォルドーの言う裏社会コンプレックスがない人間がひとりいるとすれば、それはミス・ミッジー・マルドゥーンをおいてほかにない。実際、〈ホット・ボックス〉や〈シックスティーン・ハンドレッド〉といったクラブ——変なことをしないかぎり安全で、誰からもよく思われてるクラブ——以外の夜の遊び場で、彼女の姿を見かけることはない。しかも彼女はいつもすごくまともな男と一緒だ。作曲家のバディ・ドナルドソンとか、ポール・ホワイトマンの楽団のトロンボーン奏者ウォルター・ガンブルとか、俳優のポール・ホーリーとか。

おまけに、そういうクラブでも彼女はまわりをきょろきょろ見まわしたりしない。常に自分のことに専念してる。ハンサム・ジャックになんか見向きもしない。これがまたジャックを苛立《いらだ》たせる。実際の話、彼に振り向きもしない女に出会ったのは彼としても初めてなんじゃないかな。だから、こういうときにはどうすりゃいいのか。ジャックにはまるでわからない。

そのあとどうなるのかと言うと、ある日、めかし屋デイヴがおれのところにやってきてこんなことを言う。「いいか、聞いてくれ。ミス・ハリエット・マッカイルはうちの上客中の上客で、至極まっとうな人だ。その彼女から頼まれたんだ。土曜の夜にパーク・アヴェニューの彼女の家でパーティを開くんだが、そのパーティに裏社会の人間も何人か招待したいって。で、おまえに頼みたい。十人ばかりそういうやつらに声をかけてくれ。ちゃんと盛装してそのパーティに来るようにって。酒の飲めないやつは駄目だ。スコッチとシャンパンの注文を大量に受けてるんでな」

　そういうパーティは別に珍しいものじゃない。ただ、開くのはたいてい金持ちの男で、女じゃない。その手の金持ちの男は、ブロードウェイの男たちを呼ぶことで、自分がいかに顔の広い人間か、友達に見せびらかしたいのさ。ブン屋のウォルドーに言わせると、そうすることでパーティに〝色〟が添えられるんだそうだ。おれにはなんでそんなものが〝色〟になるのか、さっぱりわからないけど。そうしたパーティに呼ばれたブロードウェイの男たちは、だいたいただ坐《すわ》ってるだけだし。しゃべりもしないし。それに、そのときばかりは立ち居振る舞いも紳士そのものなのさ。なぜって、彼らにもわかってるからだ、自分たちが見世物ショーの見世物であることが。いずれにしろ、パーティの主催者の金持ちは、ブロードウェイの伝手《つて》を通じてそういう連中を集める。今回、ミス・ハリエット・マッカイルがめかし屋デイヴに頼んだように。

　おれはデイヴに言われたとおり、何人もの男たちに伝える。そんな中にはもちろんハンサム・ジャックもいる。ジャックはその招待をめちゃめちゃ喜ぶ。なぜって、どこであれとにもかくにもめだつことほどジャックの好きなこともないからだ。加えてジャックは内心せこいことを考えてる。ミス・ハリエット・マッカイルはおれに気があるんじゃないかって。〈シックスティーン・ハンドレッド〉みたいなクラブで出くわすと、必ず彼女に色目を使われるんだそうだ。だけど、はっきり言っちまうと、彼女はビッグ・ニッグやほかの男たちにも同じことをしてる。なぜって、それがミス・ハリエット・マッカイルという女だからさ。もちろん、そんなことをいちいちハンサム・ジャックに言おうとは思わないけど。ジャックを誘ったときにはバジル・ヴァレンタインも一緒だったんで、彼も招待してやる。おれとしても嫌味なやつだなんて思われたくないもの。

　蓋《ふた》を開けると、土曜のパーティ当日、ミス・ハリエット・マッカイルのアパートメントに一番最初にやってきた一団の中にバジルがいる。おれはもっと早くから来てて、スコッチやシャンパンを運び込んだり、おれが招待したタフガイたちをミス・ハリエット・マッカイルに紹介したりしてるんだけど、そのうちおれも彼女も、ちょびひげを生やした男たちと、やたらと露出の多いイヴニングドレスをまとった女たちの群れに呑《の》み込まれちまって、ほとんど何もできなくなる。その手のパーク・アヴェニューの金持ち連中同様、ブロードウェイのやつらも全員が来てるみたいで、ミスター・ジーグフェルドと関わりがありそうな人たちも多くて、その中にミス・ミッジー・マルドゥーンの姿がある。もっとも、彼女の姿をちゃんと見ようと思ったら、爪先《つまさき》立って背伸びをしなきゃならないけれど。ちょびひげ野郎どもが彼女のまわりに人垣をつくっちまってるのさ。でも、まあ、それを見るかぎり、情けないちょびひげなんか生やしてても、金持ちのやつらにも見る眼はあるっていうことだ。

アパートメントはめちゃめちゃでかいんだけど、おれがまず気づいたのは緑のオウムだ。メインルームと思《おぼ》しい部屋の隅の天井から吊《つ》るされた輪っかに止まって、ぶらぶら揺れてる。

なんで気づいたのかって言うと、時々鳴くからだ。〝ポリーはクラッカーが欲しい〟なんてことをしゃべったりもする。ほかにはカナリアが何羽も飛んでて、それを見るかぎり、ミス・ハリエット・マッカイルは、今日招待した特別な人種とおんなじように動物も好きらしい。

おれは夜会服に身を固めたレッド・ヘンリーが招待客の中にいるのを見て、びっくり仰天する。おれは呼んだ覚えがないんで、ミス・ハリエット・マッカイルが自分で招待したんだろう。それとも、このパーティの噂を聞きつけて勝手にやってきたのか。いずれにしろ、こういう席にレッド・ヘンリーがいるのはすごく按配《あんばい》が悪い気がする。彼を知ってるやつなら誰でもそう思うはずだ。ただ、やつのために言っとくと、見るかぎりおとなしくしてて、まわりに溶け込んでる。

宴もたけなわ、酔いもまわって誰もが愉《たの》しいときを過ごしてる。そんな中、ミス・ハリエット・マッカイルがおれのところにやってきて、こんなことを言う。「ねえ、あなたのお友達のことを教えてくださらない？　わたしがお呼びしたお客たちにわたしから話して聞かせたいの。こんなに大勢の〝ワル〟たちに会ってることがわかったら、みんなきっと死ぬほど興奮するわ」

「そういうことなら」とおれは応じる。「あそこにいる小男。まるで幽霊でも見たような顔で、あんたをずっと見てるやつ。そう、あの男こそ誰あろう、バッド・バジル・ヴァレンタインっていうやつで、あいつに狙《ねら》われたら最後、狙われたやつはあっと言う暇もなく殺されちまう。今夜ここに集まった中じゃ、まちがいなく一番のタフガイだね。いや、そういうことを言えば、男たちのこの街で一番だ。言うまでもないね、バッド・バジル・ヴァレンタインはタフで筋金入りのワルだよ、ミス・マッカイル。今はいかにも人畜無害な顔をしてるけど、一番お盛んなときにはいったい何人殺したか。ほんとの話、ミス・マッカイル、バッド・バジルは誰かを殺さない日にゃ寝ることすらできない男なんだよ」

「嘘《うそ》でしょ！」とミス・ハリエット・マッカイルは言って、注意深くバジルを観察する。「一目見ただけじゃ、そんなに悪そうには見えないけれど、よくよく見るとわたしにもわかりますとも。彼の眼にはまちがいなくものすごく邪悪な光が宿ってる」ミス・ハリエット・マッカイルはもういっときも待ってられない。すぐさまおれから離れ、次に彼女に気づいたときには、もうバジルを相手にしゃべりまくってる。そんなふたりを大勢が取り囲んでる。バジルはと言えば、大勢の関心をわが身に集めることができて、大得意になってる。誰が見てもわかる。ここまで嬉《うれ》しそうな顔をしてる男をおれは見たことがないね。だけど、無理もない。誰もやつを責められない。というのも、ミス・ハリエット・マッカイルは百万ドルの眼福とはいかないけど、それでも二、三ドルぐらいの値打ちはあって、その二、三ドルが偽札《にせさつ》じゃないことがよくわかるようなイヴニングドレスを着てるんだもの。

一時近くなると、パーティはますます盛り上がる。そんなところにハンサム・ジャックがほろ酔い加減で姿を見せる。ジャックは出される飲みものを全部飲んで、女全員の相手を手早くすませる。でっかい声でくっちゃべって、五分でパーティの中心人物になる。それでも、自分が登場するなり、自分のところにミス・ハリエット・マッカイルが飛んでくると思ってたもんだから、人知れず傷ついてる。というのも、ミス・ハリエット・マッカイルはバジル・ヴァレンタインの話に一心に聞き入ってて、ジャックをもてなす暇がない。バジルはバジルで、休暇でシカゴに行ったときに、アル・カポネの手下を六人ほど始末したなんて大ぼらを吹いてる。

ハンサム・ジャックにはなんでバジルみたいなやつがミス・ハリエット・マッカイルの心を虜《とりこ》にしてるのかさっぱりわからない。ミス・ハリエット・マッカイルはなんでおれじゃなくて、バジルなんかの話を一生懸命聞いてるのか。業腹《ごうはら》きわまりない。そんなときにレッド・ヘンリーとばったり出くわす。レッド・ヘンリーはハンサム・ジャックによけいなことを言う、ボスの座をバジルに乗っ取られそうだな、なんて。これに怒ったハンサム・ジャックはレッド・ヘンリーの顎《あご》にパンチを思いきり浴びせる。ヘンリーはよろけて、ちょびひげ軍団に囲まれて椅子《いす》に坐ってたミス・ミッジー・マルドゥーンの膝の上に倒れ込む。

当然、ちょっとした騒ぎになる。だけど、ここで驚かされるのはミス・ミッジー・マルドゥーンが取った態度だ。彼女はまるで埃《ほこり》でも払うみたいにレッド・ヘンリーを膝からどけると、立ち上がって、デミタスカップほどしかない背すじをすっくと伸ばして、めちゃめちゃ冷ややかな眼でハンサム・ジャックを見すえて言う。「これはこれは、高級サロンのタフガイさん」そう言って歩き去る。ジャックはあんぐりと口を開ける。無理もない。そのときまでミス・ミッジー・マルドゥーンがそこにいるのを知らなかったんだ。

誰かがのびたレッド・ヘンリーを会場から運び出し、パーティはそのあとも続く。ハンサム・ジャックは居残って、人とことばを交わしはするものの、やけに淋《さび》しそうに見える。

やってきたときと比べると、勢いがまるでなくなってる。ミス・ミッジー・マルドゥーンを捜してるみたいだが、ちょびひげ軍団に取り囲まれた彼女はなかなか捕まらない。やがてシャンパンを景気よく飲みはじめ、最初の元気を取り戻そうとする。そうして気分を立て直したところで、運よくミス・ミッジー・マルドゥーンがひとりで立ってるのを見つける。ジャックは彼女の姿に元気づけられ、近づいて言う。「よう、別嬪《べっぴん》さん、〝自分は簡単には手にはいらない〟ゲームをまだ続けるつもりかい？」ミス・ミッジー・マルドゥーンはただ彼を見すえて言う。「ああ、高級サロンのタフガイさん！　どっかへ行ってちょうだい。わたし、タフガイは好みじゃないの」

考えるまでもなく、ここまで言われると、普通の男ならめげるものだけど、こと女にかけちゃ、その程度のことで、ハンサム・ジャックが引きさがるわけがない。再度トライしようと口を開きかける。すると、そのときいきなり声がする。「ははは！こんにちは、この馬鹿《ばか》たれ！」

もちろん、これはオウムの声だ。オウムはまた同じことを言う。「ははは！　この馬鹿たれ！」何度も言うが、オウムがそう言ったんだ。ポリーという名のオウムが。ハンサム・ジャックのことを言ったわけじゃない。だけど、ハンサム・ジャックにはそれがわからない。侮辱されたと思い込む。そもそもシャンパンをたらふく飲んでる。いきなり銃を取り出すと、その銃でポリーを狙って撃つ。次の瞬間、緑の羽があたり一面に飛び散る。哀れなポリー旦那《だんな》は、あるいはポリー奥さまは、床に羽を伸ばして横たわる。これ以上死ねないほどとことん死んでる。

ポリーが逝《い》っちまったことを知ったミス・ハリエット・マッカイルの反応と言ったらない。こんな行動を取った女をおれはこれまで見たことがないね。彼女はハンサム・ジャックを口をきわめて罵《ののし》りまくる。それはもう聞くに耐えないひどいことばで。ぶち切れたハンサム・ジャックに鼻っ柱に一発お見舞いされてもおかしくない。だけど、ジャックはすでにすごく後悔してる。オウムを撃ち殺すなんて絶対にやっちゃいけないことだ、社交場での大きな過《あやま》ちだ。彼としてもこれ以上事態を悪くしたくない。

ミス・ミッジー・マルドゥーンはそんなハンサム・ジャックをじっと見てる。丸くて大きくて美しくて偉大な眼で。これはあとでブン屋のウォルドーから聞いたことだけど、その眼には世界じゅうの軽蔑《けいべつ》が込められてたそうだ。おれが思うに、ハンサム・ジャックとしては、ミス・ハリエット・マッカイルに浴びせられた罵声《ばせい》より、そのときのミス・ミッジー・マルドゥーンの視線がこたえたんじゃないかな。ミス・ミッジー・マルドゥーンはただジャックを見るだけで何も言わない。そうしてかなり長いこと見つめてから立ち去る。おれが思うに、もう今にも泣きだしそうになってたんじゃないか？　ポリーの死を悼《いた》んで。

当然のことながら、ハンサム・ジャックのこの過ちのためにパーティはお開きになる。ミス・ハリエット・マッカイルとしても、この上カナリアまでハンサム・ジャックに撃ち殺されちゃたまらない。ポリーのことをどれほど思ってたのか、おいおい泣いてる。そんな彼女を残して、みんながぞろぞろとパーティ会場をあとにする中、見ると、バジルも泣いてる。彼女と一緒に。もともとバジルというのは人づきあいのいいやつなんだ。

その二日後の夜、ミンディのレストランにいると――たまたまハンサム・ジャックとおんなじテーブルについてると――バジルがやってくる。誰が見ても浮かない顔をしてる。

「ジャック」と彼は言う。「ミス・ハリエット・マッカイルはあんたがポリーを撃ち殺したことをすごくすごくすごく怒ってる。実際の話、あんたをひどく憎んでる。というのも、あのポリーはファミリー・ペットでみんなで可愛《かわい》がってたそうなんだ」

「ああ」とジャックは言う。「おれが心の底から謝ってたって彼女に伝えてくれ。金ができたらすぐ新しいオウムを進呈するって言ってたとも。知ってると思うけど、おれは今、金欠でな。彼女にはほんと悪いことをしたよ。だけど」とハンサム・ジャックは続ける。「おれを馬鹿呼ばわりする権利なんか彼女のオウムにはない。これは人間であってもおんなじことだ」

「実際の話、おれは毎日彼女にせっつかれてるんだよ、あんたを撃てって」とバジルは言う。「彼女はおれのことをすごいタフガイだって思っててさ。なんの予告もなくすぐ人を撃つ男だって。実際の話、彼女はおれに怒ってもいるんだ。あんたが哀れなポリーを撃ったとき、なんでおれはあんたを撃たなかったのかって。もちろん、おれはあのときには銃を持ってなかったからって説明したけどさ。でも、今じゃ彼女はこんなことを言ってる、もしジャックを撃たないのなら、おれを絶対愛さないって。おれのほうは彼女にすごく愛してほしいのに。ああ、おれはもう彼女に夢中なんだよ。だから」とバジルは続ける。「おれは今こんなことを考えてる。おれがあんたを撃つのに、あんたはどれぐらいじっとしててくれるだろうかって」

「何を言うかと思ったら！」とハンサム・ジャックはびっくり仰天して言う。「おまえ、頭がいかれたか？」

「もちろん、ほんとにあんたを撃つなんて言ってないよ」とバジルは言う。「空包を撃つんだよ。それでミス・ハリエット・マッカイルはほんとにおれがあんたを撃ったって思って、おれにすごく感謝してくれると思うんだ。あんたが引き受けてくれるなら、千五百ドル払うよ。それがおれのほぼ全財産だ」

「これまた何を言うかと思ったら」とハンサム・ジャックは言う。「だけど、おまえの申し出は実に理に適《かな》ってる。いや、実際の話、こっちはミス・ミッジー・マルドゥーンに飾りピンとか贈りたくてさ。それで機嫌を直してくれるかどうかはわからないけど、そもそもその金をどうすりゃ工面できるのか、そんなことを考えてたところなんだよ。彼女、相変わらず冷たくてよ。よし、そういうことなら二千ドルにしろよ」

バジルは結局、二千ドルで合意する。そればかりかその金をまえもってめかし屋デイヴとか信用できる誰かに預けることも約束する。そもそも奇妙な取引きなんで、当然のことながら、ハンサム・ジャックとしては自分の利益をきっちり確保したかったわけだ。

で、ときはこの数日後の夜、場所は〈ホット・ボックス〉ということで、こんな計画が練られる――バジルがミス・ハリエット・マッカイルを〈ホット・ボックス〉に連れてくる。客はあんまり大勢いないほうがいいんで、けっこう遅い時間に。そこでばったりハンサム・ジャックに出くわす。バジルは銃を持って家を出ていて、ジャックを見るなり、狙いを定めて彼を撃つ。ジャックは撃たれるままになってる。その騒ぎにまぎれて、バジルはミス・ハリエット・マッカイルを店からすぐに連れ出す。

そのあとハンサム・ジャックは数週間姿をくらまして、死んだように見せかける。バジルにいたく感謝したミス・ハリエット・マッカイルはそのあいだにバジルをもっと好きになる。ひょっとしたら結婚にたどり着けるかもしれない。それがバジルの大いなる皮算用だ。

ただ、この策略はブロードウェイのけっこう多くが知るところとなって、その夜は何人もの男たちが〈ホット・ボックス〉にやってくる。その中にはこの策略に興味津々《しんしん》のめかし屋デイヴもいるんだけど、ほかにひとり思いがけない人もやってくる。誰あろう、ミス・ミッジー・マルドゥーンが作曲家のバディ・ドナルドソンと姿を見せるんだ。

ハンサム・ジャックはミス・ミッジー・マルドゥーンに気づくと、めちゃくちゃ慌《あわ》てる。彼女のほうは彼には見向きもしない。ハンサム・ジャックはスコッチをがぶ飲みする。それを見て、誰もが心配する。バジル・ヴァレンタインに撃たれるとき、ジヤックはちゃんとじっとしてられるかどうか。たとえそれが空包にしろ。〈ホット・ボックス〉の閉店時間は午前三時で、常連以外はみんな帰る。なので、バジル・ヴァレンタインとミス・ハリエット・マッカイルが店に来たとき、店にいる男女の客は十人ばかり。

ハンサム・ジャックはたまたま店の出入口に背を向けて立ってる。ミス・ミッジー・マルドゥーンとバディ・ドナルドソンのテーブルからさほど離れてないところに。バジルは店にはいるなり、怒鳴る。情ないほど震えた声で。「ハンサム・ジャック・マディガン、おまえはもう終わってる！」その声にジャックは振り向き、バジルはズボンの尻《しり》のポケットからでっかい銃を取り出す。

次に起きたことはみんなが知ってる。叫び声が響く。女の声だ。「ジャック！　危ない！　ジャック！」

その声と同時に誰あろう、ミス・ミッジー・マルドゥーンが弾《はじ》かれたように席を立ち、ハンサム・ジャック・マディガンのまえに飛び出す。バジルはと言えば、どうにか銃を構えて引き金を引く。ミス・ミッジー・マルドゥーンはハンサム・ジャックのまえで仁王立ちして両手を広げる。まるでジャックを守るかのように。バジルの手の中の銃が撃たれても、ハンサム・ジャックは倒れるかわりにただ突っ立ってる。口をぽかんと開けて、ミス・ミッジー・マルドゥーンを見つめてる。どうしてミス・ミッジー・マルドゥーンが自分と銃のあいだに立ってるのか、まるでわけがわからない。それでも倒れなかったことが幸いする。倒れかけた彼女を抱き止めることができたんで。最初のうち彼女は気絶しただけだろうってみんな思う。でも、彼女のローネックのドレスの左の肩のあたりに赤いしみが徐々に広がる。それが血であることは誰でもわかる。ジャックの腕に抱かれて、彼女が言う。「しっかり抱いて、ダーリン。わたし、撃たれちゃったみたい」

まったくもって、これは誰にとっても予想外の出来事で、もちろん策略の一部でもなんでもない。バジルも戸口に突っ立って、銃を手にとことん驚きまくってる。銃を撃つなりミス・ハリエット・マッカイルを店から連れ出す手《て》筈《はず》など、すっかり忘れてる。ミス・ハリエット・マッカイルのほうは、耳をつんざくような最初の悲鳴のあとは、バジルがわたしのことをそんなに真剣に考えてくれてるんだとは知らなかった、わたしのためにほんとに人を撃つなんて全然思わなかったなんて言ってる。だからバジルにすごくすごく感謝してるとも。

何が悪かったのかまるで見当もつかず、バジルが途方に暮れてるのは誰の眼にも明らかだ。だけど、こういうことにかけちゃ、めかし屋デイヴは頭がすごくよくまわる。

ちらっとミス・ミッジー・マルドゥーンのほうを見てから、店の中を駆け抜けると、バジルをとっ捕まえてバジルに言う。「おい、バジル、おまえ、ジャックをほんとに殺すつもりだったんだな。おまえがこれほどの悪党だったとはな。空包じゃなくて実包を撃ちやがって。ミス・ミッジー・マルドゥーンの肩を撃ちやがって」

めかし屋デイヴに取り押さえられて、バジルはまるで病気のヒキガエルみたいな顔をしてる。ミス・ハリエット・マッカイルはと言えば、今のデイヴのことばに今度は甲高い声でバジルを非難しはじめる。バジルが言う。「ちがう、ちがうよ、デイヴ。この銃に本物の弾丸《たま》が込められてるなんてほんとに知らなかった。実際の話、自分で銃を用意しなきゃならないこともほとんど忘れてさ、最後になってやっと調達しようとしてたら、レッド・ヘンリーがやってきて、そういうことならおれのを貸してやるって言うんだよ。おれは彼にすべては見せかけだけの計画だって説明したよ。弾丸は空包じゃなきゃ駄目だって。そしたら、彼が親切に弾丸《たま》を抜いてくれたんだ、おれの眼のまえで」

「どうやらレッド・ヘンリーにしてやられたようだな。どっかで銃を取り替えたんだろう」とめかし屋デイヴは言う。「あの野郎、ジャックに顎にパンチを食らったもんだから、それを根に持ってやがったんだ」

そう言って、デイヴはバジルの手から銃を取り上げると、弾倉を調べる。案の定、手漕《てこ》ぎボートぐらい楽に沈められるほどの数の実包が込められてる。空包はひとつもない。バジルは眼をまんまるにしてる。

「よし」とデイヴはバジルに言う。「どういうことだったのかジャックにもわかるまえに、おまえはずらかれ。でもって、おれから連絡があるまで身をひそめてろ。ミス・ミッジー・マルドゥーンにもしものことがあったら、きっとあれこれ噂されることになる。それとだな、このやかましい女を早いとこ連れ出してくれ」

めかし屋デイヴがめちゃくちゃ怒ってるのは誰でもわかる。デイヴのその怒りも、ミス・ミッジー・マルドゥーンの怪我《けが》は浅くて、命にはまったく別条がないことがわかると、ようやく収まる。おれたちは彼女を総合病院まで連れていく。医者が彼女の肩から弾丸《たま》を取り出してくれる。おれたちは彼女をしっかり腕に抱くハンサム・ジャックを病院に残して帰る。ジャックが彼女に誓ってる、やくざな世界からはすっかり足を洗うって。バジル・ヴァレンタインの二千ドルで小さな家を買って、まともな仕事を探すって。昔の暮らしにはもう二度と戻らないって。なかなか殊勝な心がけだ。

それから二年ぐらい経って、おれたちはミス・ハリエット・マッカイルの噂を聞く。今じゃ名前がミセス・バジル・ヴァレンタインに変わってる。イタリアのナポリに住んでて、地元の人は彼女にすごく驚いてるそうだ。なんでもミセス・ヴァレンタインは、自分の夫が十歳以上の男とつき合うのを禁じてるんだそうだ。そればかりか、9番アイアンより危険なものを持つことも。

これがこの話のだいたいの顛末《てんまつ》だ。ただ、ひとつつけ加えると、ハンサム・ジャック・マディガンとミス・ミッジー・マルドゥーンが結婚式で、レナード神父のまえに立ったとき、うしろからふたりの背丈を見比べて、めかし屋デイヴがおれにこんなことを言うんだ。

「ジャックの左側に立ってるミス・ミッジー・マルドゥーンの肩は、彼のどれぐらいのところに来てる？」

「そうだな」とおれも見比べて言う。「ジャックの心臓のあたりかな」

「このことからもよくわかる」とデイヴは言う。「バジルが撃った弾丸《たま》を彼女が止めてくれて、ジャックはほんとに命拾いをしたな」

第三話

サン・ピエールの百合《リリー》

The Third Story

THE LILY
OF
ST. PIERRE

　おれたち四人は〝気のいい《グッドタイム》〟チャーリー・バーンスタインのちっちゃな店にいる。四十八丁目通りのその店のある火曜の朝の四時。四重唱をやってる。声を抑えて。外を巡回してるお巡《まわ》りを困らせたくないから。そいつはキャリガンというお巡りなんだけど、いいやつなんだよ。この時間帯、彼にしても少しは楽をしたいだろう。

　グッドタイム・チャーリーの小さな店は〈クリスタル・ルーム〉って名だけど、もちろん店にクリスタルみたいなものはひとつもない。あるのはテーブルが十二個。それにホステスが十二人。客には大いに愉《たの》しんでほしい。それがチャーリーのポリシーだ。

　だから一テーブル一ホステスってわけ。客が十二人それぞれ別々に来た場合に備えて。そんなことはめったにないんだけど。それでもそれだけいれば、客は一対一でホステスと話ができる。逆に客がひとりしかいないときには、十二人のホステスを相手に話ができて、酒をおごったりもできる。だから、グッドタイム・チャーリーの店で淋《さび》しい思いをしたなんてそんな文句は客の誰にも言えない。

個人的な意見を言えば、グッドタイム・チャーリーの店のホステスとおしゃべりするのに金を使うなんてありえない。五セントだって勿体《もったい》ない。相手がひとりだろうと十二人全部だろうと。なぜって、こいつらはどいつもとてもまともに見られたタマじゃないからだ。頭も相当悪いと思うよ。でなきゃ、グッドタイム・チャーリーの店みたいなちっぽけなところで働いてるもんかい。実際の話、たまたまこのことをグッドタイム・チャーリーに言ったことがあるんだけど、彼はおれが正しいと認めたあと、こっそり明かしてくれた。きょうびどんなペギー・ジョイス（奔放な私生活で知られた当時の女優）でも週に二十五ドルで十二人集めるのはむずかしいって。

おれはホステスに飲みものをおごったりもしない。いや、誰にも。自分にはなおさら。なぜって、おれはチャーリーの個人的な友達だからだ。たとえおれが金を出したがってもチャーリーは出させないだろう。出したがるなんてそもそもありえないけど。なぜって、チャーリーの店で金を出して酒を飲んだら、ヤバい酒を飲むことになるからだ。それがもちろんチャーリーにはわかってるからだ。だから、チャーリーは自分の店で友達が酒を飲むのを嫌がってて、彼の友達の誰かが酒を飲みたがったら、通りをちょっと行ったところにあるもぐり酒場、ジャック・フォガティの店に行かせて、たいてい自分も一緒についていく。

おれがグッドタイム・チャーリーの店に行くのは、彼と駄弁《だべ》るか彼と四重唱をするためだ。グッドタイム・チャーリーの店は朝の五時まではほとんど客がいないけど、ほかのどこの店も閉まっちまったあとは、たまにすごく混むことがある。そうなっちまったら、もう四重唱をやる時間じゃなくなる。だって誰もが歌いたがるからだ。そうなると、もうめちゃくちゃになる。だけど、五時まえなら大丈夫、いるのはホステスだけだから。ホステスが自分から一緒に歌いだす心配はない。そんなことをしようものなら、チャーリーに店から叩《たた》き出される。

おれがこの世でなによりしたいことがあるとすれば、それは四重唱で歌うことをおいてほかにない。おれはバリトンなんだけど、言わせてもらうと、かなりいけてるバリトンだ。おれたちは今——最初に言った火曜の朝のことだ——けっこういっぱい歌ってる。『愛らしき嘘』とか『ジ・オールド・オークン・バケット』とか『マイ・ダッズ・ディナー・ペイル』とか『クロエ』とか『マイ・メランコリー・ベイビー』とか。ほかにも歌ってるけど、はっきりとはわからない。『ホーム・スウィート・ホーム』も歌ってるけど、これはうまくいかない。なぜって、誰も歌詞をちゃんと覚えてないからだ。だから、「ホーム・スウィート・ホーム」のところになると、みんな半分は「ホー・フム・フム・ホー・フム・フム」って言ってるだけだ。まあ、男が『ホーム・スウィート・ホーム』を歌うといつもそうなるけど。

『捧ぐるは愛のみ《アイ・キャント・ギヴ・ユー・エニシング・バット・ラヴ》』も歌う。これは四重唱に持ってこいの歌だ。いかしたバスがいればなおのこと。グッドタイム・チャーリーみたいな。彼は、バム‐バムって言って、すべての歌詞にこんなふうにからんでこれるんだ。

　アイキャーント・ギヴ・ユー・エニシング・バット・ラーハーヴ、
　　ベイ‐ヘイ‐ビー！
　　バム‐バム！

　歌詞の最後——ラヴとかベイビーとか——を盛り立てるのがおれの役目で、すごく遠くからでもおれのすばらしいバリトンは聞こえるはずだ。ちょいと小節をまわしたりしたらなおさら。ベイ‐ヘイ‐エイ・エイ・ビーなんてね！　そこへグッドタイム・チャーリーがはいってくるわけ、バム‐バムって。わざわざ足を運んで聞く価値大だね。

こういう歌が終わると、当然のことながら、失恋ソングってことになる。朝の四時に男が四重唱を歌ってるわけで、どうしたってそうなる。で、その失恋ソングは、女と喧嘩《けんか》するとどうしても心のたいまつに火がついちまう男の歌ってことになる。女と——恋人とか、恋女房でもいい——喧嘩すると、男は心のたいまつに火がついちまって、まともにものが考えられなくなる。実際の話、かっかして十マイルも歩きながら、一インチ歩いたことにも気づかない男をおれは知っている。愛《いと》しいあの娘《こ》がほかの男と出かけちゃいまいかと、気が気じゃなくなって、心のたいまつに火がつくと、男ってのはいったいどれほど歩きまわったりするものか、それはもう驚くほどだよ。朝の四時っていうのはそういうたいまつが一日のうちで一番燃え盛る時間だ。これは誰もが知ってることだ。

でもって、グッドタイム・チャーリーは実際の話、ブロードウェイの誰より長いことこのたいまつを燃やしてるんだよ。もう一年近くになる。それはつまり、彼の恋人、ビッグ・マージが彼を袖《そで》にして、金持ちのキューバ人に乗り換えてからってことだ。そんなチャーリーが歌いだす。トミー・ライマンの曲だ。すごくゆっくり始まる。悲しげに。

ああ、辛《つら》くてならない
仲間は家に帰っちまい
おまえはただひとり
通りに立ってる

もちろん、この歌にはグッドタイム・チャーリーがバム・バムと合の手を入れるところはないんだけど、おれのきれいなバリトンの見せ場はいっぱいある。特に〝ああ〟というところ。ここを歌うたび、おれは昔の彼女とよりを戻したくなる。ナイトクラブでトミー・ライマンはこの歌でみんなを泣かせて金を取ってる。そういうことがおれにもできるなんて言うつもりはないよ。だけど、トミーはプロの歌手だ。それにこの歌もあいつが自分のために書いた歌だ。彼のほうがおれよりちょいとうまく歌えても、そりゃあたりまえというものだ。それでも、ひとこと言わせてもらうと、おれだってグッドタイム・チャーリーの店の十二人のホステスのうち五、六人は大泣きさせられる。〝ああ、昔の彼女とよりを戻せれば〟ってところなんかじゃとりわけ。十二人中五、六人というのはかなりの確率だ。しかも相手はグッドタイム・チャーリーの店のホステスだ。

そこでいきなりグッドタイム・チャーリーの店の入口のドアが開き、誰かが飛び込んできて、あちこちあたりを見まわす。なんとジャック・オハーツだ。そうやってやつが店内に首を突っ込むのと同時に、のろまのルーイ——おれたちの四重唱でいけてるテノールをやってる——が慌《あわ》てて裏のドアめざして逃げ出す。

だけど、ちょうどドアに着いたところで、オハーツが古い拳銃《けんじゅう》を抜いて、バンバンバンとぶっ放す。ルーイを狙《ねら》って。大方の評判じゃ、オハーツの射撃の腕は悪くはないけど、このときはルーイの右耳しか吹っ飛ばせない。ルーイは裏口のドアを開けて、建物と建物のあいだの通路を脱兎《だっと》のごとく駆け出すけど、そのまえにジャック・オハーツがもう一発撃った最後の弾丸《たま》が命中し、三十分後、ブロードウェイの歩道に倒れてるところをお巡りに見つけられたルーイは、総合病院に運ばれる。

実のところ、おれはルーイの耳が吹っ飛ぶところを見たわけじゃない。そのときにはもう店を逃げ出して、必死こいて四十八丁目通りを走ってたんで。今のはみんなあとから聞いた話だ。

だいたいおれはオハーツがルーイに腹を立ててたことも知らない。だから、なんでオハーツがルーイにこんなことをしたのかって思ってる。だからって、そのことを人に訊《き》いてまわったりはしないけど。人がそういうことをすると、この街じゃなんか魂胆があって嗅《か》ぎまわってるみたいに思われかねないからね。

それはそれ、その翌日の夜のこと、おれはボビーの店――肉専門のレストラン――でジャック・オハーツにばったり会っちまう。オハーツは熱々の肉をほおばりながら、一緒に食おうぜと言ってくる。おれは坐《すわ》ってハンバーガー・ステーキを頼む。オニオンをたっぷり添えてくれってきちっと指示して。坐って料理を待ってると、ジャック・オハーツはこんなことをおれに言う。「謝らなきゃと思ってな。ルーイに弾丸《たま》をぶち込んだのはいいとして、おれはゆうべおまえらの四重唱を台無しにしちまった」

「まあ」とおれは言う。「ありゃ汚ねえよって言ってるやつもいるけど、ジャック、おれはあんたにはもっともなわけがあったんだと思ってる。それがなんだかは知らないけど」

「ルーイはクソ野郎だ」とジャックは言う。

まあ、そのことはおれも知ってる。それについちゃ、街の誰もが知ってる。だけど、だからって、なんでジャックがルーイの耳を吹っ飛ばしたのかはわからない。ただクソ野郎というだけで、誰かが誰かの耳を吹き飛ばしてたら、この街には耳のあるやつなんか数えるほどしかいなくなる。

「ルーイの話をさせてくれ」とジャック・オハーツは続けて言う。「おれの話を聞いたら、おれのまちがいはあと一インチ左を、やつの顔のほうを狙えなかったことだけだって、おまえにもわかるから。近頃、腕が鈍ったのかな。そこのところは自分でもよくわからんが」

「焦《あせ》りすぎたんだよ、たぶん」とおれは深く同情して言う。楽な的をそらすことほど彼を落ち込ませることもない。それがよくわかってるんで。

「たぶん」と彼は言う。「チャーリーの店は照明がよくないしな。最後の一発が当たったのは、ありゃまぐれだ。なんともひどいざまだった。まあ、そんなことよりあのルーイの話をしてやるよ」

ときは一九二四年（とジャック・オハーツは語りだす）おれは初めてサン・ピエールに行ったんだ。ジョン親分——彼の御霊《みたま》よ、安らかなれ——に言われてな。仕事で行ったんだ。ジョン親分はアメリカでも一、二を争うやり手だ。スコッチ・ウィスキーにかけちゃなおさらよ。ジョン親分のことはおまえも覚えてるだろ？　デトロイトで殺されたときにゃ、えらい騒ぎになった。そりゃもう偉い人だったからな。ありゃ痛手だったよ、みんなにとって、ジョン親分が殺されたことは。

おまえはサン・ピエールには行ったことがないってことだが、それで何も損しちゃいないよ。だってよ、ニューファンドランドからもはずれてて、でかい岩のへりにしがみついてるみたいなところなんだからよ。おまけに行くのも行きにくい。どこを通ろうとな。たいていはハリファックスから船だけど。おれが一九二四年に行ったときはジョン親分の帆船だった。モード号って名のな。その船にクリスマス用の高級品を千ケースは載せることになってた。

サン・ピエールを初めて見たときには思ったもんだ、こんなところ、八セントだって買いたくないってな。ただ、おれたちみたいな商売をしてる人間には実に便利な場所でよ。見かけは大したことないんだが、フランス領で、ほとんど全部の住民がフランス語を話すんだ。なぜって、ほとんど全部がフランス人だからよ。フランス人ってのはフランス語をしゃべるのが習慣みたいなやつらで、どこにいようとしゃべくる。どれほど辺鄙《へんぴ》なところにいようとな。まわりには魚しかいないようなところでも。

ま、それはともかく、一九二四年のこの旅でおれはドクター・アルマン・ドルヴァルってやつに会うんだ。なぜかっていうと、肺炎にかかっちまったんだよ。でもって、助かる見込みなんぞまるでない。サン・ピエールみたいなとこじゃ、肺炎になっても、ちゃんとした手当てが受けられるとこなんか、どこにもない。ところが、このドクター・アルマン・ドルヴァルというのが、ジョン親分の友達でな。おれを自分の家に引き取ってくれるんだ。好きなだけ養生すりゃいいって言って。私は医者として最善を尽くすから、なんちゃってよ。

　このドクター・アルマン・ドルヴァルってのは頬ひげなんぞ生やした爺《じじい》だ。そんな爺にリリーって名の孫娘がいてよ。このときはたぶん十二歳ぐらいだったんじゃないかな。編んだおさげを二本背中に垂らしてたっけ。どうやらリリーの親父《おやじ》は——つまりドクター・アルマンの息子は——リリーがまだなんにもわからない赤ん坊の頃に、グランド・バンクスにある日タラ漁に出て、それっきり帰ってこなかったらしい。そのあとおふくろも死んじまって、結局、ドクターがリリーを育てて、そりゃもうすごい可愛《かわい》がりようだったな。

　ふたりはおれが肺炎で世話になった家に住んでたんだが、なかなかいい家だった。ちっちゃくて静かで古めかしくてな。窓からは漁船が眺められた、漁船が好きなら。実際、あそこはおれが知ってる中で一番静かなとこだよ。それと、ほんとの平和ってことがよくわかる唯一《ゆいいつ》の場所だ。英語の話せない肥《ふと》った老婆《ろうば》が毎日ドクター・アルマンとリリーの世話にやってきてたな。リリーはおれの看病とかよくやってくれるんだが、家事をやるにはまだ小さすぎた。

だけど、英語はすごくうまいんだ。それと何かおれのところに持ってくると、いつもおれのベッドに腰かけて、ふたりでおしゃべりしてよ。あれやこれやな。時々、リリーは本を読んでくれたりもする。『不思議の国のアリス』って本だ。これが嘘《うそ》八百だらけの本でよ。ただ、ところどころすごく面白いところもある。リリーはほかにイヴォンヌって名前のブロンドで馬《ば》鹿《か》づらしたでっかい人形を持ってて、おれに本を読んで聞かせるときにはその人形をおれに抱かせるんだ。モード号はもうアメリカに帰ってたから、おれが人形を抱いてるところへ誰かがやってくる心配は要らなかったんで、そこは安心だったけど、さもなきゃ誰だっておれの気が触れたと思うだろうよ。

やっと起き上がれるようになると、夜、リリーとチェッカーをよくやった。ドクター・アルマン・ドルヴァルは揺り椅《い》子《す》に坐って、パイプの煙をくゆらせて、そんなおれたちを見てるんだ。時々、おれは彼女に歌を歌ってやったりもする。言っとくが、なにしろおれは第一級のテノールだからな。昔、七十七師団に配属されて、フランスにいた頃なんかそりゃもうひっぱりだこさ。こっちの四重唱、あっちの四重唱ってな。で、リリーにはこんな歌を歌ったもんさ。『ゼアズ・ア・ロング・ロング・トレイル』とか『マドモアゼル・フロム・アルマンティエール』とか。この歌はもちろん子供には聞かせられない歌詞になると、ダム-ダム-ディー-ダムにして、歌詞は飛ばすけど。

リリーはそのうちおれと一緒に歌うようになってな。これがかなりうまくいった。リリーがすごく好きな『ロング・ロング・トレイル』なんかは特に。たまにドクター・アルマン爺《じい》さんも加わることがあるんだが、爺さんは声がひどくてさ。ま、それはともかく、リリーとおれとドクター・アルマンはとても仲よしになったよ。このふたりだけじゃなくて、おれはサン・ピエールで出会うほかの連中とも仲よくなってよ。これが全員知り合って悪くないやつらで、出会うやつはどいつもこいつもおれに弾丸《たま》をぶち込もうとしてるんじゃないかとか、お巡りに手錠をかけられて署まで来いなんて言われるんじゃないかとか、そんな心配なんかしないで街中を歩けるってのは、なんとも気分のいいもんよ。

ついにはおれの肺炎もよくなって、ハリファックスまで船で行く日がやってくる。そこでおれはびっくり仰天することになる。なんと、ドクター・アルマンもリリーもおれとの別れをすごくすごく悲しんでくれるんだよ。生まれて初めてだぜ、そんなこと。どこであれ、おれとの別れを悲しんだやつなんぞこれまでひとりもいなかった。ドクター・アルマンはすごく悲しんで、握ったおれの手を何度も何度も振ってさ。リリーのほうはわっと泣きだす始末よ。それでおれにもわかるんだ、自分もふたりとの別れをすごく悲しんでることが。彼らのもとを離れたくなくなってることが。で、ドクター・アルマンに約束するのよ、またあんたに会いに帰ってくるってな。するとそのとき、リリーが勢いをつけておれに飛びつき、いきなり、おれの唇にでっかいキスをするんだ。こっちはあんまり驚いちまって、そのあと三十分も唇を拭《ふ》くのを忘れちまったよ。

そのあと数ヵ月は、ニューヨークであれやこれや仕事がすごく忙しくて、ドクター・アルマンのこともリリーのこともサン・ピエールのことも、あんまり思い出すことはなかったな。それに、一九二五年の夏ってのは、ニュージャージーのジャーク・ドノヴァン一家との出入りで弾丸《たま》を食らっちまった夏でさ。とことんばててた。それに、そのときやってたのはビールの仕事で、船を使う仕事はもうやってなかった。なのに、サン・ピエールとドクター・アルマン・ドルヴァルの静かな小さな家のことをよく思い出すようになるんだよ、これが。あっちがどれだけ平和かなんて思ったりしてな。そうなると、もう居ても立ってもいられなくなって、発作的にハリファックスまで行ったら、そのあとサン・ピエールまではあっというまだ。リリーにはいっぱいお土産を買ってさ。人形とかハンカチとか香水とか蓄音器とかな。ドクター・アルマンには剃刀《かみそり》セットだ。だけど、剃刀は失敗だった。アルマン爺さんはひげを剃《そ》らないことにあとから気づいてさ。だから、そんな彼に剃刀を贈るってのは、あんたのひげを快く思ってないって暗に伝える嫌味になりかねない。だけど、ドクターは剃刀のほかの使い道を考えてくれてさ。手術に使うってな。だから、結局のところ、剃刀も無駄にはならなかった。

そんな感じで、二週間、また平和な日々を暮らすことになるんだ。昼間は散歩したり、夜はリリーとチェッカーをやったり歌ったり。だから、今度もまた別れるのがものすごく辛くなる。ドクター・アルマン・ドルヴァルもリリーも今度もまたすごく悲しんでさ。リリーなんかまえのときより大泣きするんだ。これ以降、毎年休暇でサン・ピエールに行くのがすごく待ち遠しくなる。実際の話、ドクター・アルマン・ドルヴァルの家がおれのほんとの家みたいになる。ほんとの家よりずっと平和な。

一九二八年、夏のことだ。サン・ピエールへ行く途中のハリファックスでばったりのろまのルーイに出会うんだよ。やつはデトロイトで踏んだヤマがうまくいかなかったのか、逃亡犯同然の身でよ。文無しで、どこに行きゃいいのかもわからない。個人的な意見を言えば、ルーイのことはけちなコソ泥だっておれはずっとまえから思っててさ。肝っ玉なんぞカナリアほどもない野郎だってな。それでもいつでもいいなりをしやがって、口先だけは人並み以上だ。だからやつのことを買うやつらもいないわけじゃないけどよ。ま、いずれにしろ、そんなルーイの野郎が困ってるわけだ。おれとしちゃ、サン・ピエールまで連れてってやるしかないだろうが。まあ、ほとぼりが冷めるまで、そこでじっとしてりゃいいって思ったわけよ。

おれとまた会えてドクター・アルマン・ドルヴァルもリリーもそりゃもちろん喜んでくれる。おれもそりゃ嬉《うれ》しい。リリーに会えたのがなおさらな。なぜって、その頃にはリリーも十六ぐらいになってたな。箱から出したばかりのピカピカの人形みたいに可愛いのよ、これが。長い黒髪に大きな黒眼、それになにより百万ドルの気立てのよさだ。それだけじゃない。その頃にはもう粗末なフライパンを振りまわして、すごく美味《うま》い料理をつくれるようにもなってる。魚料理だ。それもいろんな。

だけど、サン・ピエール自体がまえとなんだかずいぶんちがっちまってな。それもこれもルーイのせいよ。ルーイはそもそもこの地が気に入らない。で、ケツのあったまるまもなく、あちこちうろついちゃ、住んでる人のことをみそくそに言いやがるんだ。特に女のことをな。だから、こっちもひとこと言わなきゃならなくなる。ちっとは口を閉じてろって。そりゃ確かにな、リリー以外のサン・ピエールの女は別嬪《べっぴん》とはいかないよ。それは事実よ。ジーグフェルドの旦那《だんな》を興奮させられるようなタマじゃないってのはな。

実際の話、商品を扱う多くのアメリカ人にとってサン・ピエールが商売の中心地だった頃でさえ、地元サン・ピエールの女にはちょっかいを出したりはしないってのが、アメリカ人の暗黙の了解みたいになってた。これはサン・ピエールの女はそもそもアメリカ人なんかとヤったりしないってこともあるけど、もっと大きな理由として、こっちも面倒だけは避けたいって思うからだ。なにより面倒の種になるものがあるとすりゃ、そりゃ女をおいてほかにないからな。

今から思い返すと、おれにもうちっと頭があったらってつくづく思うよ。ルーイがリリーに言い寄ってるのに絶対気づいただろうにってな。だけど、おれにとっちゃリリーはいつまで経《た》っても、おさげの可愛い女の子だ。男が口説いたりするような女とは――ましてや自分がすじもんだってことを隠しもしない男が口説こうとするような女とは――とてもとても思えない。

ルーイがしょっちゅうリリーに話しかけてるのには、そりゃ気づいてたさ。チャンスを見っけちゃ、時々彼女と散歩なんかしてるのもな。だけど、それがなんか意味のあることとはまるっきり思わなかった。なぜって、どんな男もサン・ピエールなんかにひとりでいた日にゃ、淋しくなるもんだからな。だから、誰だって誰かと散歩ぐらいしたくなる。たとえその誰かがまだちっこい女の子だとしてもだ。実際の話、あいつがおかしな真似《まね》をするようなとこは一度も見てないしな。ただ、おれとリリーが歌ってると、割り込んできたがるんで、最後には言ってやったよ。どんな編成にしろテノールはひとりで充分だってな。これはおれの意見だが、ルーイのテノールはひどく薄っぺらなんだよ。

やがておれがサン・ピエールを発《た》つ日がやってくる。ルーイも連れていく。あいつをひとりサン・ピエールに置いていきたくはないから。ドクター・アルマン・ドルヴァルはあいつが嫌いみたいだし。リリーはこれまで同様、おれとの別れを惜しんで悲しがる。だけど、別れのキスはしてくれない。これは初めてのことだ。だけど、おれも思い直す。彼女も今じゃもう若い娘だ。そう簡単にキスできる歳《とし》じゃない。ルーイとはハリファックスで別れる。デンヴァー行きの旅費をたっぷりやってな。やつがそこに行きたがったんだ。それ以降、あいつには会ってない。ゆうべグッドタイム・チャーリーの店で見つけるまでは。ハリファックスで別れてほぼ一年後、たまたまモントリオールに行くことがあって、やつの噂《うわさ》を聞いたんだ。マウント・ロイヤル・ホテルのロビーにいて、何を考えるでもなくぼけっと突っ立ってたら、競馬の博《ばく》打《ち》打ちで、ノミ屋のボブ《ボブ・ザ・ブッキー》ってやつが話しかけてきやがってさ。そのときルーイの名前が出るんだ。当然、おれは最後にサン・ピエールに行ったときのことを思い出して、行ってからだいぶあいだが空いちまってるのに気づく。ここ何年かで一番あいだが空いちまってる。あれやこれやほかに用事があってよ。行けなかったんだ。

　そんなことを考えてたもんで、ボブの言うことをしっかり聞いてなかったんだが、気づくと、ボブがルーイをぼろくそに言ってるんだ。ボブが言うには、ルーイの野郎、クリーヴランドに女房と子供がふたりいるのにほったらかしで、何年かまえにとんずらしてそれっきりだそうだ。これはおれの知らないことで、さらにボブはこんなことを言うのよ。

「あの野郎、どっから見ても腐りきったクソ野郎だ。二週間まえもここから出ていきやがった。サン・ピエールから連れてきた若い娘をあとにひとり残して。その娘は病院で死にかけてるのによ。文無しで。こりゃもう犯罪だよ。恥を知れってんだ」

「ちょっと待ってくれ、ボブ」おれは一気にやつの話に引き込まれる。「今、サン・ピエールから連れてきた若い娘って言ったか？　その娘はどんな見かけだ？」

「そう」とボブは言う。「髪は黒で、まだとても若くて、ルーイはそいつをリリーとかなんとか呼んでたな。しばらくカナダのあちこちをふたりでぶらついてたみたいだが、その娘、見るからに肺病病みって感じでさ。もっとも、ルーイなんかとつきあってちゃ、女はみんなあんな感じになっちまうんだろうけどな。おれが思うに、それは」とボブは続ける。「ルーイにちゃんと食わせてもらえないからよ」

やはりリリー・ドルヴァルだった。モントリオールの慈善病院のベッドにいるのを見つけたんだが、あんなのを見たのは初めてだ。あんなに可愛かった娘があんなになっちまうのを見たのは。体重なんか五十ポンドもないんじゃないか。黒い眼は顔の奥に落ち窪《くぼ》んじまってさ。そりゃもうひどいもんよ。それでも、すぐにおれがわかると、必死に――必死に微笑《ほほえ》もうとするじゃないか。

その頃、おれは金まわりがよくてな。リリーを個室に移して、規則が許すかぎり看護婦もいっぱいつけて、モントリオールでも指折りの医者に診させて、花も買って、あれこれしてやったさ。だけど、医者のひとりがこう言うんだ。三週間保《も》つかどうかは五分五分で、ひと月となるとむずかしいだろうって。何があったのか、リリーがようやく話してくれる。それはこれまで百万人の若い娘の身に起きてきたのとおんなじ話だ。それがまた起きただけのことだ。ルーイはハリファックスを離れなかった。うまいこと言ってリリーを呼び出した。彼女はその誘いに乗った。なぜってルーイを愛してたから。女ってのはどうしてこういつもいつもこうなんだろうな。これはおれ個人の意見だがよ、それが女の性《さが》ってもんなのかね。

「でも」とリリーは囁《ささや》き声で言う。「わたしがやった一番よくないことはお祖父《じい》ちゃんを騙《だま》したことよ。わたし、あなたに会いにいくって言ったのよ。ジャック・オハーツに会いにいくって。会ってあなたと結婚するって。だって、お祖父ちゃんはルーイのことをすごく嫌ってたから。だから、彼のところに行くなんて言ったら、絶対許しちゃくれない。でも、お祖父ちゃんはあなたを愛してる。ジャック・オハーツを。だから、すごくすごく喜んでくれた。あなたが息子みたいになるって思って。お祖父ちゃんにこんな嘘をつくなんて死ぬほど悪いことよ。あなたの名前を使うことも、あなたの奥さんになったなんて話を手紙に書いてお祖父ちゃんを騙すことも。でも、わたし、ルーイを愛してたのよ。それにお祖父ちゃんには幸せになってほしかった。だって、お祖父ちゃんはもうすごい歳なんだもの。わかってくれる、ジャック・オハーツ？」

たまげたのなんのってないぜ。おったまびっくらとはこのことよ。だけど、はっきりしてることがふたつあった。まずリリーがルーイにひどい目にあわされたこと、それとこのことをドクター・アルマン・ドルヴァルに知らせるわけには絶対いかないってことだ。爺さんにとってこれがどれほどの痛手になるか。この親切な爺さんのことを思うと、おれに唯一心の平和と平穏を与えてくれた場所がめちゃめちゃにされたことを思うと、心の底から怒りの炎が燃え立ったぜ。ルーイのことが絶対許せなくなった。

だけどよ、そういうことはあとでもできる。今やるべきは病院を出て、結婚許可証を手に入れたら牧師を連れて帰り、その牧師におれとリリー・ドルヴァルとの結婚式を挙げてもらうことだ。その二日後、リリーは最後におれの顔を見上げて、ちょこっと笑い、永遠に眼を閉じた。ここでひとこと言っとくと、結婚するなんてことは、窓から飛び降りようなんて思わないのとおんなじくらい、おれにはありえないことだ。そんなこと、おれはまるっきり考えたことがなかったぜ。

彼女の遺体をサン・ピエールに連れ帰って、ちっちゃな墓地に埋めたよ。あたりには濃い霧が立ち込めててな、遠くじゃ霧笛が悲しく悲しく鳴っててな、ドクター・アルマン・ドルヴァルがおれの耳にこんなことを囁くのさ。

「ジャック・オハーツ、あの長い小道《ロング・トレイル》の歌を歌っておくれ」

おれは霧の中に突っ立って、うまくは歌えそうにないけど、歌ったよ。

長い長い曲がりくねった小道
わたしの夢の世界に続く道
そこではサヨナキドリが歌うたい
月影白く射《さ》している

それ以上は歌えない。なにやら咽喉《のど》に込み上げてきてよ。それまでリリー・ドルヴァルだったミセス・ジャック・オハーツの墓のそばにしゃがみ込んだら、覚えてるかぎり生まれて初めて、おれは声をあげて泣いたよ。

こういうわけだ、ルーイはクソ野郎だろ？　とジャック・オハーツは言う。

おれは坐って考えてる、なるほどな、ジャック・オハーツの言うとおり、ルーイみたいな悪党はいないってね。すると、そこへジャックのお抱え運転手がやってくる。フィンガーズって呼ばれてるやつで、ジャックのそばまで来ると、すごく低い声で言う。

「ルーイの野郎、三十分ほどまえに病院でくたばりましたぜ」

「死ぬまえになんか言ってなかったか？」とジャックは尋ねる。

「なんも」フィンガーズは言う。

「まあ」とジャック・オハーツは言う。「おれも下手《へた》を打ったよな。一発で仕留めなきゃいけないのに。だけど、少なくともそれでやつにもリリー・ドルヴァルのことを考える時間はできたことだろうよ」

彼はそこでおれのほうに向いて、こんなことを言う。

「テノールがいなくなったからって、おまえらは気にすることはないぜ。やつの穴ならいつだっておれが埋めてやれるからよ」

これはおれの個人的な考えだけど、ジャックのテノールはルーイのテノールほどよくはない。『スウィート・アドライン』みたいなけっこう高い音を出さなきゃならない曲の場合は特に。ジャックは高音を長く引っぱれない。長く引っぱれないと、グッドタイム・チャーリーのあのバム・バムが生きない。

こんなおれの考えがジャック・オハーツの耳にはいっちゃ大変だけど、もちろんだけど、正直な話、おれにはちょこっと気にはなってるんだよ。ひょっとしてひょっとして、ジャックはおれたちの四重唱に加わりたくて、ルーイを片づけたんじゃないかって。

第四話

ブッチは赤子の世話をする

The Fourth Story

BUTCH MINDS THE BABY

夕方七時頃、おれはミンディのレストランで、大好物のゲフィルテ・フィッシュ（ユダヤ教徒の伝統的な魚料理。安息日の定番料理）を食べてる。そこへ全員帽子をかぶったブルックリンの三人組がはいってくる。馬づらハリー《ハリー・ザ・ホース》にリトル・イザドアにスパニッシュ・ジョンの三人だ。

　こいつらはどいつも今どうしてるんだろうなんて知りたくなるようなタマじゃない。悪い噂《うわさ》には事欠かないから。その噂がたとえ真実じゃなかったとしても。実際の話、馬づらハリーとリトル・イザドアとスパニッシュ・ジョンの三人がブルックリンから少しでも姿を消して、地元の人たちはすごく喜んでるんじゃないかな。だって、この三人はしょっちゅう地元を痛めつけてるから。人のものを盗んだり、人を撃ったり刺したり、爆弾を投げたり、あれやこれや、やりまくってる。

　そんな三人組を見て、おれはめちゃめちゃ驚く。なぜって、ブロードウェイのお巡《まわ》りはこういう連中をこづきまわすのが大好きっていうことでよく知られてるからだ。

それでも、こうやって会っちまったからには、しっかり大きな声で挨拶《あいさつ》する。おれとしても礼儀を知らないやつだなんて思われたくない。たとえ相手がブルックリンの三人組でも。すぐさま三人はおれのテーブルにやってきて、椅子《いす》に坐《すわ》る。と思ったら、リトル・イザドアが手を伸ばして、おれのゲフィルテ・フィッシュをひとつ手づかみで食べはじめる。でも、おれは一応大目に見てやる。テーブルにある唯一《ゆいいつ》のナイフはおれが使ってるから、手づかみもしょうがないかなと。

やつらは坐って何も言わずにおれを見てる。そのやつらの眼つきにおれはめちゃめちゃ落ち着かない気分になる。で、最後にこんなふうに思う、こいつらはきっと恥ずかしがってるんだって。ミンディの店みたいな上品な店でまともな人たちに囲まれて。おれはそういうやつらの気持ちを察して、すごく礼儀正しく声をかける。

「いい夜だね」

「どこがいい夜だ？」と馬づらハリーが訊《き》き返してくる。このハリーというのは痩《や》せ型で、鋭い顔と鋭い眼をしたやつだ。

まあ、そんなふうに言われてみると、今夜はいいところなんかどこにもないような気がしてくる。それでおれは何か愉《たの》しいことを言おうとことばを探す。その間もリトル・イザドアは手づかみでおれのゲフィルテ・フィッシュを食ってる。スパニッシユ・ジョンのほうはおれのポテトをつまんでる。

「ビッグ・ブッチはどこに住んでる？」と馬づらハリーが言う。

「ビッグ・ブッチ？」おれは生まれてこの方そんな名なんか聞いたこともないような顔をする。なぜって男たちのこの街じゃなんの考えもなしに質問に応じるのはあんまりいい考えじゃないからだ。往々にして、まちがった相手に正しい答を言っちまったり、正しい相手にまちがった答を言っちまったりすることがあるからだ。「ビッグ・ブッチはどこに住んでるか？」とおれはおうむ返しに訊き返す。

「そうだ。どこに住んでる？」と馬づらハリーは言う。もう苛立《いらだ》ってる。「やつのところに連れてけや」

「ちょっと待ってくれ、ハリー」おれはもうビビりまくってる。「ビッグ・ブッチがどこに住んでるか、正確な場所が思い出せなくてさ。それに、おれが誰か連れてって、それをビッグ・ブッチがどう思うか、なんとも言えないし。特に三人も一緒となると。おまけにそれが全員ブルックリンの人となると。だいたいビッグ・ブッチの気性の悪さはあんたらも知ってるだろ？　あんたらをおれが連れてって、それがあいつの気に入らなかったら、あいつはおれになんて言うか」

「これは全部まともな話よ」と馬づらハリーは言う。「ビッグ・ブッチと一緒にやりたい仕事があるのよ。あいつにとってもいい稼ぎになる仕事だ。だから今すぐ連れてけって言ってんの。さもないと、ここらにいる誰かの首に腕をまわして、ちょいと締め上げなきゃならなくなるけどよ、それでいいのか？」

まあ、この場合、ここらにいる誰かの首にハリーが腕をまわすとなると、それはおれの首しかないみたいなんで、おれはこいつらをビッグ・ブッチのところへ連れていくのが得策と判断する。ゲフィルテ・フィッシュの最後のひとつは、現在、リトル・イザドアの食道を降下中だし、スパニッシュ・ジョンはおれのポテトを全部たいらげて、今はライ麦パンをおれのコーヒーに浸してて、おれにはもう食うものがないとなるとなおさら。

しかたなく、おれは西四十九丁目通りを歩いて、十番街に近いところまで三人を案内する。ビッグ・ブッチはそのあたりのブラウンストーンの建物の一階に住んでいる。その建物に近づくと、誰あろう、ビッグ・ブッチが玄関先の階段に坐ってる。いや、実際の話、ここらじゃみんな玄関先の階段に坐ってるけど。女も子供も。そのわけは、ここらじゃそうやって玄関先の階段に坐るのが昔からの習慣だからだ。

ビッグ・ブッチは下着のシャツにズボンという恰好《かっこう》で、靴は履いてない。くつろいだ恰好でいるのが好きなやつなんだ、ビッグ・ブッチというのは。葉巻を吸ってて、彼の横には毛布が敷かれてて、その上にほとんど何も着てない赤ん坊がいる。寝てるみたいで、ビッグ・ブッチはたたんだ新聞紙で、赤ん坊を刺しにくる蚊を時々追い払ってる。この蚊は暑い夜にはニュージャージーからはるばる川を渡ってやってくる。赤ん坊の血がよほど好きなんだろう。

「こんばんは、ブッチ」とおれは玄関先の階段のまえに立って挨拶する。

「しぃぃっ！」とブッチは言う。赤ん坊を指差して。蒸気機関車が蒸気を噴き出す音よりでっかい声で。そのあと忍び足でおれたちが立ってる歩道まで降りてくる。おれはブッチの機嫌がいいことをひたすら祈る。なぜって、機嫌が悪いと、ブッチは相手が誰であれ、短気きわまりない男になるからだ。背は六フィート二インチ、横幅は六フィート、毛むくじゃらの手に剣呑《けんのん》な顔つきの大男だ。

実際の話、どんなことであれ、絶対にビッグ・ブッチをからかったりしちゃいけない。それは街じゅうの誰もが知ってることだ。だから、そんなブッチがブルックリンの三人組を知ってて、特に馬づらハリーにすごく愛想よく会釈《えしゃく》するのを見て、おれはいっぺんで肩の荷が降りたような気分になる。ところが、そのあとすぐハリーがビッグ・ブッチに、びっくらこくような話を持ちかける。

なんでも西十八丁目の古いビルにでかい石炭会社がはいってて、そこの金庫に給料用の現金二万ドルが収められてるらしい。馬づらハリーがそのことを知ってるのは、その会社の給料支払い係が彼の友達で、そいつがまさにその日の午後、それだけの金を金庫に収めたことを知ってるからだ。

どうやらその支払い係は馬づらハリーとリトル・イザドアとスパニッシュ・ジョンとグルで、その日の午後、そいつが給料を銀行から会社に運ぶ途中、三人組に襲われる手《て》筈《はず》になってたのが、どういう手ちがいか、打ち合わせてあった場所で出会えず、それで支払い係は襲われることなく会社まで現金を運ばざるをえなくなって、今、その金はふたつのぶ厚い束となって、会社の金庫に収められてるらしい。

ハリーの話を聞いてて、おれとしちゃ個人的に思わないわけにいかなくなる。三人に自分を襲わせて会社の金を盗ませるとは、この支払い係、なんて太い野郎なんだって。だけど、これはもちろんおれには関係のないことだ。だから彼らのやりとりに加わったりはしない、もちろん。

馬づらハリーもリトル・イザドアもスパニッシュ・ジョンも、金庫から金を盗み出したくても金庫破りに関しちゃ、三人とも素人《しろうと》らしい。で、この緊急事態にどうしたらいいか、ブルックリンで立ち話をしてるときに、ハリーが思い出したわけだ、かつてビッグ・ブッチが金庫破りをなりわいにしてたことを。

これはあとで聞いた話だけど、実際の話、全盛時代、ビッグ・ブッチはミシシッピ川の東側じゃ一番の金庫破りと言われてたそうだ。だけど、やりすぎちまって、しまいにはシンシン刑務所送りになる。そんなことを三回繰り返して、ビッグ・ブッチもとことん刑務所に嫌気がさしたみたいで、加えて、ニューヨークじゃバウムズ法なんぞという法律ができる。あいだを置かず、四回続けてシンシン刑務所送りになったやつは情状酌量の余地なく、死ぬまでシンシン刑務所で過ごさなきゃならんっていう法律だ。

ビッグ・ブッチはそれで金庫破りをなりわいにするのをやめて、小商いをするようになる。ビールの密売とか。たまにはちょこっとスコッチを扱ったりして。そうやって最後にはまっとうな市民になる。それればかりか、結婚もする。相手は地元のウェストサイドのメアリー・マーフィという小娘だ。見るところ、今、階段にいるのがビッグ・ブッチとメアリーとのあいだに生まれた赤ん坊にちがいない。なぜって、これほどブサイクな赤ん坊もそうそういないからだ。もっとも、バラの花そのものなんていう赤ん坊にも、これまたそうそうお眼にかかれるものじゃないけど。

さて、最後に三人組の考えが明かされる。石炭会社の金庫を開けて、現ナマが取り出せたら、その手間賃としてビッグ・ブッチに二万の半分を渡し、あとの半分は今回のことを計画した自分たちが取って、給料支払い係の取り分もそこから出すと言う。ビッグ・ブッチにとっちゃ、すごくいい条件だってことは、傍で聞いててもわかる。

ところが、ブッチは首を縦に振らない。

「金庫破りはもう時代遅れの仕事なんだよ」とブッチは言う。「今じゃ誰もそんなことなりわいにしてない。なぜって、今の金庫はめちゃめちゃよくなったからだ。警報装置の電線が張りめぐらされててさ、今じゃとにかく仕事がひどく厄介になっちまったんだ。それにおれも今じゃ堅気の身だ。それでどうにかやっていけてる。あんたらも知ってのとおり、おれはもうこれ以上、下手《へた》は打てない。もう三回ぶち込まれてるからな。加えて今のおれには赤ん坊がいる。おまけに、今夜はカミさんがミセス・クランシーの通夜で、ブロンクスに出かけてる。カミさんは通夜が好きだから、たぶん今夜は帰ってこないだろう。ていうことは、おれは今夜は可愛《かわい》いジョン・イグネイシャス・ジュニアの世話をしなきゃならんってことだ」

「おい、聞けよ、ブッチ」と馬づらハリーが言う。「この金庫はめちゃめちゃちょろい金庫なんだよ。旧式のやつでよ。おまえなら爪楊枝《つまようじ》一本で開けられる。警報装置の電線もありゃしない。なぜって、この金庫にはもう何年も十セント以上入れられたことがないからよ。そんな金庫に二万っていうお宝が眠ってるのは、今日の支払いに間に合わないよう、おれのダチが持って帰るのをわざと遅らせたからなのよ。おれたちがそいつを襲う段取りがうまくいかなかったんで、機転を利《き》かせたのよ」

　これを聞いて、ビッグ・ブッチは一万ドルという金のことを真剣に考えはじめる。それは傍から見ててもわかる。このご時世、一万ドルは見逃せない。最近とみにやりにくくなってるビールの商売をしてる身としてはなおのこと。それでも、ブッチは最後にまた首を横に振ってこんなことを言う。

「駄目だ。あきらめるしかない。赤ん坊を世話しなきゃならない。こういうことについちゃ、おれのカミさんはすごくうるさいんだよ。赤ん坊をほったらかしにするなんて、一分だってできない。メアリーが帰ってきて、おれが赤ん坊の世話をしてないのを見たらどうなる？　殺されちまうよ。そりゃおれだってたまにはまとまった金をつかみたいよ。誰だってそうだ。だけど」とブッチは続ける。「おれにはジョン・イグネイシャス・ジュニアが一番なんだよ」

　そう言い残して、これで話は終わったとばかりに、階段のほうに戻っていく。そして、ジョン・イグネイシャス・ジュニアの横に腰をおろし、ジュニアの片脚にたかろうとする蚊をなんとか追い払う。ビッグ・ブッチがこの赤ん坊をとても可愛がってるのは誰の眼にも明らかだ。個人的には赤ん坊なんてごめんだけど。一ダース十セントで売りに出されてても買う気はしないね。オスでもメスでも。

それはともかく、馬づらハリーもリトル・イザドアもスパニッシュ・ジョンも見るからにがっかりしてる。それでも三人で雁首《がんくび》そろえて話し合ってる。おれなんかには眼もくれず。そこでいきなり、それまであんまり口を利いてなかったスパニッシュ・ジョンがすばらしいアイディアを思いついて、それをハリーとイザドアに披露する。そのアイディアに三人とも喜びまくり、見てるとハリーがビッグ・ブッチのところへ話しにいく。

「しいぃっ！」ハリーが口を開くと、ビッグ・ブッチはそう言って、赤ん坊を指差す。

「おい、聞け、ブッチ」とハリーは囁《ささや》き声で言う。「赤ん坊の世話はおれたちがするよ。そうすりゃ、おまえは仕事をしながら間接的に赤ん坊の世話もすることになるだろ？」

「ほう」とビッグ・ブッチも囁き声で言う。「そりゃいい考えだ。中にはいって話を詰めよう」

そう言って、ブッチは赤ん坊を抱え上げると、おれたちを家の中に案内して、そこそこ飲めるビールを出す。もちろんアルコールを混ぜたやつだけど。おれたちはキッチンテーブルを囲んで囁き声で話し合う。キッチンにはベビーベッドが置かれてて、ブッチはそこに赤ん坊を寝かす。赤ん坊はおれたちが話し合ってるあいだもすやすや寝てる。あんまりすやすや寝てるもんだから、おれはひょっとしてブッチはおれたちに出したアルコール入りビールを赤ん坊にも飲ませたんじゃないかって思いはじめる。というのもおれ自身、ちょっと眠くなってきたんだ。

最後にブッチがこんなことを言う――ジョン・イグネイシャス・ジュニアも一緒に連れていけるなら、おまえらのために金庫を開けちゃいけない法はどこにもない、ただ、赤ん坊の銀行預金に五パーセント上乗せしてくれたら、家に帰ってきたあと、夜中に赤ん坊を連れ出すとはどういう了見だなんてカミさんに怒鳴られても言いわけが立つんでって。これには馬づらハリーが反論する、五パーセント寄こせとはちと太かねえかと。すると、スパニッシュ・ジョンが横から口を出す。このジョンというのは、なんだかすごく公平なやつみたいで、おれたちが稼ぐ現場には赤ん坊も居合わせるんだから、結局のところ、赤ん坊にも分けまえを手にする権利があるなんて言うのさ。リトル・イザドアはジョンが言うことももっともだと思ったみたいで、馬づらハリーもとうとう折れて、五パーセントでけりがつく。

午前零時をまわるまでは動きたくないということで、それまでやたらと時間ができてしまい、ビッグ・ブッチは、似非《えせ》ビールの調達と、金庫を開けるのに必要な道具探しに家を出る。彼が言うには、そういう道具はジョン・イグネイシャス・ジュニアが生まれてベビーベッドをつくるのに使ったきり、見てないそうだ。

さて、おれとしちゃ、ここらでみんなにさよならを言ってもいい頃だ。なのに、今日の今日まで説明できない何かに引き止められる。個人的には金庫破りに加担するなんておよそ考えられないことなのに。それも赤ん坊連れの金庫破りだ。傍若無人もはなはだしい。なのに、彼らにくっついていったのは、あとから思い返しても、似非ビールのせいだとしか考えられない。実際の話、自分に驚かないわけにはいかないね、気づいたときには、夜中の一時にブルックリンの三人組とビッグ・ブッチと赤ん坊と仲よくタクシーに乗ってるんだから。

赤ん坊はブッチに毛布にくるまれ、相変わらずすやすや寝てる。ブッチは道具を入れた頭《ず》陀袋《だぶくろ》と、でかくて平べったい本みたいな形をしたものを持ってる。おれは彼の家を出るときブッチに小さな包みを渡されてる。そのとき細心の注意を払って持っててくれって言われてる。ブッチはリトル・イザドアにはもっとちっちゃな包みを渡して、イザドアはそれを銃を入れてるポケットに入れてる。そのイザドアがタクシーの座席に坐ると、何かがワーワーと羊の泣き声みたいな音をたてる。急にブッチがすごく怒りだす。どうやらイザドアはジョン・イグネイシャス・ジュニアの人形の上に坐っちまったらしい。ぎゅっとつかむと「ママ〜」って声を出すやつだ。ビッグ・ブッチは、ジョン・イグネイシャス・ジュニアが眼を覚ましたら、何か遊ぶものが要るだろうって思って、その人形を持ってきたわけだ。だからそんなママ〜人形が壊れなかったのはいいことだ。壊れてたら、リトル・イザドアはまずまちがいなく鼻っ柱に一発食らってたね。

おれたちは西十八丁目通りに面して、七番街と八番街のあいだにある目的の場所から、一ブロック離れたところでタクシーを降りると、あとはふたり一組になって歩く。おれは包みを持ってビッグ・ブッチと歩く。ブッチは赤ん坊と頭陀袋と本みたいな平たいものを持ってる。この時間だと、西十八丁目通りもひっそり閑としてて、自分が頭の中で考えてることさえ聞こえてきそうだ。実際の話、おれには自分の考えがはっきり聞こえる。こんなことをしてるなんておまえはとんでもない阿《あ》呆《ほう》だっておれの声は言ってる。おまけに赤ん坊付きとは。それでもおれは歩いてる。とんでもない阿呆のなによりの証拠だね。

西十八丁目に着いてもほとんど人は見かけない。ただ、肥《ふと》った男がひとり、ブロックのほぼ真ん中にあるその建物の壁に寄りかかって立ってて、おれたちに気づくなり、ひとり勝手に歩きだす。そいつは石炭会社の警備員で、馬づらハリーのダチでもある。

おれたちを見るなり、どこかへ歩きはじめたのはそういうわけだ。

ビッグ・ブッチが金庫破りをしてるあいだ、馬づらハリーとスパニッシュ・ジョンは建物の外で見張りに立つ。リトル・イザドアはブッチと一緒に中にはいる。それはブッチの家を出るまえに決めたことだ。ただ、おれは誰にも何も言われてない。いつどこにいたらいいのか。いずれにしろ、おれにはなんの役も与えられてない。それだけははっきりしてる。ただ、おれはブッチに包みを渡されてる。当然、おれもブッチと一緒に中にはいることになる。

石炭会社の中にはいるのは手もないことだ。会社は一階にあって、入口のドアは警備員が開けたままになってるからだ。実際の話、この警備員、実に協力的な男で、しばらく経《た》って戻ってくると、馬づらハリーとスパニッシュ・ジョンに自分の体をしっかり縛らせる。口にはハンカチを押し込まれ、最後に会社のそばの地下勝手口に寝転がらせられる。そうしてあれば、あとから警察に訊かれても、警備員まで金庫破りに加担してるとは思われない。

石炭会社のオフィスは通りに面してて、三人組がビッグ・ブッチに開けさせたがってる金庫は通り側に向けて、オフィスの奥の壁ぎわに置かれてる。その上に小さな電球がともってる。光はすごく弱い。それでも誰かが——たとえば夜警とか——外を通りかかれば、窓越しに金庫が見える。眼が見えないやつでないかぎり。丈のある金庫じゃない。でかくもない。そんな金庫を見て、ビッグ・ブッチがにやりと笑う。どうやら馬づらハリーが言うとおり、大した金庫じゃないんだろう。

ビッグ・ブッチと赤ん坊とリトル・イザドアとおれの四人がオフィスにはいるなり、ブッチは金庫のところまで行って、すごくでかい本としか思えないものを広げる。それは衝立《ついたて》みたいなもので、金庫の前面の正確な絵が片面に描いてある。ビッグ・ブッチは充分な隙間《すきま》を開けて、金庫のまえにそいつを立てる。これで外の通りを誰かが通りかかっても、ブッチがやっていることは見えない。金庫破りをしてるときには、できるかぎりのプライヴァシーが誰しも必要になるものだ。

ビッグ・ブッチは金庫の正面が描かれた衝立の陰に隠れるように、床に敷いた毛布の上に赤ん坊を寝かせると、頭陀袋から道具を取り出して、金庫破りに取りかかる。その間、衝立と金庫のあいだにはあんまりスペースがないんで、リトル・イザドアとおれは部屋の隅の暗がりに移動する。それでもビッグ・ブッチがやってることはよく見える。これだけは言っておこう、プロの金庫破りが仕事に勤《いそ》しんでるのを見るのはこれが初めてだけど、二度と見たいとは思わない。とはいえ、このブッチのやってることはまさしく芸術の域に達してる。

まずコンビネーション錠のまわりにドリルで穴をあける。それもすごくすばやくすごく静かに。すると、そのときジョン・イグネイシャス・ジュニアが毛布の上で起き上がり、いきなり泣きだす。いちいち言うまでもないけど、これにはまいる。黙らせるためなら、こいつを何かでぶっ叩《たた》くぐらいおれには屁《へ》でもない。ところが、ビッグ・ブッチには泣かれることがいたたまれないみたいで、道具を置くと、ジョン・イグネイシャス・ジュニアを抱き上げて、小声であやしはじめる。「よし、よし、よし、可愛い子、お父ちゃんはここにいるからよ」って。

こういう状況で赤ん坊をあやすということ自体、そもそもばかばかしいかぎりだけど、それよりなによりジョン・イグネイシャス・ジュニアにはまるで効き目がない。泣きわめきつづける。それが相当うるさいんだろう、見ると、馬づらハリーとスパニッシュ・ジョンが通りに面した窓のそばまでやってきてる。すごく心配そうな顔をして。ビッグ・ブッチは〝高い高い〟をしたり、揺すったり、幼児語で話しかけたりしてる。一流の金庫破りが幼児語を話すのは聞いててなんだか恥ずかしい。最後に彼はおれがそこまで持ってきた包みを寄こせと言う。

彼が包みを開けると、ミルクがいっぱいはいった哺乳瓶《ほにゅうびん》が出てくる。包みにはほかにも小さなブリキの鍋《なべ》がはいってて、ブッチはそれをおれに渡すと、どこかで水道を探してそれに水を入れてこいと言う。おれはオフィスの中の暗がりを手探りして歩いて、何度か脛《すね》をぶつけて声をあげたりして、どうにか水道の蛇口を見つけて、鍋に水をいっぱい注ぐ。それをビッグ・ブッチのところに持っていくと、彼は赤ん坊を片腕に抱えてしゃがみ込んで、包みの中から携帯燃料ってやつを取り出して、葉巻用ライターで火をつけて、鍋で湯を沸かす。鍋の中には哺乳瓶がはいってる、もちろん。

　ビッグ・ブッチは、何度も鍋の湯の中に指を突っ込んで湯加減を見る。そして、最後に哺乳瓶の乳首をくわえると、赤ん坊がいる女みたいにそれを吸ってみて、ちょうどいい温度になったか確かめる。どうやらそうなったみたいで、哺乳瓶をジョン・イグネイシャス・ジュニアに渡す。ジョン・イグネイシャス・ジュニアは両手で哺乳瓶をつかむと、乳首をちゅうちゅう吸いはじめる。当然それで泣き声はやんで、ビッグ・ブッチはまた仕事に取りかかる。ジョン・イグネイシャス・ジュニアは毛布の上に坐って、哺乳瓶を吸いつづける。そのさまは一本の木に群れてとまるフクロウたちよりも賢そうだ。

　最初にみんなが思ったより厄介な金庫だったのか、それともビッグ・ブッチの道具がよくないのか。古びちまってるのか、錆《さ》びついちまってるのか。ベビーベッドをつくるのに使ったりしたし。ビッグ・ブッチはドリルを二本も駄目にして汗だくなのに、作業は一向に捗《はかど》らない。これはブッチからあとで聞いた話だけど、爆薬を使わないで金庫を開けられる金庫破りは、この国にはほんの数人しかおらず、自分はそのひとりだが、そういう仕事をきちんとやるには金庫のことがそもそもよくわかってなきゃならず、さらに錠の回転部分の正しいところにドリルで穴をあけられなきゃならない。今回の金庫は特別で、彼にはなじみがなく、古い金庫でも彼の知らないタイプだったらしい。

ミルクを飲みおえると、ジョン・イグネイシャス・ジュニアがぐずりはじめ、ビッグ・ブッチは遊ばせるのに、金庫破りの道具をジョン・イグネイシャス・ジュニアに渡さなきゃならない。だけど、最後にはその道具が必要になり、ジョン・イグネイシャス・ジュニアから取り上げる。すると、ジョン・イグネイシャス・ジュニアはぎゃあぎゃあ泣きはじめて、泣きやませるのに、ブッチはまた道具を渡さなきゃならなくなって、しばらくしてまた取り上げる。これじゃ作業が早まるわけがない。

しまいにビッグ・ブッチはドリルで穴をあけるのをあきらめて、声を落としておれたちに言う。錠をゆるめるにはちっとばかし爆薬を使わなきゃならないって。おれたちはそれで全然かまわない。なぜって、こっちはすることもなくただ突っ立って、ジョン・イグネイシャス・ジュニアがばぶばぶ言うのを聞いてるだけなんだから。おれもリトル・イザドアもほとほとうんざりしてる。個人的な希望を言わせてもらえば、おれなんか今すぐ家に帰りたい。

ブッチは何かを探して頭陀袋の中を漁《あさ》りだす。それはどうやら爆薬の小瓶で、そいつで金庫の錠をゆるくするらしい。ところが、すぐには見つからない。最後に、ジョン・イグネイシャス・ジュニアが持ってて、瓶のコルク栓を齧《かじ》ってるのがわかる。爆薬を取り上げるのに、ブッチとジョン・イグネイシャス・ジュニアのバトルが始まる。

それでもどうにかブッチは金庫のコンビネーション錠の近くにドリルであけた穴のひとつに爆薬を仕掛けて、そこに差し込んだ導火線に火をつけるまえにジョン・イグネイシャス・ジュニアを抱え上げる。そして、リトル・イザドアにジョン・イグネイシャス・ジュニアを渡すと、おれたちに言う。オフィスの奥の部屋に行けって。ジョン・イグネイシャス・ジュニアはリトル・イザドアが嫌いみたいで——だからと言って、おれはジョン・イグネイシャス・ジュニアを責めようとは思わないけど——イザドアの腕の中でもがいて大声でわめきはじめる。それがいきなりやむ。嘘《うそ》みたいにおとなしくなる。まあ、証明はできないけど、まちがいないね。リトル・イザドアはジョン・イグネイシャス・ジュニアの口を手で被《おお》って押さえつけたんだね。

そのあとすぐにビッグ・ブッチも奥の部屋のおれたちに加わって、リトル・イザドアからわが子を受け取ると、またジョン・イグネイシャス・ジュニアの声が聞こえだす。何をされたか、赤ん坊には訴えることができないっていうのは、イザドアにとって思うにすごくいいことだ。

「爆薬をちっとだけ仕掛けた」とビッグ・ブッチがいう。「指をぱちんと鳴らすほどの音もしないよ」

　ところが、その一秒後、オフィスからものすごい音がして、建物全体が揺れる。そのとたん、ジョン・イグネイシャス・ジュニアがけらけらと笑いだす。今日が独立記念日で、その花火とでも思ったらしい。

「どうやら爆薬が多すぎたみたいだな」とビッグ・ブッチは言って、すぐオフィスに飛び込む。リトル・イザドアとおれもそのあとに続く。ジョン・イグネイシャス・ジュニアはまだ笑ってる。こいつ、ほんとに赤ん坊かと思うほど心の底から。金庫の扉がはずれてぶらぶらしてる。オフィス全体が大破してる。ビッグ・ブッチは時間を無駄にしない。両手を金庫の中に突っ込んで、現ナマの束をふたつ取り出したらすぐ、着てるシャツの中に入れる。

　通りに飛び出すと、馬づらハリーとスパニッシュ・ジョンが興奮しまくって走ってきて、馬づらがこんなことを言う。

「何やってる、街全体を起こす気か？」

「そう」とブッチは答える。「ちっと爆薬が強すぎた。だけど、誰もやってきちゃいない。おまえとスパニッシュ・ジョンは八番街まで行ってくれ。おれたちは七番街のほうに行くから。静かにしてりゃ大丈夫だ。自分たちはただ歩いてるだけだってな顔してりゃ」

だけど、もうこのときにはリトル・イザドアがジョン・イグネイシャス・ジュニアに我慢ならなくなってる。だからこんなことを言う、おれも馬づらハリーとスパニッシュ・ジョンと一緒に行くと。それで、ビッグ・ブッチとジョン・イグネイシャス・ジュニアとおれは三人組とは反対方向に向かうことになる。そうやって歩きはじめると、ハリーとイザドアとジョンが向かってる角から、ふたりの警官が現われる。ビッグ・ブッチがかました音を聞きつけて、何事かと思ってやってきたんだ。

ついでながら言っとくと、もし馬づらハリーとあとのふたりがブッチに言われたとおりおとなしくしてりゃ、警官もやつらのことを不審に思わなかったんじゃないかな。だって、あの界隈《かいわい》で誰かが金庫を爆破するなんて警官だってあんまり考えないと思うんだよ。なのに、馬づらハリーは警官を見るなり、トチ狂っちまって、古い拳銃《けんじゅう》を取り出してぶっ放しちまうんだ。スパニッシュ・ジョンもおんなじさ。自分のを取り出してぶっ放しはじめる。

次に起きたことは誰もが知ってる。警官はふたりとも弾丸《たま》を食らって地面に倒れる。でも、ほかの警官が四方八方からやってくる。警笛を鳴らして自分たちも銃をぶっ放して。そりゃもうどえらい騒ぎさ。馬づらハリーとリトル・イザドアとスパニッシュ・ジョンを追うかわりに、あたりを調べはじめた警官がハリーの友達の警備員を見つけると、その騒ぎにさらに火がつく。警備員はハリーに縛られたままの恰好で、被害者づらして警官にべらべらしゃべる、自分が警備してたら、金庫をクソ悪党どもが爆破したって。

こんなことが起きてるあいだも、ビッグ・ブッチとおれは反対方向に——七番街のほうに——歩いてる。ビッグ・ブッチは腕にジョン・イグネイシャス・ジュニアを抱いてるんだけど、ジョン・イグネイシャス・ジュニアはとんでもなくでかい声でわめいてる。どう考えても、さっきの爆発で味をしめて、またもう一発聞きたがってるみたいで、泣きわめきの自分の最高記録を破ろうとしてる。歩きながらビッグ・ブッチがこんなことを言う。

「おれは走らんぞ。走ってるところをお巡りに見られたら、撃たれるかもしれない。その弾丸《たま》がジョン・イグネイシャス・ジュニアに当たっちまうかもしれないだろ？

それに走ったりしたら、ジョン・イグネイシャス・ジュニアの腹の中のミルクを揺することになるだろ？　そんなことをしたらジョン・イグネイシャス・ジュニアが気持ち悪くなるかもしれないだろ？　いつもカミさんに言われてるんだよ、ミルクを腹いっぱい飲ませたあとは絶対ジョン・イグネイシャス・ジュニアを揺すっちゃ駄目だって」

「それはそうかもしれないけど、ブッチ」とおれは言う。「おれはミルクを飲んでない。だから揺すられてもおれは気にしない。だからもしあんたがよけりゃ、次の角まで行ったら、ちょっくら走ってみるよ」

だけど、おれたちが向かってる七番街の角には、三人の巡査とでかくて肥った巡査部長が立ってる。巡査のひとりが巡査部長に話してる。長い距離を走ってきたみたいで息急《いきせ》き切らして。この近くで金庫が爆破されて、ふたりの警官が逃亡中の犯人に撃たれたなんて報告してる。

今、おれたちはそんなところに向かってる。ビッグ・ブッチはジョン・イグネイシャス・ジュニアを腕に抱いて、二万ドルをシャツの中に入れて、錚々《そうそう》たる前科を引っさげて。

おれはビッグ・ブッチが気の毒になる。おれ自身のことも。気づくと自分にこんなことを言ってる、ここから逃れられたら、生きてるかぎり教会の牧師さん以外とは誰ともつき合わないって。あと、こんなことを考えたのも覚えてる、ビッグ・ブッチと比べたらおれなんかまだましだ、一生シンシン刑務所にぶち込まれるわけじゃないんだからなんて。さらにこんなことも思う、ジョン・イグネイシャス・ジュニアはどうなるんだろうって。相変わらず泣きわめきっぱなしで、ビッグ・ブッチは「よし、よし、よし、お父ちゃんの可愛い子」なんて今もあやしてるけど。巡査のひとりが巡査部長にこんなことを言う。

「こいつら捕まえますか？　事件に関係してるかもしれないっすよ」

ああ、これで一巻の終わりだ、ブッチもジョン・イグネイシャス・ジュニアもおれも。でぶの巡査部長がビッグ・ブッチに近づく。手をかけるのかと思ったら、かわりにジョン・イグネイシャス・ジュニアを指差して、いかにも同情したように言う。

「歯か？」

「いや」とビッグ・ブッチは答える。「歯じゃないよ。腹痛《はらいた》だ。で、ここにいるお医者さんを叩き起こして、今から薬局に薬を取りにいくとこなんだ」

ブッチのこのことばには驚いたのなんのって。だって、そもそもおれは医者なんかじゃないし、ジョン・イグネイシャス・ジュニアが腹痛だろうとなんだろうと、そんなことは知ったこっちゃないし。それでも、医師免許を見せろなんてことだけは言わないでくれって祈ってると、でぶの巡査部長がこんなことを言う。

「そりゃよくないな。よくわかるよ。おれにも子供が三人いるから。でも」と巡査部長は続ける。「腹痛かなあ。見てると、歯みたいな気がするがなあ」

　ビッグ・ブッチとジョン・イグネイシャス・ジュニアとおれは自分たちの〝任務〟を続行するため立ち去る。巡査部長がさっき進言した巡査に、皮肉たっぷりに言ってるのがうしろから聞こえる。

「ああ、そうとも、さっきのやつは赤ん坊を片手に金庫破りに出かけたのさ！　おまえ、絶対いい刑事になれるよ、それだけは請け合ってやる」

　そのあとしばらくはビッグ・ブッチと顔を合わせる機会がない。馬づらハリーとリトル・イザドアとスパニッシュ・ジョンは、無事にブルックリンに逃げられたそうだ。警官が撃った弾丸《たま》があちこち当たることは当たったそうだが。やつらが撃った警官のほうも深手を負ったわけじゃなさそうだ。ついでに言うと、できることならビッグ・ブッチにはあと何年も会わなくたってかまわないところだけど、ある夜、向こうのほうからおれに会いにくる。なんだかすごく喜んでる。

「なあ」と彼は言う。「わかると思うけど、おれはそもそもお巡りなんざなんにもわかってないやつらだと思ってる。だけど、これだけは言いたくてよ。おれたちがあの夜出会ったあのでぶの巡査部長、あいつはめちゃめちゃ賢いやつだったよ。あいつ、ジョン・イグネイシャス・ジュニアがむずがってるのは、歯のせいじゃないかって言ってたろ？　でもって、つい昨日何があったと思う、ジョンに一本目の歯が生えてきたんだ！」

第五話

リリアン

The Fifth Story

LILLIAN

いつも言ってることだけど、ウィルバー・ウィラードってほんと運のいいやつだよ。あの寒い朝に四十九丁目通りをふらふら歩いてたら、母猫を捜して、にゃあにゃあ鳴いてたリリアンに出くわすなんてね、こりゃもうつき以外のなんでもないね。

さらに何がついてたかって、そのときウィルバー・ウィラードはめちゃめちゃ酔ってたんだ。五十九丁目通りのアパートメントでハガティって友達とスコッチをジョッキで何杯も飲んでてさ。だって、そこまで酔ってなかったら、リリアンを見てもただの黒い仔猫《こねこ》としか思わないと思う。近づきたいとも思わないよ、普通。だって、黒猫ってのはすごく不吉な生きものだろ？　まだそいつがただの仔猫でも。

でも、今言ったみたいにめちゃめちゃ酔ってるもんだから、ウィルバーにはものが全然普段とちがって見えて、リリアンのことも雪の中で難儀してるちっちゃな黒猫とは思わない。美しい豹《ひょう》だって思うのさ。これはたまたま通りかかった警官――ウィルバード・ウィラードのことを知ってるオハラって警官――もちゃんと聞いてる。「おお、なんとなんと。なんと美しい豹よ！」なんてウィルバーが言うのを。オハラはそう言われてまわりを見まわすんだ。自分の受け持ちの地区をそんなものにうろつきまわられちゃ困るから。それって法律に反することでもあるし。だけど、これはあとで本人から聞いたことだけど、何もいない。そこには酔っぱらいがひとりいるだけだ。ウィルバーはというと、痩《や》せこけた黒い仔猫をコートのポケットに入れてこんなことを言ったそうだ。

「おまえの名前はリリアンだ」

そう言って、よろよろと八番街の〈ホテル・ドゥ・ブリュッセル〉っていう安宿に向かう。その安宿の最上階がやつの部屋で、もうずいぶんと長いことそこに住んでる。というのも、そのホテルの経営者が役者を嫌がらない人でさ。実際の話、心がすごく広いんだ。

ただ、この朝はウィルバーの隣人から文句が出る。ミミー・マディガンっていう隣人で、バーレスクにその名で出てる女なんだけど、実際の話、仕事にはずっとあぶれてる。その女が聞きつけるんだよ、ウィルバーが美しい豹よとかなんとか言ってるのを。で、フロント係に電話して言うのさ、猛獣を連れ込むのを許可してるホテルはおよそ立派なホテルとは言えないって。だけど、フロント係がウィルバーの部屋をのぞいてみても、ウィルバーはただ黒い仔猫と遊んでるだけだ。だから彼女の苦情は相手にされない。そもそも〈ホテル・ドゥ・ブリュッセル〉を立派なホテルにしろ、まあ、そこそこのホテルにしろ、そんなふうに思ってるやつなんかひとりもいないし。

　もちろん、その日の午後、眼が覚めて素面《しらふ》になってよく見ると、ウィルバーにもリリアンが豹でないことがわかる。実際、自分と一緒に黒い仔猫がベッドに寝てるのを見てひどく驚く。自分の胸の上に暖かそうに乗っかってるのを見て。まず最初、自分が見てるものが信じられない。でも、そのうちハガティのウィスキーのせいかと思い、最後にそうだと納得すると、リリアンをポケットに入れて〈ホット・ボックス〉っていうナイトクラブに行って、リリアンにミルクをやる。ミルクはリリアンの大好物だ。

　そもそもリリアンはどこから来たのか。誰も知らない、もちろん。おおかた誰かが窓から雪の中に捨てたんだろうけど。ニューヨークじゃ、あれやこれやしょっちゅう窓から捨てられてるから。仔猫も含めて。実際の話、この街にいっぱいいるものがあるとすりゃ、そりゃ仔猫だ。そいつらは放っとくと最後に大人の猫になって、ゴミ箱を漁《あさ》ったり、屋根の上でにゃあにゃあ鳴いたりして、おれたち人間さまの安眠を妨害するのが趣味だ。

個人的には、おれは猫なんてものはなんの役にも立たないものだと思ってる。仔猫も含めて。いいところのある猫なんて見たことないし。ただ、プッシー・マグワイアってやつを知ってるんだけど、こいつは猫とかたまに犬とか盗む以外何もやってない。それだけで飯を食ってる天才だ。盗んじゃ婆《ばあ》さんにペットとして売るんだよ。ただ、プッシーが盗むのはペルシャ猫とかアンゴラ猫とかだけで、上等な猫だけだ。このリリアンはまるっきりそういう猫じゃない。ただの黒猫だ。この街じゃ黒猫なんか一ダース集めても十セントでも売れない。基本的に黒猫はひどく不吉な生きものだし。

それから何週間か経《た》って、ウィルバーはリリアンの名をハーマンとかシドニーとかに変えてもよかったわけだけど、リリアンにこだわる。というのも、何年もまえ彼がヴォードヴィルの世界にいたときのパートナーの名前がリリアンなのさ。このリリアン・ウィシントンの話は酔っぱらうと今でもよくする。ウィルバーの場合、そういう機会がしょっちゅうあるけど。なにしろ呑《の》んべえだから。スコッチでもライウィスキーでもバーボンでもジンでもなんでもござれだ。水以外は。実際の話、飲むことにかけちゃすごくこだわってて、この国じゃ飲酒は法律違反だなんて彼には言わないほうがいい。ただ怒らせるだけだから。法律なんざクソ食らえってね。もっとも、ウィルバーは〝クソ食らえ〟なんかよりもっと激しいことばを使うけど。

「まさに美しい豹だったよ、彼女は」とウィルバーはリリアン・ウィシントンを思い出しておれに言う。「あの黒い髪に黒い眼。しなやかな身のこなし。おれが見たことのある豹そのものだった。パレス劇場でアニマル・ショーの連中と一緒に出たことがあって、そのとき見たんだ。その頃、おれたちは〝看板さん〟でよ」と彼は続ける。

「この国一番の歌と踊りのコンビだった。

彼女を見つけたのはサン・アントニオだ。テキサスの。彼女は修道院学校を出たばかりで、おれのほうはパートナーだったメアリー・マギーを亡《な》くしたところだった。サン・アントニオで肺炎にかかって死んじまったんだ。リリアンは舞台に立ちたがってた。で、組んでみたんだ。すると、彼女が生まれながらの役者だってことはすぐわかった。とんでもない美声の持ち主ってことも。おまけに豹みたいだったんだ。そう、ほんとにそうだった。彼女の中には猫がいた。そりゃもうまちがいない。猫と女にゃ通じるところがある。感謝知らずってところだ。おれはリリアンを愛してた。彼女と結婚したかった。だけど、彼女はおれには冷たかった。一生舞台に立ってるつもりはないって言ってよ。はっきり自分で言ってた、欲しいのは金だって。贅《ぜい》沢《たく》だって。豪邸だって。おれみたいな男にそういうものはまず与えてやれない。

それでも彼女のためならなんでもしたよ。奴《ど》隷《れい》みたいなもんだ。彼女のためならできないことなんか何もなかった。なのにある日、ボストンでのことだ。おれのところにやってくると、別れたいって言ってきた。冷静そのものだった。ボストンの金持ちの男と結婚するって言われた。打ちのめされたよ、言うまでもないけど。新しいパートナーを探す気にもなれず、ひたすら飲むようになっちまった。で、今じゃキャバレー芸人というわけだ」

そう言って、ウィルバーは時々泣きだしたりもする。こっちもつられて泣くこともある。だけど、おれ自身は実際の話、ウィルバーにとってそうそう悪いことばかりでもなかったんじゃないかって思ってる。与えられないものを欲しがる女と縁が切れたんだから。与えられないものを欲しがる女っていうのはいるもんで、そんな女に捕まって苦労してる男がこの街にはごまんといる。そういう男は女を黙らせるために身を粉にして働かなきゃならない。

〈ホット・ボックス〉の芸人として、ウィルバーはけっこう稼いでる。ただ、芸人としちゃ悪くないのに、稼いだ金は大半スコッチに消えちまう。おれも〈ホット・ボックス〉には時々出かける。気分がブルーなときに彼が『マイ・メランコリー・ベイビー』とか『ムーンシャイン・ヴァレー』とか淋《さび》しい歌を歌うのを聞きに。そういう歌を聞くと、胸が張り裂けそうになる。個人的な意見を言うと、おれにはウィルバーを愛せない女がいること自体信じられない。彼が気分よく酔って、『マイ・メランコリー・ベイビー』みたいな歌を歌ってるときは特に。そもそも彼は背が高くて、ハンサムで、睫毛《まつげ》が長くて、眠そうな茶色の眼をしてて、おまけにあの声だ。低く嘆き悲しむような。女はたいていその声にまいっちまう。だから、彼が〈ホット・ボックス〉で歌うときには、何人もの女が彼に秋波を送る。なのに、彼のほうは知らん顔だ。思うに、今でもリリアン・ウィシントンのことしか考えられないんだろう。

いずれにしろ、黒い仔猫のリリアンが現われて、ウィルバーは人生に新たな興味を見いだす。リリアンのほうもすっかり可愛《かわい》くなって、ウィルバーがしっかり餌《えさ》を与えるので見映えもずっとよくなる。色は煙突の内側の竈《かまど》から一ヤードほど上のところより黒く、白いところなんかひとつもない。成長も早くて、すぐにウィルバーはポケットに入れられなくなって、首輪にリードをつけて連れ歩くようになる。それでリリアンはブロードウェイ界隈《かいわい》じゃかなり有名な猫になる。ウィルバーがどこにでも連れていくから。で、しまいにはリードも要らなくなって、まるで犬みたいにウィルバーのあとをついていくようになる。それでもこの喧騒《けんそう》の四十丁目界隈で、リリアンにちょっかいを出そうなんて犬は一匹もいない。なぜって、そんなことをしようものなら、リリアンにあっというまに背中に飛び乗られ、引っ掻《か》かれたり咬《か》まれたりして、よけいなことなどしなきゃよかったって後悔して、すごすご退散するしかなくなるからだ。だけど、四十丁目界隈の犬というと、もちろんブロンドの女が散歩させてる狆《ちん》とかペキニーズとかポメラニアンとか、毛がふわふわのちっこいプードルとかで、そういう犬は賢い猫を相手に自分に振られた役割をうまく演じることができない。その結果、ウィルバー・ウィラードは、タイムズ・スクウェアからコロンバス・サークルのあいだで犬を飼ってる女には、口も利《き》いてもらえなくなる。彼女たちはみな、ウィルバーもリリアンもどこかで野垂れ死にしてくれればいいと思ってる。さらにこんなことも起こるようになる。女たちのお供をしてる男たちに喧嘩《けんか》を吹っかけられるように。でも、ウィルバーは泥酔《でいすい》してなくて足元もふらふらしてなきゃ、喧嘩が弱いわけじゃ全然ない。

〈ホット・ボックス〉での舞台がはねると、たいていもぐり酒場にしけ込む。まだ店が開いてりゃどこでもいい。〈ホット・ボックス〉ですでにしこたま飲んでるのに、その店でもさらに飲む。この街で〈ホット・ボックス〉の酒とどこかほかの店の酒でチャンポンするのは、ものすごく危険なことだって言われてるけど、ウィルバーにはこれはあてはまらないみたいで、陽が昇りだす頃、スコッチのボトルを二本ばかり抱えて〈ホテル・ドゥ・ブリュッセル〉の部屋に戻ると、持ち帰ったスコッチをナイトキャップにする。だからようやく寝る頃には、ウィルバーの体内には相当な量のアルコールが詰まってるはずだけど、それでいつも快適に眠れるそうだ。

これは言うまでもないことだけど、そんなウィルバーの酔っぱらいぶりを責めるやつなどこのブロードウェイにはひとりもいない。なぜって、リリアン・ウィシントンに振られはしても、ウィルバーが今でも彼女を愛してることは誰もが知ってるからだ。この街じゃ男が女に振られて大酒を飲むというのは当然のことと考えられてる。むしろ謎《なぞ》はこんなに飲んでもウィルバーはなんで死なないんだろうってことだ。ウィルバーに比べたら飲んだうちにもはいらないやつらが墓場にはいっぱい埋まってるのに。見るかぎり、ウィルバーは何も感じないみたいで、いや、ほんとはけっこう感じてるのかもしれないけど、最近の酒はこんなもんだよなんて文句を言ってまわったりもしない。

ある冬のこと、ウィルバーのことでミンディの店の常連が金を出し合う。ウィルバーはいつもグッドタイム・チャーリーの店で飲んでるんだけど、チャーリーの店なんかでそんなに長いこと飲んでたら、春までもたないだろうってことで賭《か》けが四対一で成立するんだ。ところが、ウィルバー・ウィラードは生き延びる。そのあとみんなが言ったもんだ、あいつは超人なんだから、あんなやつを賭けの対象にしちゃいけないって。

ウィルバーはミンディの店にも時々リリアンを連れてくる。そんなときリリアンはどこかに犬はいないかとあたりを見まわしながら、やつのうしろをついて歩く。天気の悪い日はウィルバーの肩に乗ってる。ウィルバーはミンディの店の椅子《いす》に坐《すわ》ると、おれたちととりとめのない話をする、何時間でも。そのあいだも始終尻《しり》のポケットから瓶を取り出しちゃ飲んでる。もちろん、そんな酒は彼にしてみりゃ数にはいらない。

リリアンはいつも彼のできるだけすぐそばに寝そべる。そんな様子からもウィルバーのことが大好きなのが誰にもわかる。ウィルバーのほうも彼女が大好きなのが。ただ、時々ウィルバーはうっかりリリアンのことを美しい豹だなんて言うことがある。もちろんうっかりしてだ。口がすべっただけのことだ。だけど、リリアンのことを豹だって思うことで、ウィルバーは幸せになれるみたいなんで、誰も傍《はた》からそれを正したりしない。

「リリアンはいつかおれから逃げていくような気がするんだよな」とウィルバーはリリアンの背中を撫《な》でながら言う。静電気が起きてパチパチいうほど。「そうとも。おれがどれだけレヴァーとかイヌハッカとかあれこれ食わせてやっても、おれの愛情をすべて捧《ささ》げても、たぶんいつかはおれを袖《そで》にすると思うんだよな。猫って女みたいだろ？　どっちも感謝知らずの生きものだろ？」

「両方ともとりあえず縁起の悪い生きものだよ」サイコロ振りのビッグ・ニッグが言う。「特に猫はな。黒猫はそんな中でも最悪だ」

黒猫が縁起の悪い生きものだってことは何人ものやつがウィルバーに言ってる。夜中にハドソン川の南のほうまで行って、重しをつけて沈めてきたほうがいいなんて忠告するやつもいる。ウィルバーは言う、おれはリリアン・ウィシントンに振られたときに、世界じゅうの悪運をすでに引き受けちまってるから、猫のリリアンがこれ以上不運をもたらすとは思えないって。で、ことさら心を込めて猫の世話をするんだ。そのおかげか、リリアンはますます大きくなる。そのうちおれはリリアンの中にはセントバーナード犬がはいってるんじゃないかって思うようになる。

でもって、リリアンに関して妙なことに気づく。あるときにはウィルバーに深い愛情を示すのに、あるときにはそれとは逆で、敵に対するみたいに、ウィルバーに向かってふうってうなったり、爪《つめ》で引っ掻いたりするんだ。ウィルバーが酔っぱらってるときはいいんだけど、あんまり酔ってないときにはウィルバー同様、淋しそうにすることもあって、落ち着かなくなったりもするんだ。そういうときは〈ブリュッセル〉の住人が飼ってる犬に対してもすごく攻撃的になる。

実際の話、ウィルバーが寝ると、リリアンは犬狩りにいく。まずガニ股《また》の犬を追いまわす。放し飼いされてる犬には眼がなくて、綱につながれてない犬はリリアンにとっちゃいいカモだ。

もちろん、犬を飼ってる女たちは怒りまくる。特にリリアンが自分とおんなじぐらいの大きさのペキニーズの首をくわえて引きずって、ご帰還になったりすると大変だ。そのあとからはまるで人殺しでもあったみたいに女がわめき叫んで走ってくる。リリアンはと言えば、ウィルバーが自分の部屋の玄関のドアに穴をあけてつくったペットドアを抜けて、中にはいる。ペキニーズを引きずって。でも、そんなときウィルバーは怒ってリリアンを殴りつけたりするんじゃなくて、むしろ嬉《うれ》しそうなんだ。リリアンがペキニーズを連れて帰ってくるときはだいたい酔っぱらってるから。だから、そういうときはリリアンのことを美しい豹だと思ってるんだ。

実際の話、「これはこれは」なんて言ったりする。「これはこれはありがたい。おれの美しい豹がジャングルに狩りにいって、夕食のアンテロープを仕留めてきてくれた」なんて。

もちろん、やつの言ってることにはなんの意味もない。ペキニーズがアンテロープであるわけがないもの。ウィルバーの部屋の外にいるブロンド女はウィルバーがぼそぼそ言うこのことばを聞いて、ウィルバーが彼女のペキニーズを夕食に食っちまうんじゃないかって思う。それで騒ぎまくって、実際、大騒ぎになる。そのブロンド女の苦情を丸く収めるのは至難の業だ。それだけじゃない。翌日の夜、ブロンド女の彼氏でグレゴリオって名のイタ公の密造酒野郎が〈ホット・ボックス〉にやってくる。ウィルバー・ウィラードに焼きを入れようと。

ところが、ウィルバーはこのイタ公を丸め込んじゃうんだ。何杯か飲ませて、それに『メランコリー・ベイビー』を歌って聞かせて。これでこのイタ公、ウィルバーとリリアンがすごく気に入っちゃって、こんなことまでするんだ。ウィルバーに五ドル渡して頼むんだ、またリリアンがペキニーズを襲ったら、今度は連れて帰るんじゃなくてどっかで始末してくれって。どうやらこのグレゴリオ、ペキニーズが好きじゃなかったみたいなんだな。で、自分も怒ってるふりだけしてみせてたみたいなんだ。ブロンド女を喜ばせようと。どれだけ愛してるかブロンド女に思わせようと。

それにしても、どう見てもリリアンの様子がこのところおかしい。考えた末、おれはウィルバーに訊《き》いてみる、そのことに気づいてるかって。

「ああ」と彼は言う。すごく淋しげに。「どうやらもうおれは彼女に愛されてないみたいだ。彼女、このところすごく移り気になっちまってさ。先日、〈ブリュッセル〉

のおれとおんなじ階に、ちっちゃな男の子がいる男が引っ越してきたんだけど、リリアンはこの子がいっぺんで好きになっちまったんだよ。ああ、そうとも」とウィルバーは嘆く。「猫は女とおんなじさ。やつらの愛情は長続きしない」

その数日後、おれは〈ブリュッセル〉を訪ねて、ウィルバーとおんなじ階に住んでるクラッチーという名の男に伝えにいく。あんたのことをあんまり快く思ってない人間がこのあたりには何人かいる、だからここから出ていくってのも悪い考えじゃないって。そいつらの縄張りで酒を売るのはよくない考えだって。ちょうどそのとき、リリアンがちっちゃな男の子と廊下に出てくる。きっとウィルバーが言ってた子供だ。三歳ぐらいで、黒い髪に黒い眼をしたすごく可愛い子だ。見てると、その子はふざけてリリアンの毛を引っぱってる。これにはおれもびっくり仰天する。リリアンはとてもそんなことをさせる猫じゃないからだ。たとえひっぱるのがウィルバー・ウィラードでも。

なんでこんな子が〈ブリュッセル〉みたいな安ホテルにいるのか。もしかしたら役者の子供なのか。ただ、ママはいない。あとでウィルバーに会って、このことを伝えるとやつは言う。

「まあ、あの子の父親が役者だとしても、仕事はしてないね。いつも部屋にこもってるもの。それで子供も廊下以外どこにも行かせない。おれはなんか子供が可哀《かわい》そうでさ。それでリリアンと遊ばせてやってるんだよ」

　さて、寒い日が続くある朝、そろそろ五時になる頃、おれたちは何人かでミンディの店にいるんだけど、消防車が外を通り過ぎる音がする。そのあとカンザスって名の男が店にやってくる。その名の由来はただカンザス出身だからで、カンザスはプロのサイコロ振りだ。そのカンザスが言う。

「おんぼろ〈ブリュッセル〉が火事だ」

「あそこはしょっちゅう燃えてるからな」とビッグ・ニッグが言う。〈ブリュッセル〉じゃ、ホットなことがよく起こる。ニッグはそう言いたいわけだ。

　ちょうどそこへウィルバー・ウィラードがやってくる。しこたま飲んでるのは誰が見てもわかる。グッドタイム・チャーリーの店からまっすぐ来たんだろう。かなり酔ってる。実際の話、おれもこんなに酔ってるウィルバーを見るのは初めてだ。リリアンは連れてない。ウィルバーはリリアンをグッドタイム・チャーリーの店には連れていかない。チャーリーが猫嫌いなんで。

「おい、ウィルバー」とビッグ・ニッグが言う。「あんたのドヤ、〈ブリュッセル〉が火事だぞ」

「ふうん」とウィルバーは言う。「おれはちっちゃな蛍だからよ。光が要るのよ。火のあるところにみんなで行こうぜ」

〈ブリュッセル〉はミンディの店からたった数ブロックのところだ。おれたちはほかにすることもないんで、ふらつくウィルバーを先頭に八番街まで歩いていく。すぐに古ホテルが勢いよく燃えてるのが見える。消防士が水をかけ、警官が非常線を張ってる。野次馬が近づかないように。もっとも、朝のこの時間帯、野次馬はそれほど多くはないけれど。

「美しくはないか？」炎を見上げてウィルバー・ウィラードが言う。「ライトアップされたおとぎ話のお城みたいじゃないか？」

わかるだろ？　ウィルバーには自分の住まいが燃えてることがまるでわかってない。ホテルのあちこちから、男も女も半分裸か、まるっきり裸で飛び出してきてる。窓から飛び降りるかもしれない人のために、消防士が安全ネットを広げてる。

「なんて美しいんだ」とウィルバーは言う。「リリアンを連れてきて見せてやらないと」

みんなが気づいたときにはもう、ウィルバーはまるで何も起きてないみたいに〈ブリュッセル〉の玄関ドアから中にはいってる。消防士も警官もびっくり仰天しちまって、呼び止めることしかできない。ウィルバーのほうはそんなことなどおかまいなしだ。当然のことながら、誰もがウィルバーはいかれちまったんだと思う。ところが、どっこい、十分後には同じドアから歩いて出てくる。火と煙の中からどこまでも涼しげに。おまけにリリアンを抱いて。

「聞いてくれよ」とウィルバーはおれたちが突っ立ってるところまでやってくると言う。おれたちはみんな目玉が飛び出してる。「おれの階まで階段を上がらなきゃならなかった。エレヴェーターが動いてないんだよ。ここのホテルはサーヴィスがどんどんひどくなっててさ。今度家賃をいくらか入れるときに、絶対文句を言ってやろうと思ってる」

そのあと何が起こったかと言うと、一声でっかくニャアオって鳴いたと思ったら、リリアンのやつ、ウィルバーの腕の中からぽんと飛び降りちまうんだ。そして、背中の毛を逆立て、消防士や警官の脇《わき》を堂々と歩いてって、その次にはもう〈ブリュッセル〉の中にはいっちまうんだ。玄関のドアを通り抜けて。それもものすごいスピードで。

「これは、これは、これは」とウィルバーがつぶやく。さすがにびっくりしてる。

「リリアンが行っちまった」

そのあとこのイカレ頭のウィルバーは何をしたか。やつもまた踵《きびす》を返して、〈ブリュッセル〉の中に戻っていくんだ。この頃には玄関のドアからも煙がもうもうと出てるんで、彼の姿は一瞬で見えなくなる。言うまでもないけど、消防士も警官もこれにはおったまびっくらだ。やつらにしても火の中を出たりはいったりするやつには慣れてないんだろう。

　今度ばかりはそこらに立ってるみんながもう駄目だと思う。誰でも二倍半から三倍の気前のいいオッズでウィルバーはもう帰ってこないほうに賭けるだろう。だってそのときにはもう〈ブリュッセル〉は下の階から炎と煙にすっかり包まれてるんだから。上の階の火はそれほどでもないけど。住人はみんな避難したみたいで、消防士も外から消火活動をしてる。〈ブリュッセル〉は古い建物だから、床がいつ崩れてもおかしくない。そんなリスクを冒して中にはいる意味はない。

　みんなと言ったのは、もちろんウィルバーとリリアンを除いてっていう意味だ。みんなウィルバーもリリアンもどこかで焼け焦《こ》げになってるはずだって思ってる。もっとも、フィート・サミュエルズは二・六倍のオッズならリリアンが生きて戻ってくるほうにちょこっと賭けてもいいぜ、なんてみんなに持ちかけてるけど。やつに言わせりゃ、猫には九つの命があるっていうから、これは案外まともなオッズなんだそうだ。

すると、そこへ身なりのいい女が現われる。なんか興奮してて、人垣を掻き分けて、無理やりロープが張られた一番まえまで出てくると、めちゃくちゃ甲高い悲鳴をあげる。そんな声をあげられた日にゃ、こっちは自分の頭の中の声さえ聞こえなくなる。その甲高い声に合わせるみたいに、「アイ・リー・ハイ・ヒー・ホー」ってスイスのヨーデルみたいな声が〈ブリュッセル〉の屋上から聞こえてくる。みんなが見上げると、なんとウィルバー・ウィラードが屋上のへりに立ってるじゃないか。炎と煙のずっと上で歌ってるんだ、ヨーデルを。でっかい声で。

一方の腕に包みを抱えて、もう一方の腕にはおれがいつかリリアンと廊下で遊んでるのを見かけた幼い男の子を抱いてる。そんなウィルバーが「アイ・リー・ハイ・ヒー・ホー」って繰り返すと、身なりのいい女がウィルバーのヨーデルよりでかくて甲高い悲鳴をあげる。消防士たちが急いでウィルバーの下に安全ネットを持ってくる。

ウィルバーはもう一回「アイ・リー・ハイ・ヒー・ホー」って歌うと、包みと子供を抱えたまま飛び降りる。尻から落ちて、落ち着くまでしばらくバウンドする。ていうか、ウィルバーはそのバウンドを愉《たの》しんでる。消防士たちが持ってるネットを最後に放してウィルバーを地面に落とさなかったら、ずっとバウンドしてたんじゃないかな。

安全ネットから出てきたウィルバーを見ると、包みに見えたのは毛布にくるんだリリアンで、毛布の隙間《すきま》からこっちをうかがってる。ウィルバーは男の子も小脇に抱えてるけど、頭はまえに足はうしろに突き出てて、どう見たってリリアンを抱くのとおんなじくらい気を使って抱いてはいない。いかにも軽蔑《けいべつ》したように消防士たちを眺めまわして彼は言う。

「自分たちがおれをネットで捕まえたなんて思うなよな。おれが捕まろうって思ったから捕まったんだから。おれはなにしろ蝶々《ちょうちょう》だからな。そう簡単には捕まらないぜ」

そこへそれまで悲鳴をあげてた身なりのいい女が出てきて、ウィルバーに近づくと、彼から子供をつかみ取って、子供にキスとハグを盛大に繰り返す。

「ウィルバー」と彼女は言う。「あなたに神さまのお恵みがありますように、ウィルバー！、あなたはわたしの可愛いベイビーの命の恩人よ！　ありがとう、ウィルバー、ありがとう！　わたしの能無し亭主がこの子をしばらく連れ去ってたんだけれど、雇った探偵がようやくつい数時間まえに居場所を見つけてくれたのよ」

ウィルバーは三十秒ほど女を奇妙な眼で見るだけで、そのあとすたすたと立ち去りかける。リリアンは毛布の中からもがき出る。見るかぎり臭《にお》うかぎり、けっこう毛が焼けちまってる。子供がそんなリリアンを見て、大声で呼びかける。しかたなくウィルバーは子供にリリアンを渡す。だからと言って、そのままリリアンを子供に任せるわけにもいかず、ちょっと困ったような顔をして立ってる。女がそんなウィルバーに話しかけ、最後にみんなで連れだって歩きだす。ウィルバーは子供を抱いて、子供はリリアンを抱いて。リリアンは火傷《やけど》のせいでちょっと具合が悪そうだ。

この朝の時間帯、ウィルバーがこれほど素面だったのはここ何年もなかったことじゃないかな。彼らが立ち去るまえ、ウィルバーがまだ所在なく突っ立ってるあいだ、おれはチャンスを見つけて彼に話しかける。そのときの彼の話からわかったのは、彼がリリアンを助けに最初に〈ブリュッセル〉にはいったとき、リリアンは彼の部屋にいて、子供の姿なんか影も形もなかったそうだ。そもそも彼は子供のことなんか考えもしなかった。どの部屋に住んでるのかも知らないし。そういうことは考えてもいなかった。

ところが、二度目にホテルにはいったとき、リリアンはウィルバーと同じ階の別の部屋のドアの隙間に鼻づらを突っ込んで、しきりとにおいを嗅《か》いでたそうだ。そのときドアの隙間から水みたいなものが染《し》み出てきた。そんなことをぼんやり覚えてる、とウィルバーは言う。

「おれは毛布を探してたんだ、リリアンをくるむのに。だけど、自分の部屋まで戻るのは面倒だったんで、眼のまえの部屋から調達しようと思った。ノブをまわそうとしたら鍵《かぎ》がかかってたけど、蹴破《けやぶ》って中にはいったら、中はもう煙がもうもうだ。窓からも火がはいり込んでた。火のほうはすごくきれいだったけどな。それはともかく、リリアンのためにベッドから毛布を引っ剝《ば》がしたら、なんとなんとそこにこの子がいたってわけよ。

子は泣きわめくし、リリアンはにゃあにゃあ鳴くしで、手のつけようがなくてさ。こっちも段々苛々《いらいら》してきちまって、それで思ったのさ、臭い煙から逃れて、屋上に行ってそこから火事を見物しようって。そう言えば、男が床にのびてて、ドアとベッドのあいだにテーブルがひっくり返ってた。男は片手に瓶を持って死んでた。死んでるやつまで連れてくことはないんで、リリアンと子供を抱えて屋上に上がって、言うまでもないけど、そこからはハチドリみたいに飛んだってわけだ。ああ、飲まずにいられないよ」とウィルバーは言う。「誰か尻のポケットに一瓶持ってないか?」

もちろん、翌日の新聞はウィルバーとリリアンの記事で埋め尽くされる。とりわけリリアンに注目が集まるけど、ともにまさにヒーローだ。

だけど、ウィルバーはそういう喧騒には長いことつき合ってはいられない。なぜって、一分おきにブン屋と写真屋にやってこられ、もっと話をとか、もっとリリアンとの写真をとか言われちゃ、酒を飲む暇がなくなっちまうからね。で、そのうちいなくなる。リリアンも一緒に。

そのほぼ一年後、彼が昔の女、リリアン・ウィシントン・ハーモンと結婚したことがわかる。それにずいぶん金持ちにもなってることも。酒もきっぱりやめたらしく、今は有能なる市民の一員だそうだ。これを知った者は誰しも認めざるをえない、黒猫もそういつもいつも不吉な生きものとはかぎらないって。ただ、おれとしてはウィルバーの場合は例外だって言いたいけど。だって、ウィルバーは最初からリリアンを黒猫と思ってたわけじゃなくて、最初は豹だと思ってたんだから。

ある日、おれはウィルバーにばったり出会う。いい服で身を固め、装身具をじゃらじゃら言わせてる。

「なあ、ウィルバー」とおれは言う。「リリアンはあの子にすごくなついてたわけだよね？　で、あの子の部屋がどこだったのかちゃんと覚えてて、あんたが二度目にホテルに戻ったときに、場所をまちがえることなく、その部屋まであんたを連れていったんだろ？　よく思うんだけどさ。これってすごいことだよ。そういうことが眼のまえで起きても、おれは絶対信じないと思うほど。そんなことができる頭が猫にあるとは思えないもの。おれに言わせりゃ、猫ほど馬鹿《ばか》な生きものもないもの」

「ああ、頭なんかないよ」とウィルバーは認めて言う。「リリアンには耳かきですくうほどの脳みそもない。子供にすごくなついてたなんてのも嘘《うそ》っぱちだ。そろそろリリアンの正体を暴《あば》いてやってもいい頃か。あいつはあの火事ですごく誉《ほ》められたけどさ、ありゃ誉めすぎもいいとこだよ。今、ほんとのリリアンの話をしてやるよ。おれしか知らないことを教えてやるよ。

実はな」と彼は続ける。「リリアンがまだちっこい仔猫の頃、おれはあいつのミルクにいつもちょこっとスコッチを垂らしてたんだ。そのわけの半分は、強くていい猫になってもらおうと思ってな。あと半分はおれはひとりで飲むのが苦手だからよ。ほかに誰もいないときはしょうがないけどさ。いずれにしろ、最初のうちリリアンはミルクにスコッチがはいってるのを嫌がった。だけど、最後には好きになるのさ。で、おれはどんどんアルコール分を強くしていった。そしたら、最後にはもうスコッチだけぺろりと舐《な》め尽くすようになっちまった、ミルクのチェイサーなしに。もっともっとって欲しがってさ。そうなっておれも突然気づいたよ、こいつ、アル中になりやがったって。おれとおんなじになりやがったって。だからこっちは飲ませるしかなかった。リリアンがペキニーズを捕まえにいって、手荒い真似《まね》をしたりしてたことがあったろ？　あれはラム酒を飲んで気持ちよくなって、昂《たかぶ》ってたからなんだ。

さて。火事があったのは、おれが毎朝リリアンにシュナップスを飲ませる時間帯のことだった。なのに、おれは最初、中にはいってリリアンを連れ出したとき、あいつに酒を飲ませるのを忘れちまったのさ。で、あいつは自分の一杯を探してまたホテルの中に戻っちまった。そのあと子供の部屋のドアの隙間のにおいを嗅いでたわけだけど、それはスコッチのにおいが中から漂ってたからなんだ。死んだ男が握ってたボトルから中身がこぼれて、ドアの隙間から流れ出てたんだ。このことはずっと黙ってたけど、おれはそうするのが死んだ男へのせめてもの礼儀だと思ったわけよ。やっぱ酒を飲むっていうのはどうかと思って。それに隠れて飲むってのは聞こえのいいこっちゃないよ」

「で、リリアンは今はどうしてるんだい？」とおれは尋ねる。

「あいつにはほんと失望したよ」とウィルバー・ウィラードは言う。「おれは酒をやめたのにあいつはやめようとしなくてさ。最後に聞いた話じゃ、イタ公の密造酒屋のグレゴリオのところにいて、しょっちゅうたっぷり飲ませてもらってるらしい。でもって、あのブロンド女のペキニーズにみじめな思い《ドッグズ・ライフ》をさせてるんだと」

第六話

荒ぶる四十丁目界隈のロマンス

The Sixth Story

ROMANCE IN THE ROARING FORTIES

よほどの世間知らずでないかぎり、めかし屋デイヴの女を二度盗み見したりしやしない。なぜって、まちがいもあるってことでデイヴも一度は見逃してくれるかもしれないけど、二度は無理だ。絶対怒りまくる。誰にとってもめかし屋デイヴは怒らせていい相手じゃない。

だけど、このウォルドー・ウィンチェスターは百パーセント混じりけなしの世間知らずみたいでさ。だからデイヴの女を何度も何度も見るんだ。これに加えて、デイヴの女も何度も何度も見返す。わかるだろ？　男と女が何度も何度も盗み見たり盗み見られたり繰り返すんだ。これはもうどういうことか、言わぬが花だ。

このウォルドー・ウィンチェスターだけど、〈モーニング・アイテム〉紙にブロードウェイの記事を書いてるブン屋で、見てくれのいい若者だ。書いてるのは、ナイトクラブで何があったとか、たとえば喧嘩《けんか》とか。あとは男と女に関することだ。

こういう記事は結婚してるやつが結婚してないやつと遊びまわったりしてた場合、そいつにとってなんとも決まり悪いことになる。とはいえ、記事を書くまえに、ウォルドー・ウィンチェスターは取材対象全員の結婚証明書を提出させるべきだ、なんて言うやつはいないだろう。

この件でも同じこと、ミス・ビリー・ペリーがデイヴの女だってことを知ってたら、ウォルドーも盗み見は一度にとどめてるだろう。だけど、彼が二度も三度も見るまで誰も彼に教えないのさ。でもって、その頃にはミス・ビリー・ペリーのほうも彼のほうを盗み見るようになってるってわけ。かくしてウォルドー・ウィンチェスターは二《にっ》進《ち》も三進《さっち》もいかなくなる。

最初に言ったとおり世間知らずなだけじゃなく、ウォルドーはいかれてもいて、実際の話、誰の女かなんて気にしてないんだ。だから個人的には、おれにはやつを責める気はない。なぜって、ミス・ビリー・ペリーはそりゃもう何度でも盗み見る価値のある女だからだ。ミス・ミズーリ・マーティンのクラブ〈シックスティーン・ハンドレッド〉のフロアで、彼女がタップダンスを踊ってるときなんか特に。それでも二度盗み見はしないけど。たとえ彼女が世界一のタップダンサーだとしても。というのも、めかし屋デイヴは女に惚《ほ》れると、まるっきり普通じゃなくなるんだよ。

しょっちゅうミス・ビリー・ペリーのことばっかり考えてて、毛皮のコートとかダイヤの指輪とかあれやこれや彼女に贈るんだ。だけど、彼女はそれを全部送り返しちまう。どうやら男からのプレゼントは受け取らない主義みたいなんだよ。これってブロードウェイじゃとことんおったまびっくらなことで、彼女には何か魂胆があるんじゃないかなんて言うやつもいるほどだ。

いずれにしろ、めかし屋デイヴはそんなことじゃへこたれない。彼女が好きな気持ちは変わらない。それで、彼女はみんなから彼の女と目されるようになって、誰も彼女にちょっかいなんか出さなくなる。そんなところにこのウォルドー・ウィンチェスターの登場と相成るわけだ。

彼が現われたのは、たまたまめかし屋デイヴがスコッチやらシャンパンやらを仕入れに、仕事でバハマに出張中のときなんだけど、デイヴがその出張から帰ってくる頃には、ミス・ビリー・ペリーとウォルドー・ウィンチェスターは、彼女の出番と出番のあいだに、店の隅のテーブルにふたりで坐《すわ》り、手と手を握り合う間柄になってるんだ。

このことをめかし屋デイヴに言うやつなんていやしない、もちろん。誰もデイヴを興奮させたくないから。ミス・ミズーリ・マーティンでさえ何も言わない。これはすごく珍しいことだ。だって、ミス・ミズーリ・マーティン――短くして〝ミッズー〟なんてたまに呼ばれるけど――はなんでも知ったらすぐ誰かに話さなきゃ気がすまない人で、今回のことが起こるまではなんでもかんでもしゃべってたんだから。

　わかると思うけど、めかし屋デイヴが興奮したら、誰かの頭が吹き飛びかねない。この場合、その頭はどう考えてもウォルドー・ウィンチェスターの頭になる。もっとも、そもそもウォルドー・ウィンチェスターに頭があったら、めかし屋デイヴの女にちょっかいなんか出したりしてないよ、なんて言うやつらもいるけどね。

　デイヴがミス・ビリー・ペリーにぞっこんなのは、彼が彼女と話してるのを聞いただけでもよくわかる。彼女といると、やつはものすごく丁寧なことばづかいになるんだ。罵《ののし》りことばなんか絶対吐かない。それだけじゃない。ある夜こんなことが起きる。片眼のソリー・エイブラムズが酔っぱらって、ミス・ビリー・ペリーのことを〝スケ〟って呼んだんだ、別に悪気なんかなくて。この界隈の男が女を指すとき普通使ってるみたいに。

　ところが、めかし屋デイヴは聞き逃さない。テーブル越しに手を伸ばして、片眼のソリーの口に一発叩《たた》き込むんだ。これで誰もがミス・ビリー・ペリーに対するやつの気持ちを知ることになる。もちろん、デイヴが彼女のことばっか考えてるってことは、もうみんな知ってることだよ。それでも、デイヴが仲間をぶっ飛ばすというのはすごく珍しいんだよ。

そんなある夜のこと、とんでもないことが起きる。めかし屋デイヴが〈シックスティーン・ハンドレッド〉にはいろうとすると、なんと入口でウォルドー・ウィンチェスターとミス・ビリー・ペリーがいちゃついてやがるんだ。一方がキスするともう一方がお返ししたりして、すごく仲睦《なかむつ》まじく。デイヴはすぐさま銃に手を伸ばしてウォルドーを撃とうとする。ところが、その夜は持ってないんだ。まさか誰かを撃たなきゃならない夜になるとは思わなかったんだろう。

なので、めかし屋デイヴはつかつかとふたりのところまで歩いていく。ウォルドー・ウィンチェスターはその足音を聞きつけて、抱いてたミス・ビリー・ペリーをとっさに放す。デイヴはかまわずウォルドーに右の特別パンチをぶち込む。これが見事ウォルドーの顎《あご》をとらえる。めかし屋デイヴのために言っとくと、このデイヴの右は強烈きわまりない。なかなかのパンチだ。左はそうでもないけど。いずれにしろ、その一発でウォルドー・ウィンチェスターはよろよろっとなって、へなへなっと床にへたり込む。

ミス・ビリー・ペリーはものすごい悲鳴をあげる。マンハッタン島の南端のバッテリー公園でもはっきり聞こえるくらいの。そうして倒れたウォルドーに上からしがみつき、さらにとてつもない大声で嘆きのことばをぶちかます。言ってることは誰にもわかる。まずひとつは、めかし屋デイヴは図体《ずうたい》がでかいだけのクソ野郎だということ――もっとも、デイヴはさほど大男というわけでもないけど――もうひとつは彼女がウォルドー・ウィンチェスターを愛してるということだ。

デイヴはウォルドーに近づくと、彼に蹴《け》りを入れようとする。こういう場合、そうするのがここらの習慣なんで。だけど、そこで気が変わったらしく、ウォルドーを蹴飛ばすかわりに、背を向けて、店のまえから立ち去る。暗い顔をして怒りまくって。聞いた話じゃ、そのあと彼は〈チキン・クラブ〉に行って浴びるほど飲んだそうだ。

これはあんまりいいことじゃない。だって、〈チキン・クラブ〉に足を運ぶのは、みんなオーナーのトニー・ベルタゾーラのご機嫌を伺いにいくんであって、酒を飲みにいくやつなんかいないからだ。トニーの店の酒なんかいちげんさん以外誰も飲まない。

ミス・ビリー・ペリーはウォルドー・ウィンチェスターを立たせると、顎をハンカチで拭《ふ》いてやる。そのうち彼も立ち直る。顎に大きなこぶがひとつ残りはするけど。

その間、ミス・ビリー・ペリーはずっと言ってる、めかし屋デイヴは図体がでかいだけのクソ野郎だって。だけど、あとからミス・ミズーリ・マーティンにこっぴどく怒られる。めかし屋デイヴみたいな気前のいい客を追っ払うなんて、気でも狂ったの！　なんて言われて。

「ほんと、あんたは馬鹿《ばか》だよ」とミス・ミズーリ・マーティンはミス・ビリー・ペリーに言う。「こんなブン屋と一緒にいていったいどうなるっていうの？　めかし屋デイヴが気前のいい人だっていうのはみんなが知ってることでしょうが」

「でも、あたし、ミスター・ウィンチェスターを愛してるの」とミス・ビリー・ペリーは言う。「彼ほどロマンティックな人なんていないわ。彼はめかし屋デイヴみたいな密造酒屋でもないしやくざでもないし。あたしに関する素敵な記事を新聞に書いてくれてる。それにいつだって紳士だし」

　ミス・ミズーリ・マーティンは紳士に関して論じられる立場にはない。なぜって〈シックスティーン・ハンドレッド〉じゃ紳士なんてものは希少動物みたいなものだからだ。それにここでウォルドー・ウィンチェスターを怒らせて、店の悪口記事を書かれるのも得策とは言えない。なので彼女はそのあとは何も言わない。

　ミス・ビリー・ペリーとウォルドー・ウィンチェスターは、また彼女の出番の合間に手を握り合いつづけ、時々キスしつづける。若いカップルならたいていやることをやる。めかし屋デイヴのほうは〈シックスティーン・ハンドレッド〉に足を運ばなくなる。これで一件落着となったみたいで、事態が悪くならなかったことをおれたちはみんなで喜ぶ。なぜってデイヴにとっての最良の結果は、ウォルドーにとっての最悪の結果に決まってるからだ。

まあ、個人的には、いずれデイヴも別な女を見つけて、ミス・ビリー・ペリーのことなんか忘れるだろうって思うけど。だって、彼女をよくよく見ると、ほかのタップダンサーとさほど変わらないもの。赤毛ってところだけはちがうけど。タップダンサーはたいてい黒髪だ。なんでかは知らないけど。

そんな中、ムーシュっていう〈シックスティーン・ハンドレッド〉のドアマンがおれにこんなことを教えてくれる。なんでもミス・ミズーリ・マーティンは、めかし屋デイヴを誉《ほ》めるようなことをそれとなくミス・ビリー・ペリーに言ってるらしい。ある夜にはこんなことさえ言う、〝言っちゃなんだけど、あんたのその細っこい白魚にはまだシンプル・サイモンがいないんだね〟なんてね。

これはミス・ミズーリ・マーティン独特の言いまわしでね。つまり、ミス・ビリー・ペリーの指にはまだダイヤの指輪がないって意味だ。ミス・ミズーリ・マーティンは年季の入った経験豊かな女だから、女を愛したら、男はその愛をダイヤで証明しなきゃってクチなのさ。だから本人もいっぱい持ってる。どんな男にしろ、いったいミス・ミズーリ・マーティン相手にどうやったらそれほど熱くなれるのか、おれにはとうてい理解できないけど。

おれはそんなに出歩かないほうだから、めかし屋デイヴを見ることもなく二週間ほど経《た》ったところで、ちびのジョニー・マクゴワンがやってきてこんなことを言う。

「おまえ、どう思うよ？　ついさっきデイヴがあのブン屋を誘って、ドライヴに連れ出しやがった！」

ジョニーは興奮しまくってて、落ち着かせてきちんと説明させるのにはちょっと時間がかかる。それでも次のようなことがわかる——めかし屋デイヴは自分が持ってる一番でっかい車をガレージから出して、運転手のウォップ・ジョーに運転させて、〈アイテム〉紙の会社まで行かせたそうだ。会社じゃウォルドー・ウィンチェスターが仕事をしてる。ウォップはウォルドーに、ミス・ビリー・ペリーが四十九丁目通りのミス・ミズーリ・マーティンのアパートメントにいて、ウォルドーに会いたがってるって伝える。

もちろんそれはインチキポンチキのメッセージなんだけど、ウォルドーは疑いもせず車に乗る。ウォップ・ジョーはウォルドーをミス・ミズーリ・マーティンのアパートメントまで連れていく。だけど、そこへ別の車に乗ってやってくるのは誰あろう、めかし屋デイヴだ。ふたりはそのあとデイヴが運転してきた車で走り去る。

これは実によくない知らせだ。めかし屋デイヴが誰かをドライヴに連れ出した場合、たいてい連れ出されたやつはそれっきり戻ってこないからだ。だけど、そいつに何があったのかなんておれは決して訊《き》いたりしない。そんなことを訊こうものなら、男たちのこの街じゃ鼻っ柱に一発食らうのがオチだもの。

だけど、おれは今回のことをすごく心配してる。というのも、実際の話、おれはめかし屋デイヴが好きなんだよ。デイヴが連れ出したのがウォルドー・ウィンチェスターみたいなブン屋だった場合、どうしたって人の噂《うわさ》になる。ウォルドーが帰ってこなかったらなおさら。デイヴが連れ出したのがウォルドーじゃなければ、まあ、あんまり問題にならないかもしれないけど、今回は別だ。トラブルの種になる。どれほどウォルドーが世間知らずだったとしても、新聞社の人間だってことで。

おれだって新聞社ってのがどういうところかは知ってる。すぐに編集長みたいなやつが知りたがりはじめる。ブロードウェイに関するウォルドー・ウィンチェスターの記事はどこに出てるんだって、訊きはじめる。で、そういう記事がどこにも載ってないことがわかると、編集長はそのわけを知りたがる。その結果、ほかのやつらも知りたがるようになる。でもって、最後にはみんながこんなことを訊いて走りまわるようになる。「ウォルドー・ウィンチェスターはどこにいる?」って。

誰それはどこにいる? って街のみんなが訊いて走りまわり、走りまわる人間の数が相当多くなると、それは大きな謎《なぞ》になる。ここまで来ると、新聞社は警察を頼りにして、警察は街のみんなを頼りにして、街全体がヒートアップする。こうなるともう、ここはとても身をひそめていられるような場所じゃなくなる。

だけど、この状況に打つ手はない。おれにはどうすればいいかわからない。個人的にもこれはすごくよくない状況なのに。だから、ジョニーがちょこっと電話をかけに外に出てるあいだに考える。みんながおれの姿を見かけやすい場所はどこかって。おれがいたことをみんなが覚えやすい場所はどこかって。みんなに覚えておいてもらうことがあとで必要になるかもしれないだろ?

ようやくジョニーがすごく興奮して帰ってくると言う。「おい、めかし屋はペラム・パークウェイの〈ウッドコック・イン〉にいるそうだ。で、みんなにそこへ来るように呼びかけてる。グッドタイム・チャーリーが今しがたそういう電話を受けて、おれにそう話してくれたんだ。何か起きてるようだ。みんなはもうそっちに向かってる。おれたちも行こうぜ」

　この招待、おれは全然嬉《うれ》しくない。個人的な意見を言えば、めかし屋デイヴはこんな時間こっちから会いたくなるような相手じゃない。どう見てもデイヴはウォルドーにもう何かしちまったか、これから何かしようとしてるか、どっちにしろ、こっちとしちゃそんなことには金輪際関わりたくない。

　ぶっちゃけおれはブン屋に含むところはないよ。ブロードウェイのことを書いてるやつらでさえ。めかし屋デイヴがウォルドーに何をしようと、おれには関係ない。だけど、デイヴにしてもなんで自分のことに外野まで巻き込まなきゃならない？　そんなことを考えながらも、気づくともうジョニー・マクゴワンのロードスターに乗ってる。ジョニーはすごく飛ばしてる。信号とかそのほかのものにもあんまり注意を払わず。

　コンコースを出たあたりでもおれはこの状況を考えてる。思うに、めかし屋デイヴは今もまだミス・ビリー・ペリーのことを思ってるんだろう。で、〈チキン・クラブ〉で出すような酒を今でもがぶ飲みしてるんだろう。それでとうとう頭がいかれちまったのにちがいない。女のためにブン屋を車に乗せて連れ出そうなんて考えるのは、頭がいかれちまったやつだけだ。女なんて男たちのこの街じゃ一ダース十セントで手にはいるのに。

とはいえ、おれも新聞で読んで知ってる。おれたちとはまるでちがう野郎もいるってことは。ずっと賢いやつだって思われてたのに女と関わったとたん、あるいは女を愛したとたん、いきなり窓から飛び降りようとしたり、自分を、あるいは誰かを、銃で撃ったりするやつがいるってことはね。だから、めかし屋デイヴみたいなやつでもこと女のこととなると、救いようのない馬鹿になっちまったりするのかも。

　ジョニー・マクゴワンも心配してるのがわかる。口には出さないけど。おれたちはあっというまに〈ウッドコック・イン〉のまえの駐車スペースに乗り入れる。おれたちよりさきにいっぱい来てる。乗ってる車を見りゃ、いろんな階層のやつらがきてるのがわかる。

　〈ウッドコック・イン〉はいわゆるロードハウスってやつで、ビッグ・ニッグ・スコルスキーが経営してる。ニッグはすごくいいやつで、みんなに好かれてる。建物自体はペラム・パークウェイからちょっと離れて建ってて、みんなが行きたがる社交場だ。なかなか聞かせるバンドがはいってて、フロアショーのダンサーも美形ばっかり。男が愉《たの》しいひとときを過ごすために必要なものならなんでもそろってる。客ダネもよくて、この手の場所としていい仕事をしてる。もっとも、酒は特別なやつでもなんでもないけど。

個人的なことを言うと、おれはあんまりここには来ない。そもそもロードハウスってのが好きじゃないんだ。だけど、めかし屋デイヴはすごく好きらしくて、パーティを開いたり、自分ひとりで飲んだりするのにもよく使ってる。建物に近づくと、けっこうな騒ぎだ。でもって、誰あろう、めかし屋デイヴが出てきて、みんなを迎えてみんなに挨拶《あいさつ》してる。顔は真っ赤だけど、ひどく興奮してるふうでもない。これから誰かに――特にブン屋に――危害を加えようとしてる男には見えない。

「さあ、みんな！」とめかし屋デイヴはみんなに声をかける。「さあ、はいってくれ！」

おれたちは中にはいる。中はもう満員で、みんなテーブルについてるか、フロアでダンスしてるかで、ミス・ミズーリ・マーティンがいる。体のいたるところにダイヤをぶら下げてる。グッドタイム・チャーリーがいる。フィート・サミュエルズも、トニー・ベルタゾーラも、スキーツ・ボリヴァーも、ギリシア人のニックも、ロチェスター・レッドもいる。あちこちから男と女が集まってる。

実際の話、ブロードウェイのすべての店に出入りしてるすべての人間がここにいる。ミス・ビリー・ペリーも含めて。彼女は純白のドレスを身にまとい、蘭《らん》なんかのでっかいブーケを持って、くすくす笑い、にっこり笑い、みんなと握手しまくってる。おれは最後にウォルドー・ウィンチェスターがいるのに気づく。ブン屋の。特等席と言えそうな席にひとりぽつねんと坐ってる。見るかぎり、妙なところはどこにもない。つまり、そう、とりあえず五体満足には見える。

「デイヴ」とおれは声を落として、めかし屋デイヴに声をかける。「いったいなんなんだ、これは？　わかってると思うけど、この街じゃ自分のしてることにどれほど注意してもしすぎることはない。おれとしちゃ、あんたが今ここで妙なことに巻き込まれるのだけは見たくないんだけどね」

「なんだと？」とデイヴは言う。「なんの話をしてる？　これはなんだって？　結婚式に決まってんだろうが！　これからここでブロードウェイのやつらなんかこれまで見たこともないような、めちゃめちゃすばらしい結婚式が始まるんだよ。今は牧師が来るのを待ってるところだ」

「今から誰かがここで結婚する？」おれはもうだいぶ混乱してる。

「そうに決まってんだろうが」とめかし屋デイヴは言う。「なんだと思ってる？　おまえ、結婚ってものをどう思ってるんだ？」

「誰が結婚するんだ？」とおれは尋ねる。

「そりゃもうビリーとあのブン屋に決まってんだろうが」とデイヴは言う。「これはおれがこれまでにやった中で一番すばらしいことだよ。こないだの夜、ばったりビリーと会ったんだけどな。彼女、泣いてんだよ。で、話を聞いたら、ブン屋のことをすごく愛してて、結婚したいのに、ブン屋には金がなくて、結婚できないって言うじゃないか。おれは言ってやったよ、だったらおれに任せろって。だってな、おまえも知ってんだろ、おれが彼女にぞっこんだってのは。そんなおれとしちゃいつも思ってるのよ、彼女には幸せになってほしいってな。それがたとえこんな結婚でもな。

で、おれが仕組んだのよ、この結婚式を。ふたりが結婚したあとも幸先《さいさき》のいい結婚生活が送れるよう、何千ドルか援助してやるつもりだ」とデイヴは続ける。「だけど、そのことをブン屋にはまだ言ってない。ビリーには何も言うなって言ってある。おれはブン屋をびっくりさせたいんだよ。それで、今日の午後やつを誘拐してここまで連れてきたのよ。だからやつは死ぬほどビビってる。おれに絞め殺されるんじゃないかってな。

　実際、男があれほどビビったのを見たのは初めてだ。だけど、ちゃんと説明したあともまだビビってやがってさ。ありゃどう見てもパーティを愉しんでる顔じゃない。おまえ、やつのところに行って、もう心配するなって言ってやってくれ。ここにはやつを幸せにするものしかないって、わからせてやってきてくれ」

おれはデイヴがウォルドーを結婚させたいだけだってことがわかって、心底ほっとしたんで、その気持ちをデイヴに伝えてから、ウォルドーが坐ってるところに行く。ウォルドーは見るからに警戒してる。自分の殻にこもって縮こまっている。眼はよく言う虚《うつ》ろな眼ってやつだ。怯《おび》えきってるのはまちがいないんで、おれは陽気にやつの背中を叩いて言う。「おめでとう、ウォルドー！　そんなしけた顔してるんじゃないよ。人生、これからが大変なんだから！」

「言えてる」とウォルドーは言う。びっくりするほど声音が暗い。

「花婿《はなむこ》なのになんて顔してるんだよ」とおれは言う。「それじゃ、結婚式じゃなくてまるで葬式だ。なんで、はははって笑ってないんだよ。ウィスキーでもちょっと飲んで、少しは明るい顔しろよ」

「おことばだけどね」とウォルドー・ウィンチェスターは言う。「ぼくの妻はぼくがミス・ビリー・ペリーと結婚することを絶対喜ばないと思うんだよね」

「あんたの妻？」とおれはびっくらおったま訊き返す。「いったいなんの話をしてるんだ？　どうやったらミス・ビリー・ペリーのほかにも女房が持てる？　馬鹿なこと言うなよ」

「わかってるよ」とウォルドーはとても悲しげに言う。「そんなことはわかってる。

それでも、ぼくに妻がいるという事実は変わらない。このことを妻が知ったら、そりゃもうとんでもないことになる。妻はぼくにとても厳格な人なんだよ。だから、ぼくがほかの女性と結婚するなんて、許してくれるわけがない。妻の名前はローラ・サポラ、あの曲芸のサポラ一座の座員で、ぼくらは結婚してもう五年になる。妻は怪力でね。人間を四人使ってジャグリングをするんだ。一年かけて全国をまわる巡業に出てたんだけど、今頃はもうマルクス・ホテルに着いてるはずだ。そう、ぼくはもう二進も三進も行かない状態なんだよ！」

「あんたに女房がいることはミス・ビリー・ペリーは知ってるのか？」とおれは尋ねる。

「いや、彼女はぼくのことを独身だと思ってる」

「でも、どうしてめかし屋デイヴにそのことを言わなかったんだ？　彼があんたをここに連れてきて、ミス・ビリー・ペリーと結婚させようとするまえに」とおれは尋ねる。「男が何人もの女と結婚するのは法律で禁じられてる、トルコ人とかじゃないかぎり。それぐらい新聞記者が知らないわけないよな？」

「ああ」とウォルドーは言う。「彼女を奪っておきながら、実はぼくは妻帯者だったなんてめかし屋デイヴに言ったら、彼はどうすると思う？　まあ、怒りまくるよね。

そんなことを打ち明けて、ただですむわけがない」

　実際の話、言われてみると、彼の弁解もわからないではない。このことを知ったらデイヴはどれほど取り乱すか。考えるまでもない。ほかでもないミス・ビリー・ペリーが一気に不幸になるんだから。と言って、どうすればいいのか、おれにはまるでわからない。今はこの結婚式をこのまま進めざるをえないことぐらいしか。あとは、そう、ウォルドーがそばにいないときに、デイヴにこう言うか、ウォルドーは頭がいかれてる、だからこの結婚は無効だって。いずれにしろ、ウォルドーがすでに結婚してたことをデイヴが知る場所には、おれは絶対居合わせたくない。

　だから、今すぐにも逃げ出したほうがいいんじゃないかなんて考えてると、入口のほうで大きな声があがる。牧師さんのご到着、なんて叫んでるめかし屋デイヴの声が聞こえる。ついでに言うと、この牧師、なかなかハンサムな男だ。だけど、眼のまえの様子にいささか戸惑ってる。そこへ加えて、早速しゃしゃり出てきたミス・ミズーリ・マーティンに、あたしがあなたの世話役です、なんて言われて戸惑いの度がさらに増す。ミス・ミズーリ・マーティンが牧師に言う――あたし、牧師さまが好きなんです。牧師さまには慣れてもいます。なぜって、牧師さまの立ち合いで二度、治安判事の立ち合いで二度、船の船長の立ち合いで一度結婚してますから。

この頃には出席者はみんな多かれ少なかれ酔っぱらってる。おれとウォルドーと牧師とたぶんミス・ビリー・ペリーを除くと。ウォルドーは自分のテーブルについて坐ったまますごく悲しい顔をしてる。ミス・ビリー・ペリーが通りかかって声をかけても、「イエス」か「ノー」か言うだけだ。ミス・ビリー・ペリーのほうはもう嬉しくてしかたがなくて、ひとつところにじっとしていられない。

めかし屋デイヴは誰より酔ってる。ほかの誰より早く飲みはじめたからだ、二日か三日早く。言わせてもらうと、めかし屋デイヴは酔うと感情があてにならない男になる。眼のまえでいきなり怒りだしたりもするようになる。でも、見るかぎり、今は自分のしたことにいたって満足してる。

そのうち、ニッグ・スコルスキーがダンスフロアで踊ってる連中を捌《は》けさせ、すごくきれいな花をあしらったアーチのようなものをフロアに持ち出す。そのアーチの下で、ミス・ビリー・ペリーとウォルドー・ウィンチェスターに結婚の誓いを立てさせるんだろう。めかし屋デイヴは何日もかけて今日のことを計画したのにちがいない。金も相当使ってるはずだ。おれは彼がミス・ミズーリ・マーティンにダイヤの指輪を見せてるのを見かけて、なおさらそう思う。咳止《せきど》めドロップぐらいあるダイヤなんだ、これが。

「花嫁用のだ」とめかし屋デイヴはミス・ミズーリ・マーティンに言ってる。「彼女が結婚する三文ブン屋にゃこれだけの宝石を買う金は一生かかったって稼げないだろうからな。彼女はずっとでかいのを欲しがってるのに。ロスアンジェルスから来たやつから買ったのよ。おれとしちゃビリーを嫁に出す気分だよ。だから、そんなふうにしたいのよ、ミッズー、わかるか？　ビリーにはなんでも全部持たせてやりたいのよ。結婚に要るものはなんでも」

ミス・ミズーリ・マーティンは自分のこれまでの結婚式のどれかを思い出して、デイヴに話そうとする。おれはどんな様子かとウォルドーを盗み見る。以前シンシン刑務所で電気椅《い》子《す》に坐りにいくやつをふたり見たことがあるんだけど、はっきり言って、今のウォルドー・ウィンチェスターに比べると、そのふたりはへらへら笑ってたって言ってもいい。

今はもうミス・ビリー・ペリーはウォルドーと並んで坐ってる。オーケストラの指揮者が楽団員を罵っている。誰ひとり『オー・プロミス・ミー』（英米の結婚式でよく演奏される楽曲）をちゃんと知らなかったんで。めかし屋デイヴが声を大きくして言う。「さてさて、準備万端整った！　幸せなカップルはまえへ！」

ミス・ビリー・ペリーは飛び跳ねて、ウォルドー・ウィンチェスターの腕をつかんで椅子から立たせる。おれはさっき彼の顔を盗み見てしまってるんで、彼はアーチのところへすら行けないだろうという鉄板の賭《か》けに賭けたくなる。でも、実際のところ、彼は誰もが笑い、誰もが拍手する中、アーチの下までどうにかたどり着く。牧師もまえに出てくる。めかし屋デイヴはおれがこれまで知ってる中で一番幸せな顔をしてる。四人全員がアーチの下に立つ。

さて……そこでいきなり〈ウッドコック・イン〉の入口で騒ぎが起こる。ひとりの女が男みたいな低い声でわめいてる。当然みんなの視線がそっちに向けられる。ドアマンのスラグシー・サックスという男が誰かを外に押し返そうとしてる。サックスは筋骨がすごく逞《たくま》しいやつだ。なのにしばらくあと、どすんという重たい音が聞こえてくる。スラグシー・サックスが倒されたのだ。と思うまもなく、女がひとり中にはいってくる。身長四フィート、横幅五フィートほどの女が。

実際の話、これほど横幅のある女を見るのはこれが初めてだ。上からハンマーでぶっ叩いたみたいな体型。顔なんか肩幅と同じくらいあって、おれは巨大な満月を思い出す。弾むように中を進み、何かにやたらと興奮してる。そのとき誰かが咽喉《のど》をつまらせたような音がする。見まわすと、ウォルドー・ウィンチェスターが床に倒れてる。ミス・ビリー・ペリーも一緒に引っぱられて倒れそうになってる。

横幅女はアーチの下に立ってる四人のところまで来ると、でっかい低音で言う。

「どっちがめかし屋デイヴだ？」

「おれがめかし屋デイヴだ」とめかし屋デイヴが言って、まえに出る。「アザラシみたいにはいってきやがって、人の結婚式を邪魔するとはいったいどういう了見だ？」

「ってことは、あんたがこの赤毛の姐《ねえ》ちゃんと結婚させるために、あたしの愛する旦《だん》那《な》を誘拐したやつか？」横幅女はめかし屋デイヴを見ながら、ミス・ビリー・ペリーを指差して言う。

さてさて。めかし屋デイヴのまえで、ミス・ビリー・ペリーを姐ちゃんなんて呼ぶのは大問題だ。当然、めかし屋デイヴは怒りまくる。普段、彼は女に礼儀正しいやつだけど、この横幅女の横柄《おうへい》なことばづかいには頭に来る。それは誰の眼にも明らかだ。

「なあ、まあ、聞けや」とめかし屋デイヴは言う。「誰かに殺されるまえにとっとと帰れ。おまえ、酔ってるのか？　それともただの馬鹿なのか？」さらに言う。「そもそもいったいなんの話をしてるんだ？」

「あたしの話がわからないはずないだろ」と横幅女は言い返す。「床にへたばってるその男、きっちり法律で決められたあたしの亭主なのさ。あんた、あたしの亭主を死ぬほど怯えさせたんだね。可《か》哀《わい》そうに、あたしの亭主。この赤毛のタマと結婚させるのに誘拐なんかして。警察に言って、あんたを逮捕してもらうからね。あんたが逮捕されるのはあたしの名前がローラ・サポラってのとおんなじくらいまちがいないよ、このヌケ作!」

これにはみんな凍りつく。めかし屋デイヴは、今の悪態よりずっと軽い悪態に激怒して、その悪態をついた相手を撃ち殺したことでよく知られてるからだ。ところが今は、その横幅女に手出しするのも忘れて、こんなことを言う。「今のはなんだ、ええ? 誰が誰と結婚してるだと? とっとと出てけ!」そう言って、デイヴは横幅女の腕をつかむ。

横幅女は左手でデイヴを平手打ちしそうな動作をする。デイヴはうしろにのけぞり、口を叩かれまいとする。ところが、ローラ・サポラは左手で何かするんじゃなくて、右の拳《こぶし》をめかし屋デイヴのみぞおちに思いきり叩き込む。頭をのけぞらせたので、当然腹がまえに出てる。

おれもボディブローはこれまで何度も見てるけど、これだけは言わせてくれ。こんな見事な一発は初めてだ。おまけにローラ・サポラは同時にステップインしてる。それでパンチの威力が倍増してる。

めかし屋デイヴみたいに飲み食いしてる人間には、こういうボディブローを受ける準備ができてない。で、「うふっ！」とひとつうめき声を洩《も》らして、ダンスフロアに尻餅《しりもち》をつく。それでもすぐさまズボンのポケットをまさぐって銃を探す。誰もが弾丸《たま》よけを探して逃げまわる。ローラ・サポラとミス・ビリー・ペリーとウォルドー・ウィンチェスターを除いて。

だけど、彼が銃を取り出すよりまえに、ローラ・サポラが彼に近づき、襟首をつかんで立たせ、すぐまた手を放す。デイヴはいっときふらふらしながら立ってる。そこへ、そんなデイヴの腹へ、彼女は右のパンチをもう一発叩き込む。

たまらずデイヴはまた床に倒れる。ローラは倒れたデイヴのところまですかさず近づく。さらに蹴りを入れようとするかのように。だけど、実際のところ、彼女が向かった先はデイヴじゃなくて、ウォルドー・ウィンチェスターのところだ。床から彼を抱え上げると、ローラはオート麦の袋でも担《かつ》ぐみたいに肩に背負って、入口に向かう。めかし屋デイヴは床の上で上体を起こす。今度は手に銃を持ってる。

「おれが紳士じゃなかったら、今頃おまえの体はハチの巣になってるところだ」とデイヴは呼ばわる。

ローラ・サポラは振り向きもしない。ウォルドー・ウィンチェスターの頭を撫《な》でながら甘いことばをかけて、こんなことを言ってる。めかし屋デイヴみたいな悪党にあたしの大事な人が辱《はずかし》められるなんて恥ずかしいことだよ、なんて。どう見てもローラ・サポラはウォルドー・ウィンチェスターのことが好きらしい。

　彼女が出ていっていなくなると、めかし屋デイヴは立ち上がり、突っ立ったままじっとミス・ビリー・ペリーを見つめる。彼女は大泣きしてる。大泣きの世界記録を破りそうなほど。おれたちもそれぞれ弾丸《たま》よけの陰から出てくる。牧師も含めて。考えてることはみんな同じだ。結婚式を台無しにされて、めかし屋デイヴはものすごく怒ってるにちがいない。ところが、デイヴはむしろがっかりしてて、悲しそうな顔をしてる。

「ビリー」と彼はミス・ビリー・ペリーに言う。「結婚させてやれなくてほんとごめん。おれの望みはおまえの幸せだけだったんだがなあ。でもよ、あのブン屋と一緒になってもおまえは幸せにはなれなかったよ。あんな猛獣使いがそばにいたんじゃな。だけど、おれは最悪のキューピッドだ。今度のことはおれが今までの人生で考えた唯《ゆい》一《いっ》のいいことだったのに、ひどすぎた。うまくいかなかった。あいつがあの横幅女を川に沈めるときまで待つっておまえが言うなら、おれはそのときには——」

「デイヴ」とミス・ビリー・ペリーが言う。そのあとも涙をいっぱい流して、最後にはデイヴの腕の中に身を寄せて続ける。「ウォルドー・ウィンチェスターみたいな男とはあたし、絶対幸せになれない。今ならわかる、あんたこそあたしの男よ」

「おいおいおいおい！」とめかし屋デイヴは満面に笑みを浮かべて言う。「牧師はどこにいる？　誰かここに連れてきてくれ。ここからはおれたちの結婚式だ！」

　先日、めかし屋デイヴ夫妻に会うと、とても幸せそうにしてる。だけど、他人の結婚生活なんてのはわからないものだから、おれはめかし屋デイヴによけいなことは言わない。あの日マルクス・ホテルにいるローラ・サポラに電話したのはおれだなんてことはね。だって、長い目で見りゃ、それがやりすぎだったなんてことにならないともかぎらないだろ？　たとえ今は幸せでも。

第七話

どこまでも律儀な男

The Seventh Story

A VERY HONORABLE GUY

フィート・サミュエルズとは八年から十年ぐらいまえから知り合いだけど、そうしょっちゅう会ってるわけじゃない。やつが何してるかってことも別に気にならない。なんでかって言うと、それほどのやつじゃないからだ。実際の話、おれにはさして意味のないやつだ。

そもそもフィート・サミュエルズはほとんどいつも金がない。文無しのそばにいてもいいことなんかなんにもない。何もないやつからは何も得られない。まあ、おれは世の中そんなもんだと思ってる。だから文無しのやつらのことは可哀《かわい》そうだとは思うし、そのうち大金をつかむといいなとも思うけど、そういうやつらとはお近づきにはなりたくない。昔のことだけど、自分が何を言ってるかちゃんとわかってる年寄りからこんなことを言われたことがある。

「いいか、若いの、いつも金には身をこすりつけてることだ。充分長いことこすりつけてると、金がこそげ落ちて、そのかけらがおまえにくっついてこないともかぎらない、だろ?」

だからおれはこの街にもう何年もいるけど、大物とか、使い古しの現金をいつもいっぱい持ち歩いてるやつとかとしかつき合わないことにしてるんだ。けちな詐欺師《さぎし》とかはったり屋とか文無しとかとは距離を置くように。そんな中でもフィート・サミュエルズはこの街で最悪の文無し野郎だ、おれの知るかぎり。

体はでっかくて、デブってて、顎《あご》なんか何重にもなってて、おまけにすごく変てこな足《フィート》をしてるんだ。それで〝フィート〟って呼ばれてるわけだけど、でっかいやつにしてもやつの足は特大なのさ。なので、めかし屋デイヴなんかフィートは靴のかわりにヴァイオリンケースを履いてるなんてよく言う。これはもちろん嘘《うそ》だけど。だって、フィートの足は普通のヴァイオリンケースでもはいらないもの。よほどでかいヴァイオリンじゃないと。チェロぐらいの大きさの。

ある夜、〈ホット・ボックス〉でやつに会う。〈ホット・ボックス〉はナイトクラブで、やつはホーテンス・ハサウェイって名の女と踊ってる。ホーテンスはジョージ・ホワイト（当時の人気プロデューサー兼演出家兼俳優）のレヴュー『スキャンダルズ』に出てるんだけど、今は何をやってるかと言うと、フィートの足の上に乗って立ってる。橇《そり》のブレードの上に乗るみたいに。フィートはそのことに全然気づいてない。今夜はやけに靴《ゴンドラ》が重いとしか思ってない。実際の話、ホーテンスにしたところが、痩《や》せこけた病人なんかじゃ全然なくて、体重はウェルター級ぐらいありそうなのに。

髪はブロンドで、いっぱいあって、本名はアニー・オブライエン。ホーテンス・ハサウェイなんかじゃ全然ない。ニュージャージーのニューアークから来てて、親父《おやじ》はタクシーの運転手で、名前はスカッシュ・オブライエン。これがやけに乱暴なやつでさ。訊《き》かれるまえに言っとくと。だけど、タクシー運転手の娘だろうとなんだろうと、『ジョージ・ホワイトのスキャンダルズ』には出られる。ボディさえよければ。そういう方面でホーテンスに関する文句は今のところどこからも出てない。

彼女はいわゆるショーガールだ。包帯程度の布を巻いて、ジョージ・ホワイトの舞台を歩きまわるのが仕事だ。みんな彼女のことをとてもきれいだと思ってる。特に首から下が。個人的な好みを言うと、おれはあんまり好きじゃない。すごく生意気な女なんだよ。ナイトクラブとか終夜営業のレストランとかでよく見かけるけど、そういうときは基本的にダイヤのブレスレットをじゃらじゃら言わせてる。毛皮なんかも着ちまって。まあ、ニュージャージーのニューアーク出の娘にしちゃよくやってるとは思うけど。

ホーテンス以外にもフィート・サミュエルズと踊りたがる女は大勢いるんだけど、もちろん本人にはそのわけがわからない。で、自分には昔ながらのセックスアピールがあるからなんじゃないかなんて思ってる。だから、給仕頭のヘンリに、踊るのは十回に一回ぐらいにしてもらえないかなんて言われると、すごく怒る。でも、そうは言っても、フィートがフロアに出ると、やつの足がフロアのスペースをずいぶん占めちまうんで、ほかにはふたりぐらいしか踊れなくなるんだよ。すごく狭いフロアだから。

フィートの足のことはもっと言っとかなきゃならない。とにかく驚くべき足でね、これが。まず爪先《つまさき》が向く方向が片足ずつちがってる。おまけにその角度がけっこうあって、街角に立ってるフィートを見ても、これからどっちに向かうのかわからない。一方の足はこっちを、もう一方の足はあっちを向いてるから。実際の話、ミンディの店の常連はこれでよく賭《か》けをやる。じっと立ってるフィートを見て、やつがこれからどっちに向かうかで。

やつが何をやって食ってるのか。そりゃこの街のたいていのやつらと変わらない。自分にできる精一杯のことをやって食ってる。競馬場とか賭場《とば》とかボクシングの試合会場とかで、ちょこまか動きまわってる。ノミ屋の使い走りで小銭を集めて、その手間賃をもらってる。わずかな利ざやだけど、ヌケ作を見つけちゃ、大きく賭けさせたりもしてるんだろう。これまでの人生で大金を手にしたことなんか一度もない。いつも借金してて、いつもその借金を返してる。金欠ならざるフィートなんか一度も見たことがない。

ただ、やつの美点としてひとつ言えるのは、借金に関しちゃ実に律儀《りちぎ》だということだ。返せるときには必ず返す。フィート・サミュエルズについてこれは誰もがおんなじことを言うはずだ。もちろん、フィートみたいなやくざな男にとっちゃ、信用が大事だからね。信用を守りたけりゃ、仕事を続けたけりゃ、これはあたりまえのことだけど、それでも借金をきちんと返せないやつらがどれだけいるか、聞いたら、あんた、きっとびっくりするんじゃないかな。

フィートのことばはいつだって信用できるんで、やつはちょっとの金ならたいていいつも工面できる。〝ブレイン（頭脳）〟からだって借りられる。ブレインから金を借りるのはそう簡単じゃないけど。実際の話、金を出させるのが誰よりむずかしいのがこのブレインだ。

ブレインから金を借りる場合、誰でも最初に言われるのが返済期日と利息だ。それで返済期日が火曜の朝の五時半だったとする。そういう場合、火曜の朝の五時三十一分には持っていかないほうがいい。ブレインはそれをもって相手のことを信用できないやつだと見なして、それ以降絶対金を貸してくれなくなるから。ブレインを相手に一度信用をなくしちまうと、そいつはこの街じゃものすごく生きにくくなる。なぜって、ブレインはこの街で唯一《ゆいいつ》いつも金を持ってるやつだからだ。

もっと言うと、ブレインから金を借りてきちんと返せなかったやつにはすごく奇妙なことがよく起こる。鼻の骨を折ったり、足首をひどく捻挫《ねんざ》したり、あれやこれや、つまり怪我《けが》をする。そういうことが起こるのは、ブレインのまわりには、ブレインから金を借りておいてちゃんと返さないやつらにめちゃめちゃ腹を立てるやつらが何人かいるからだ。言うまでもない。ただ、ブレインはちょっと考えられないような相手にも金を貸す。人を見る眼があるってことで、彼はよく知られてて、実際の話、彼の人物判断は絶対まちがわない。それでも、貸す相手がいつも文無しのフィート・サミュエルズとなると、驚かないわけにはいかない。

ブレインの本名はアーマンド・ローゼンタールだけど、なんで〝ブレイン〟なんて呼ばれてるのかって言うと、そりゃもちろん頭がいいからだ。でっかい賭けをやることでもこの街じゃみんなに知られてる。いくらぐらい持ってるか誰も知らないけど、いっぱい持ってることだけはまちがいない。だいたい賭けにしろ何にしろ、どれほど金が出まわろうと、最終的にいつも全部持っていくのがブレインだ。いつかこのブレインの話もしようと思うけど、今はフィート・サミュエルズだ。

ニューヨークにすごく寒い冬がやってきたときのこと、金のあるやつらはみんなマイアミとかハヴァナとかニューオーリンズとかに行っちまう。残ってるのは金のないやつらばかりだ。大物がいなくなっちまうと、さすがにこの街も活気がなくなる。ちっとも盛り上がりゃしない。そんなある夜、おれはミンディの店でフィート・サミュエルズにばったり出会う。やっこさん、まさに尾羽打ち枯らしちまったみたいな感じで、五つ持ってないかって訊いてくる。もちろん、おれはフィート・サミュエルズみたいなやつに五つ貸したりなんかしない。すると、やつはふたつでもいいって言ってくる。これでやつがどれほど困ってるかわかろうというもんだ。五ドルだったのが次は二ドルになるんだから。

「家賃がけっこう溜《た》まっちまってさ」とフィートは言う。「でもって、大家が言いわけなんかてんで聞かない冷血婆《れいけつばばあ》でさ。今すぐいくらかでも入れないと、通りにおっぽり出すなんて言いやがるんだ。おれにしてもここまで金欠になったのは初めてだ。こうなったらもう自棄《やけ》のやんぱちで、最後の手段に訴えなきゃいかんだろうか、なんて考えてる」

フィート・サミュエルズにいったいどんな最後の手段があるのかはわからないけど、

せいぜい雇われ仕事をやるぐらいのことだろう。なのに、何があろうとそういうことはしないっていうのがフィート・サミュエルズという男だ。いや、実際の話、おれもブロードウェイは長いけど、自棄になって仕事に就いた文無し野郎なんかついぞ見たことがない。

以前、めかし屋デイヴがフィート・サミュエルズに仕事の話を持ちかけたって聞いたことがあるんだけど、こっちとフィラデルフィアとのあいだでラム酒を運ぶ仕事で、駄賃も悪くなかったそうだ。なのにフィートは断わっちまう。なんでも戸外の仕事には耐えられなくて、なによりラム酒の運搬は違法行為で、ブタ箱行きになるかもしれないような仕事は嫌なんだそうだ。だから、最後の手段なんて言われても、どうせ大したことはないんだろうと思って、おれは高を括《くく》って言う。

「ブレインはまだ街にいるそうだ。彼に頼んだらどうだ？　あんた、彼にはうけがいいんだから」

「やつにはもう世話になってるんだよ」とフィートは言う。「もう百ドル借りててさ。月曜の朝の四時までには返さなきゃならないんだ。どこに行きゃ百なんて金が手にはいる？　見当もつかないよ。利子の十ドルなんかもう言うまでもないね」

「最後の手段っていったい何を考えてる？」今日はもう木曜だ。必要な額を集めるのに時間はもうあんまり残されてない。

「自殺しようかって」とフィートはものすごく悲しい顔をして言う。「おれなんか生きてても誰の役にも立たないんだからな。家族もいないし、友達もいない。おれなんかいなくなっても世の中は変わりゃしない。悪いまんまだ。そう、自殺しようと思ってるんだ」

「ここ男たちの街じゃ自殺はご法度《はっと》だけどな」とおれは言う。「と言っても、自殺しちまったやつを法がどう裁くのか、そこのところはなんとも言えないけど」

「知ったこっちゃない、そんなこと」とフィートは言う。「もうとことん疲れて飽き飽きしちまったんだ。特にからっけつでいることに。二十五セント玉を何個かポケットに入れるぐらいしか儲《もう》けたことないし。やることなすこと全部裏目に出る。今だってすぐに自殺しないのはブレインに借りた百ドルがあるからさ。おれが死んだあと、あいつにフィートはろくでもない野郎だったなんて言われたくないもの。だけどそれよりなにより、一番つらいのは」とフィートは言う。「恋に落ちてるからさ。おれはホーテンスに恋してるんだよ」

「ホーテンスに？」とおれはおったまびっくら訊き返す。「なんだと、ホーテンスなんぞあんな女はくそ——」

「やめろ！」とフィートは言う。「よけいなことは言うな！　彼女のことを汚いことばで呼ぶんじゃない。愛してるんだよ、おれは。彼女なしには生きられない。実際の話」と彼は続ける。「彼女なしには生きたくないんだ」

「ふうん」とおれは言う。「で、ホーテンスはおまえが彼女を愛してることをどう思ってんだ？」

「彼女は知らない」と彼は言う。「だって恥ずかしくって言えないよ。愛してるって打ち明けたら、当然、彼女はダイヤのブレスレットとか買ってもらいたがるだろ？　当然、おれはそんなことできないだろ？　だけど、彼女がおれのことを心憎からず思ってるのはまちがいないね。おれを見る眼がちがうもの。ただ」と彼は続ける。「あいつのことが好きなやつがほかにもいてさ。でもって、そいつは彼女にダイヤのブレスレットとかあれこれ買ってやってるんだ。これがなによりまいるね。そいつが誰なのかはわからないんだけどさ。ホーテンスがそいつのことが好きだとは思わない。とはいえ、ダイヤのブレスレットを買ってくれるような男のことは、女としてもやっぱ真面目《まじめ》に考えなきゃならない。で、つまるところ、おれは自殺するしかないんだよ」

　もちろん、おれはフィート・サミュエルズの話なんかまともに聞いちゃいない。だからすぐに忘れちまう。というのも、フィートは結局なんとかするやつだから。実際、翌日の夜、ミンディの店にやってきたフィートはやけに上機嫌だ。どこかで金が調達できたのか。六十五ドルぐらいは持ってる人間みたいに歩いてる。だけど、持ってるのはアイディアだけだってことがすぐにわかる。六十五ドルの値打ちのあるアイディアなんてそうそうない。

「今日の午後、ベッドで寝っ転がって考えたんだ」と彼は言う。「どうやったらブレインに金が返せるか。ほかのやつらの借金も。大家に家賃も払えるか。あと、葬式代も少し残せるか。で、思ったんだよ、自分の体を売ろうって」

そのことばを聞いて、おれもさすがにビビる。それでもうちょっと説明してくれってフィートに言うと、こんな答が返ってくる——死体を探してる医者を見つけて、その医者にできるだけ自分の体を高く売る。でもって、おれが自殺したら死体はちゃんと決められた時間内に運ばれるようにする。

「聞いたところじゃ」とフィートは続ける。「医者は練習用の死体をいつも探してるんだそうだ。で、近頃はいい死体がなかなか手にはいらないらしい」

「それはいいけど、あんた、自分の死体にはどれぐらいの値打ちがあると思ってるんだ？」とおれは訊いてみる。

「そうだな」と彼は言う。「おれぐらいでかい死体になると、少なくとも千ドルはするんじゃないか？」

「フィート」とおれは言う。「聞いててあんまり気持ちのいい話じゃないし、おれはこういうことに詳しいわけでもなんでもないけど、医者が死体を買うとしても目方いくらじゃ買わないんじゃないかね。あんたの体に千ドルも払う医者なんかいないよ。そもそもあんたはまだ生きてるわけだし。そんなあんたが死んで、あんたが自分の死体をちゃんと届けるってどうすりゃ医者にわかる？」

「おい、おまえ」とフィートは言う。えらく怒ってる。「おれが借りをちゃんと返す男だってのは誰もが知ってることだ。ブレインにも訊くといい。おれのことばは信用できるってあいつもきっちり言ってくれるよ」

フィート・サミュエルズの話にはさして中身も意味もない気がするけれど、よけいなことを言うと、ブチ切れられそうなんで——文無し野郎は基本、ブチ切れやすい——それ以上フィートには関わらない。ところが、月曜の朝、四時ちょっとまえ、ミンディの店にいると、フィートがはいってくる。でもって、すごく嬉《うれ》しそうな顔をしてて、なんと大金を手にしてる。

ブレインも店にいる。入口が見えるいつもの席に坐《すわ》ってる。ブレインにさきに見られることなく、彼のいるところに姿を現わすことは誰にもできない。ブレインには自分のほうがさきに気づきたい相手がこの街にはうじゃうじゃいる。フィートはブレインのテーブルまでつかつかと近づくと、ブレインの眼のまえに百ドル札と十ドル札を置く。ブレインは顔を起こして時計を見ると、にんまりと微笑《ほほえ》む。

「よし、フィート、時間どおりだ」

何にしろ、ブレインが微笑むこと自体きわめて珍しい。だけど、あとから聞いたところによると、彼はマニー・マンデルバウムと賭けをしてて、マニーから二百ドルせしめたんだそうだ。フィートがきちんと時間どおり借金を返せるかどうかという賭けで、マニーは返せないほうに賭けたんだ。そりゃにんまりしたくもなるだろうよ。

「それはそうと、フィート」とブレインは言う。「医者が何人かおまえのことを訊いてきた。おまえのことばは信用できるかってな。おまえも喜ぶんじゃないかと思うんで言っといたよ。百パーセント信用できるって。おまえは問題ないって。おまえは決して約束をたがえない男だってな。それより、おまえ、病気なのか？」

「いいや」とフィートは言う。「病気じゃないよ。医者とちょっとした商売をしてるだけだよ。おれは信用できるって言ってくれてありがとう」

そう言って、おれが坐ってるテーブルにやってくる。見ると、余った金を手に持ってる。当然、こっちはどうやって金を調達したのか知りたくなる。訊くと、フィートは語りだす。

「このまえおまえに話したことをしたんだよ。パーク・アヴェニューのボディーカーって医者にこの体を売ったんだ。期待した千ドルは手に入れられなかったけど。近頃死体は安値みたいだ。市場に出まわりすぎてるんだよ。それでもドクター・ボディーカーは三十日後の引き渡しで四百ドル出してくれた。

体を売るのがこんな面倒だなんてな、思いもしなかったよ」とフィートは続ける。

「この話を持ち出したら、三人の医者にイカレ頭扱いされて、警察に通報されちまった。だけど、ドクター・ボディーカーはいい爺《じい》さん医者で喜んで取引きしてくれた。おれが信用できることをブレインに電話で確かめたあとはとりわけ。なんでもおれみたいな恰好《かっこう》の頭を長年探してたそうだ。頭が専門なんだな。だけど、こうなると、窓から飛び降りて死ぬことはできないね。そうしようって思ってたんだけど。だって、頭がぐしゃぐしゃになっちまったら役に立たないだろ?」

「なんだか」とおれは言う。「聞いててあんまり気持ちのいい話じゃなくなってきたな。それにこれは合法的なことなのか?　ブレインはあんたの体のことは知ってるのか?」

「いや」とフィートは言う。「ドクター・ボディーカーは、おれのことばは信用できるかどうか電話でブレインに確かめただけだからな。どうして確かめたいのかなんてしゃべっちゃいないよ。おれは問題ないやつだってブレインのことばさえ聞けりゃよかったのさ。さて、このあとは大家の婆《ばあ》さんだ。家賃を払ってくる。ほかにもちょろちょろ借金を返したら、美味《うま》いものでも食うよ。懐《なつ》かしくも阿漕《あこぎ》なこの世界からおさらばするまで、せいぜい栄養をつけとかないとな」

　そう言いながらも、フィート・サミュエルズはまっすぐ大家のところには行かない。ダウンタウンにある、ジョニー・クラコウのクラップス賭場に向かう。その賭場は五百ドルが賭け金の上限なんで、大物連中はめったに顔を出さないけど、それでもけちな博打《ばくち》打ちでそこそこにぎわってる。フィートがはいっていくと、ちょうどビッグ・ニッグが4の目を出すから好きに賭けろってみんなに言ってる。ビッグ・ニッグにしても、出目が1と3、2と2の二組しかない4を出すのはむずかしい。誰が出すのも。そんなことはみんな知ってる。

　フィート・サミュエルズは4の目を出そうとしてるビッグ・ニッグをとくと観察する。すると、ホワイティという男が二対一の賭け率でビッグ・ニッグが4の目を出すほうにと言って、百ドル札をテーブルに放り出す。勝てば二百ドル儲かるわけだけど、どう見ても、それはビッグ・ニッグを信用しすぎというものだ。当然ながら、即座にフィートが動く。百ドル札を二枚放って、ビッグ・ニッグには4の目が出せないほうに二百ドル賭ける。ホワイティの百に対して二百だ。実際の話、百ドル札を二枚持ってれば誰もがそうするだろうよ。で、結局、ビッグ・ニッグは7を出しちまって、フィートが勝つ。

このあとはかいつまんで言うと、フィートはそのあとも居残り、4の目は出せないにしろ何にしろ、クラップスをやり続け、誰もが気づく頃にはなんと六千ドルも勝ってる。賭場は大荒れだ。その次の日の夜、おれは彼を〈ホット・ボックス〉で見かける。あの背の高いホーテンスと踊ってる。ホーテンスは例によってフィートの足にのって橇をしてる。ただ、誰の眼にも明らかなことがある。彼女がこれまでより少なくとも三つは多くダイヤのブレスレットをしてることだ。

その次の夜か、次の次の夜、おれはフィートがローボールというカードゲームで、ロスアンジェルスの大物ロング・ジョージ・マコーマックから一万八千ドル巻き上げたという噂《うわさ》を耳にする。フィート・サミュエルズはロング・ジョージを負かせるほどローボールの腕前がいいってわけじゃない。それはおれがヘビー級チャンピオンのジャック・デンプシーをノックアウトできないのとおんなじことだ。ところが、有卦《うけ》に入っちまうとはこのことで、こうなるともうしばらくは誰も止められない。そういうことがまさにフィートの身に起きてて、ここで勝った、あそこで勝った、それもたんまり、なんて噂が毎晩聞こえてくるようになる。

ある朝、そんなフィートがミンディの店にやってくる。おれは当然すぐさまやつのテーブルまで移動する。なぜって、今やフィートは金満フィートだからだ。そういうやつには誰だって遠慮なく近づきたい。おれは彼に訊く。最近調子はどうかって。訊かなくても調子がいいのはわかってるんだけど。すると、そこにやけに怖い顔をした老人がやってくる。灰色の頬ひげが勝手気ままに濃く長くあちこちに伸びてて、そんなひげの隙間《すきま》からのぞいてる眼がこれまた怖い。フィートはその爺さんを見るなり、顔面蒼白《そうはく》になる。それでも軽く会釈《えしゃく》すると、老人も軽く会釈を返す。ただそれだけで店を出ていく。

「誰だい、今の頬ひげの爺さんは？」とおれは尋ねる。「いや、このまえも来て、なんか人を捜してるみたいだったけど、みんな不審に思ってさ。誰もそいつのこと知らないし、いったい何してるやつかもわからなかったんでさ」

「今のがドクター・ボディーカーだ」とフィートは言う。「ああやっておれがまだ街にいるかどうか確かめてるんだよ。ああ、おれは今、かなり面倒なことになっちまってる」

「なんで？　何を心配してる？」とおれは言う。「金はいっぱいあるんだろ？　ドクター・ボディーカーとの約束まではまだ二週間あるんだから、それまで存分に愉《たの》しみゃいいじゃないか」

「わかってるよ」とフィートはすごく淋《さび》しげに言う。「今はまえみたいにおれは金の問題を抱えちゃいない。だから、ドクターとの契約をつくづく後悔してるんだよ」フィートはさらに続ける。「ホーテンスのことがあるからなおさらだ」

「ホーテンスがどうした？」とおれは尋ねる。

「彼女、おれのことを愛しはじめてるのさ。だってもうひとりのやつより今じゃおれのほうがいっぱいダイヤのブレスレットを買ってるからな」と彼は言う。「体を売っちまったなんてことがなけりゃ、おれは彼女に結婚を申し込んでるところだ。彼女もきっと受けてくれるよ」

「だったら」とおれは言う。「あの頬ひげ爺さんのところへ行って金を返して、気が変わったんで、体を売るのはやめたって言えばいいじゃないか。まあ、あの頬ひげ爺さんがあんたの体を買うって言わなきゃ、あんたもこんなに金持ちにはなれなかったわけだけどさ」

「あの医者のところへはもう行ったさ」とフィートは言う。見ると、フィートのやつ、大粒の涙をこぼしてる。「だけど、あの爺さん、取引きはやめないって言うのさ。金は返してもらわなくていいって。それより体を寄こせって。なにしろおれの頭は変てこな形をしてるんで。おれは爺さんが出した金の四倍出してもいいって言ったんだけどな。それでも受け取らないんだ。体は三月一日にきっちり届けてもらうって」

「ホーテンスはこの取引きのことは知ってるのか？」とおれは尋ねる。

「とんでもない！」とフィートは言う。「そんなこと、口が裂けても言えないよ。彼女、おれのことをイカレ頭だって思うに決まってるもの。ホーテンスはイカレ頭が嫌いなんだよ。実際の話、彼女にダイヤのブレスレットを買ってるもうひとりの男の文句をしょっちゅう言ってるんだよ、そいつはイカレ頭だって。だから、おれのこともそいつとおんなじだと思ったら、もうおしまいだ」

確かにこれは面倒だ。おれとしてもどうすりゃいいかわからない。それで翌日、友達の弁護士に訊いてみると、裁判になったらそんな取引きは成立しないだろうって言う。だけど、フィート・サミュエルズは裁判なんか絶対やりたがらない。なぜって、まえに重要証人として裁判所に呼ばれて、そのまま十日間も市の刑務所に入れられてたことがあるんだよ。

逃げりゃいい、なんておれが相談した弁護士は言うけど、おれ個人の意見としてもそれはあんまり誇らしい策とは言えない。ブレインのお墨付きを得た上での頬ひげ医者との約束だったんだから。そもそもフィートにはそんなことをする気はない、ホーテンスがここにいるかぎり。やつにとっちゃ、彼女の髪の毛一本だって大西洋の通信ケーブルよりずっと強い絆《きずな》にちがいないんだから。

そうこうするうち一週間が過ぎる。その間、おれはやつをあんまり見かけないけど、それでも噂は聞こえてくる。あちこちの賭場に出かけちゃ、サイコロでもカードでもめちゃめちゃ勝ってるって。ナイトクラブにもホーテンスとよく出かけてて、ホーテンスの腕にはもうダイヤのブレスレットをはめる隙間がとうとうなくなって、今では足首にもいくつかつけてるそうだ。ついでに言っとくと、彼女の足首はそもそも見る価値のある足首だけど。ブレスレットがあろうとなかろうと。

さらにもう一週間が過ぎて、ある朝の四時半頃、おれはミンディの店のまえに立って考えてる、フィートもそろそろ時間切れだけど、老ドクター・ボディーカーとのことはどうなったんだろう、なんてね。すると、いきなりパッタパタパタってブロードウェイを駆けてくる足音が聞こえて、ふと見ると、走ってるのはなんとフィート・サミュエルズじゃないか。それも時速三十五マイルで走ってるタクシーが止まって見えるほどの速さだ。そんなフィートが確かにこっちにやってくる。

信号はなくて、朝の早い時間で走ってる車もあんまりなくて、フィートはおれのまえをとんでもない勢いで走り過ぎる。そのほぼ二十ヤードほどうしろ、灰色の頬ひげを生やした老人もやってくる。言うまでもない、あのドクター・ボディーカーだ。片手にナイフを持ってる。一歩ごとフィートに近づいてるようにも見える。

実に驚くべき光景だよ。だからおれはふたりのあとを追いかける。このあとどういうことになるのか確かめたくて。ドクター・ボディーカーが自分でフィートの体を手に入れようとしてるのはどう見ても明らかだ。ただ、おれは走るのは苦手でね。すぐにふたりの姿を見失っちまう。それでも、フィートのパッタパタパタが聞こえるかぎり、あとはついていけそうだ。眼では追えなくても。

彼らは五十四丁目の角を曲がってブロードウェイを離れ、おれもそこの角にやっとたどり着いて見ると、ブロックを半分ほど行ったあたりに人だかりができてる。〈ホット・ボックス〉のまえに。その人だかりがフィートとドクター・ボディーカーに関係があるのは、〈ホット・ボックス〉の入口に着くまえからわかる。見ると、フィートは中にはいれてもドクター・ボディーカーのほうはドアマンのソルジャー・スウィーニーに押しとどめられてる。フィートが中にはいるときにソルジャーに言い含めたのにちがいない、おれを追いかけてくるやつを中に入れるなって。フィートとソルジヤーは仲がいいから、ソルジャーはそのフィートのことばに忠実に従ってるわけだ。

中ではホーテンスがフィートを待ってたみたいだけど、当然びっくりしてる。フィートが息を切らして飛び込んできたものだから。それは店にいたほかのみんなもおんなじだ。給仕頭のヘンリも含めて。で、これはそのヘンリからあとで聞いた話だ。わかると思うけど、おれは外にいるんだから。

「イカレ頭が肉屋の包丁を持っておれを追いかけてきてる」とフィートはホーテンスに言ったそうだ。「そいつを中に入れたら、おれは殺される。そいつは今もうその入口のところまで来てる」

これはひとつホーテンスのために言っておかなきゃならないと思うけど、彼女、肝っ玉だけは据わってる。まあ、もちろんスカッシュ・オブライエンの娘だからね。度胸があっても不思議はないんだけど。スカッシュほどガッツのあるやつなんてほかにいない。給仕頭のヘンリにあとから教えてもらったところだと、そのときホーテンスは慌《あわ》てず騒がず、フィートを追いかけてきたのはどんなやつかちょっと見てみようと言ったそうだ。

〈ホット・ボックス〉はガレージの二階にあって、厨房《ちゅうぼう》の窓から五十四丁目通りが見下ろせる。店のまえではドクター・ボディーカーとソルジャー・スウィーニーが押し問答をしてる。二階の窓が開けられる音がして、見上げると、ホーテンスが顔をのぞかせてる。彼女は下を一目見ただけですばやく頭を引っ込める。これはあとでヘンリから聞いたことだけど、彼女はそのあと金切り声で言ったそうだ。

「なんてこと、フィート！　あんたの言うイカレ頭はあたしにブレスレットを送りつづけて、あたしと結婚したがってるイカレ頭とおんなじ人よ！」

「あいつはおれが自分の体を売ったやつなんだ！」とフィートはそこでホーテンスに打ち明けて、ドクター・ボディーカーとの契約の顚末《てんまつ》を伝える。

「すべてはおまえのためだったんだ、ホーティ」とフィートは続ける。これはもちろん真っ赤な嘘だ。そもそもすべてはブレインのためだ。「愛してるんだ、おまえを。だから死ぬまえに少しでも金を貯《た》めて、おまえにいい思いをさせてやりたかったんだ。医者とのことさえなけりゃ、女房になってほしいっておまえに言うつもりだったんだ！」

　そこで何が起きるかっていうと、ホーテンスがフィートの腕の中に飛び込むんだ。でもって、フィートのあの醜い唇にぶちゅってキスして、こんなことを言うんだ。

「あたしもあんたを愛してる。だってあたしのために自分を犠牲にして、自分の体を売っちゃうなんて、そんなこと、誰もしないもの。あの人との取引きのことは心配しないで。あたし、あんたと今すぐ結婚する。でも、まずは下にいるイカレ頭のお爺さんをなんとかしないと」

そう言うと、ホーテンスはまた窓から頭を出してドクター・ボディーカーに向かって呼ばわる。「どっかへ行っちゃって。ほんとに。行かないと、あんたのひげの中に蛾《が》を投げ込むよ」

ドクター・ボディーカーは彼女を一目見るなり、よけいおかしくなって、ソルジャー・スウィーニーと激しく揉《も》み合う。ソルジャーはドクターからナイフを取り上げると、誰も怪我しないようにそれを遠くに放り投げる。

さて、ホーテンスは厨房を見まわして窓から放り投げてドクター・ボディーカーにぶつけられるものはないか探す。ちょうどシェフがスライスしてハム・サンドウィッチをつくろうと、調理台に置いていたハムに眼が止まる。ものすごくでっかい塊のハムで、〈ホット・ボックス〉ならひと月はもちそうな代物《しろもの》だ。なにしろ〈ホット・ボックス〉で出されるハム・サンドウィッチのハムは紙みたいに薄いからね。ホーテンスはそのハムをつかむと、窓まで走って、狙《ねら》いを定める間も惜しんで窓から投げる。

これが、そう、哀れな老ドクター・ボディーカーに命中する。頭に見事にどかんと。それでも倒れはしない。ただ、脚がぐにゃぐにゃになっちまって、酔っぱらいみたいによろよろする。

おれはそんな爺さんを助けたくなる。だって、こんな仕打ちを受けるのはそれがどんなやつでも可哀そうだ。そもそもホーテンスみたいな女がハムを誰かにぶつけるなんて汚いじゃないか。

おれは老ドクターを抱えて、ブロードウェイを歩いてミンディの店に戻る。そして、椅《い》子《す》に坐らせ、元気が出るようコーヒーとニシンの酢漬けを注文してやる。そのうちかなりの人数の客がまわりにやってきて、しきりと彼に同情する。

「わが友よ」と老ドクターはまわりを見まわして言う。「私は哀れな失恋爺《しつれんじじい》かもしれないが、頭がおかしいわけじゃない。もっとも、この状況を見たら、私の親戚《しんせき》たちは私の言い分に異論を唱えるかもしれないが。しかし、私はホーテンスを愛しとるのだよ。彼女が『スキャンダルズ』に出て、ひまわり役をやってるのを初めて見た夜から、彼女に恋してしまったのだよ。だから彼女と結婚したいんだ。なのに、妻を亡《な》くしてもう何年も経《た》ってるのに、私が再婚の話をすると、息子たちも娘たちもどういうわけかいい顔をしないんだ。

実際の話」と彼は声を落として続ける。「子供たちは時々こんな話もしとるんだ、私が今度再婚話を持ち出したら、私をどこかに監禁しようなんぞと。だから、ホーテンスのことはもちろん子供たちには言ってない。きっと邪魔をするに決まってるからな。しかし、私は深く彼女を愛してしまった。だから美しいプレゼントをいくつも贈った。ただ、親戚の眼があるんで、そう頻繁には会えなかった。そうこうするうちわかったんだ、彼女がフィート・サミュエルズなんぞというやつと仲よくしてることが。私は死ぬほど嫉妬《しっと》した。しかし、だからと言って、どうすればいいのかわからなかった。すると、なんとしたことか、フィートのほうから私のところにやってくるじゃないか。自分の体を買ってくれと言って。私はもう長いこと診療はしてない。しかし、古き良き時代の思い出にパーク・アヴェニューの診療所は残してある。その診療所にフィートがやってきたんだ。最初、こいつは頭がおかしいんだろうと思った。すると、フィートはギャンブルの世界の大物ミスター・アーマンド・ローゼンタールの名前を出して、なんなら彼に訊いてくれてもいいなどと言うじゃないか。で、確かめると、フィート・サミュエルズは信用できる男だという返事が返ってきた。

　それで思いついたんだ、自分の体を売るという彼の申し出を受ければ、彼は義務を果たさなきゃならない日が来るまえにきっと逃げ出すんじゃないかとな。そうなれば、よけいな嫉妬なんぞしなくてすむ。ところが、彼は逃げなかった。私は彼の愛を過小評価していた。

それにしても、嫉妬のあまりナイフを手に彼を追いかけるなど正気の沙汰《さた》じゃない。それでも私としちゃ、私を怖がって街を出てくれないかと思ったんだ。しかし、もう遅すぎた。今となっては私にもわかる、ホーテンスもあの男を愛しとる。さもなきゃ、やつを守るために私に石炭入れを投げつけるような真似《まね》はしなかっただろう。

そういうことだ、紳士諸君。私は恋に破れた失恋爺だ。おまけに頭には大きなたんこぶ付きの。ホーテンスにはプレゼントを全部持っていかれ、フィート・サミュエルズには金を持っていかれた。とことん貧乏くじを引かされた。今はこの話が娘のエロイーズ、すなわちミセス・シドニー・シモンズの耳にはいらないことだけが私の望みだ。以前、ジミー・ケリーの店の煙草《たばこ》売りの美しい娘と結婚しようと思ったことがあったんだが、そのときには娘をひどく怒らせてしまったんだよ」

そこで一気に感情が昂《たかぶ》ったんだろう、ドクター・ボディーカーはさめざめと泣きはじめる。これには実際の話、その場にいた全員がいたく彼に同情する。すると、それまでずっと話を聞いていたブレインがまえに出てきてこんなことを言うんだ。

「あんたが贈ったプレゼントと金のことは心配しなくていいよ。それは私がなんとかしよう。フィート・サミュエルズはまちがいのない男だと請け合ったのはこの私なんだから。しかし、男を見るおれの眼が狂ったのはこれが初めてだ。だからその責めはおれが負うべきだ。ただ、フィート・サミュエルズは今度おれに会ったら、すごく後悔するだろうよ。今回のことじゃ、おれは女のことはまるで考えてなかった。女がからむと話ががらりと変わる。言うまでもないことだ。だから、男の判断についちゃ、おれは百パーセントまちがってたわけでもなかった。

それでもだ」とブレインはそこでみんなにちゃんと聞こえるよう声を大きくする。「フィート・サミュエルズは薄汚い踏み倒し野郎以外の何者でもない。約束どおりあんたに自分の体を差し出さなかったんだから。生きてるかぎり、やつにはおれから金を借りることはできない。一ドルたりと。おれからの信任状も得られない。おれの知ってる誰からも。やつの信用はここブロードウェイじゃ地に落ちた」

そうは言っても、おれの見るところ、フィートとホーテンスにとっちゃ、そんなことはどうでもいいんじゃないかな。最後に聞いた話じゃ、ふたりはニュージャージーに住んでるそうだ。スカッシュ・オブライエンの眼の届くところじゃ、ブレインの息のかかった連中も何もできない。今じゃふたりは鶏《にわとり》と子供の世話に忙しくしてるそうだ。ホーテンスのブレスレットは全部ニューアーク市の市債に化けてて、それって将来有望な投資らしい。

第八話

マダム・ラ・ギンプ

The Eighth Story

MADAME LA GIMP

　ある夜、ブロードウェイと五十丁目通りの角を歩いていると、めかし屋デイヴが建物の戸口に立って、マダム・ラ・ギンプという名のくたびれきったスペイン系の老女と話してる。よく見ると、マダム・ラ・ギンプのほうが一方的にめかし屋デイヴに話してる。もっと言うと、あのデイヴが彼女の話をちゃんと聞いてる。イエス、イエス、イエスって答えてることからそれがわかる。彼はほんとに相手の話を聞いてるときには必ずそう言うんだ。でも、それってきわめて稀《まれ》なことだ。

　そう、これは実に驚くべき光景なのさ。なぜって、マダム・ラ・ギンプというのは人があんまり耳を傾けたくなるような相手じゃないから。しかも彼女の話を聞いてるのがめかし屋デイヴと来た日にゃ、こりゃもう驚くしかない。実際の話、マダム・ラ・ギンプは老女の浮浪者でね。たいてい酔っぱらってる。おれがブロードウェイや四十丁目界隈《かいわい》で、彼女を見かけてかれこれ十五年か十六年になるけど、彼女は新聞を売ったり花を売ったりしてる。そういう彼女の活力の源の半分はまちがいないね。ジンだ。

　もちろん、誰も彼女の新聞なんか持っていかない。彼女から新聞を買いはしても。なぜって、たいていそれは昨日の新聞だから。先週の新聞だったりすることもある。彼女の花を欲しがるやつもいない。たとえ買っても持っていかない。なぜって、彼女の花はもともとは十番街の葬儀屋の花だから。だからどれもみんなだいたい枯れてる。

　個人的なことを言うと、おれはマダム・ラ・ギンプのことなんかただ厄介な婆《ばあ》さんとしか思ってない。だけど、めかし屋デイヴみたいなやさしい心を持ったやつは、彼女にひょこひょこやってこられて、自分はどれほど運に恵まれないか愚痴られると、いつもいくらか金を恵んでやってる。片足を引きずっ《ギンプ》て歩くんで、マダム・ラ・ギンプって呼ばれてるわけだけど、そんな彼女も大昔はスパニッシュ・ダンサーだったんだって人から聞いたことがある。ブロードウェイでもけっこう有名だったんだけど、事故にあっちまって、それでダンスが続けられなくなったんだそうだ。あと失恋もしちゃってアル中にもなったんだって。

　若いときはすごい美人だったたって聞いたこともある。召使いなんかもいたとかいないとか。だけど、ブロードウェイの浮浪者には誰にもそういう話があるもんだ。男にかぎらず女にかぎらず。おれは正真正銘、生まれながらの浮浪者も知ってるけど、そんな連中も含めて。だから、そういう話はまともには聞かないほうがいい。

ただ、マダム・ラ・ギンプが昔は美人だったっていうのには反対しない。スタイルもよかったというのにも。というのも、酔ってなくて、髪にもちゃんと櫛《くし》を入れてる彼女を一度か二度見たことがあるんだけど、悪くなかった。だからって彼女がクレーミング競走（出走馬が競売に出されている競馬のレース）に出ても、彼女を買うやつはまずいないと思うけどさ。

たいていぼろを着てて、履き古した靴を履いてて、グレーの髪がいつも顔に垂れてる。歳《とし》は五十ってところかと言ったら、だいぶ贔屓目《ひいきめ》ってことになる。スペイン人なのに英語は巧《うま》くて、実際の話、悪態も英語でつく。これも巧くてね。めかし屋デイヴを除くと一番巧いくらいだ。

いずれにしろ、マダム・ラ・ギンプと話してるのをおれが見てるのに気づくと、めかし屋デイヴがちょっと待ってるようにおれに合図する。なので、彼女が愚痴を並べおえて足を引きずりながら立ち去るまで待ってると、デイヴがやってくる。なにやらすごく困った顔をしてる。

「問題発生だ」と彼は言う。「彼女も相当困ってる。彼女にはユーラリーって名前の女の子がいるみたいなんだが、まだその子が赤ん坊の頃に、姉さんに育ててもらおうってことで、スペインのちっちゃな町に船で送ったらしい。ブロードウェイにいたんじゃ子育ては無理だって思ったんだな。その子が今こっちに向かってるんだよ」とデイヴは続ける。「ぶっちゃけ今度の日曜には着くんだと。でもって、今日はもう水曜だ」

「その赤ん坊の親父《おやじ》はどこにいるんだ？」とおれはデイヴに尋ねる。

「それは」とデイヴは言う。「訊《き》かなかったな。なんか訊いちゃいけないような気がしてよ。それに、赤ん坊の親父はどこにいるとか、赤ん坊の親父は誰だとか訊きまわるやつがいたら、この街じゃ詮索屋《せんさくや》のレッテルを貼《は》られちまう。それにそもそも今問題なのはそんなことじゃない。マダム・ラ・ギンプの赤ん坊がもうすぐこっちに着くってことだ。

　さて」とデイヴは続ける。「マダム・ラ・ギンプの赤ん坊も今はもう十八になってて、婚約してるんだそうだ。相手はスペインのその小さな町の住民ながら、とても誇り高き貴族の子息で、そのとても誇り高き貴族の親父とおふくろ、その子息、さらにマダム・ラ・ギンプの姉さんまで、ユーラリーに同行して来るそうだ。なんでもみんなで世界一周旅行をしてて、マダム・ラ・ギンプに会いにここに立ち寄って、二日ばかり滞在する予定らしい」

「なんか深夜興行の映画を見てるみたいな気がしてきたよ」とおれは言う。

「おい、こら」とデイヴは怒って言う。「おまえ、面白がってんじゃないよ。その誇り高きスペインの貴族の親父は、自分の息子がどこの馬の骨ともわからないような娘と結婚するなんて思ってもいない。こっちに来るのは息子が結婚する娘の母親に会って、ちゃんとした母親だってことを自分の眼で確かめたいからだ。娘の父親についちゃもう死んだものと思ってる。でもって、マダム・ラ・ギンプはその後、今ではアメリカでも有数の金持ちで、高貴な生まれの男と結婚したって信じ込んでるのさ」

「その誇り高きスペインの貴族はなんでそんなでたらめを信じ込んだんだい？」とおれは尋ねる。「マダム・ラ・ギンプとは会ったこともないわけだろ？　もちろん彼女の今の写真を見てるわけでもないよね」

「教えてやろう」とめかし屋デイヴは言う。「どうもマダム・ラ・ギンプは娘に出した手紙にそんなことを書いたようなのさ。彼女は以前パーク・アヴェニューの〈マーベリー〉って豪華アパートメント・ホテルで掃除婦をしてたことがあってな。そのときそのホテルの備え付けの便箋《びんせん》と封筒を使って娘に手紙を出したんだ。自分はそこに住んでて、自分の夫はどれほど金持ちで、どれほど高貴な生まれかってな。娘にはそのホテル気付で手紙を出させて、従業員用の郵便箱からこっそり持ち出してたんだ」

「なんとね」とおれは言う。「マダム・ラ・ギンプは立派な詐欺師《さぎし》じゃないか。それも誇り高きスペインの貴族を騙《だま》すなんて。それに」とおれは続ける。「この誇り高きスペインの貴族もまぬけだね。母親がこんなに何年も娘をほったらかしにしてるのに、そんな話を信じるなんて。母親にはたんまり金があることになってるならなおさらだよ。もっとも、誇り高きスペインの貴族が賢いなんて話はあんまり聞かないけど」

「だったら、言っとくとな」とデイヴは言う。「マダム・ラ・ギンプが言うには、誇り高きスペインの貴族の親父にはこんなふうに思わせてあるそうだ。娘をずっと手放してたのは、スペインで大人になってほしかったからだってな。あらゆる点で本物のスペイン人になってほしかったからだって。分別がつくまでは。だけど、まあ、おれも思うよ、この誇り高きスペインの貴族の親父はあんまり頭が切れるほうじゃないな」とデイヴは続ける。「なんたって、バスルームに水道の設備もないような田舎住まいなんだからな。

　だけど、おれが今考えてるのはこういうことだ」とデイヴは続ける。「おれたちはなんとしても娘がこっちに来るまえに、マダム・ラ・ギンプを〈マーベリー〉の豪華なアパートメントに住まわせてやらなきゃならない。それも金持ちで高貴な生まれの旦那《だんな》付きで。なぜって、誇り高きスペインの貴族の親父にマダム・ラ・ギンプがただの乞食《こじき》だってことがわかっちまったら、まずまちがいなく彼女の娘と自分の息子の婚約を破談にするだろう。そうなったら、いったい何人の人間が悲しむことになる？貴族の親父の息子は言うに及ばず。

マダム・ラ・ギンプの話じゃ、彼女の娘は貴族の親父の息子にそりゃもう夢中で、息子のほうもマダム・ラ・ギンプの娘にこれまた首ったけなんだそうだ。この街は眼をつぶって石を投げりゃ、嘆き悲しむ人にぶつかるようなところだよ。そういう人間はもう間に合ってる。おれは彼女に〈マーベリー〉のアパートメントを用意できる。おまえは金持ちで高貴な生まれの亭主としてヘンリー・G・ブレイク判事を連れてこい。金持ちで高貴な生まれってところはなんとでもなる。とにかく判事を連れてこい」

ふうむ。めかし屋デイヴが馬鹿《ばか》なことをやるやつだってことは知ってるけど、これはそんな中でも特別だ。だけど、何かを思いついたデイヴに議論なんか吹っかけないほうがいい。やつのノックアウトパンチが鼻っつらに飛んでくるのがオチだから。鼻っつらにパンチを食らってもいいと思えるほどの議論なんてこの世にない。それがデイヴのパンチとなるとなおさら。

しかたないんで、おれはヘンリー・G・ブレイク判事を捜しにいく。ヘンリー・

G・ブレイク判事が誰かの旦那になってくれるかどうか自信はないけど。相手がマダム・ラ・ギンプとなるとよけい。判事が彼女を見たあととなるとなおさら。判事は昔《むかし》気質《かたぎ》の人だからね。

彼の白髪と鼻眼鏡と突き出た腹を見れば、ヘンリー・G・ブレイク判事が重要人物っぽいのは誰でもすぐわかる。でも、ヘンリー・G・ブレイク判事はほんとの判事じゃない。判事だったこともない。なのにみんなから判事って呼ばれてるのは、話すのがゆっくりで、たいていの人間には理解できないやたらとむずかしいことばを使うからだ。

みんなが言うには、以前は金持ちだったそうだ。ウォール街でもブロードウェイ界隈でも名の知れた人物だったらしい。ただ、相場を見誤って、貯《た》め込んだ金を相当失ったんだそうだ。まあ、そういう世界じゃよくあることだ。今は食うために何をしてるのか、誰も知らない。実際の話、何もしてないふうに見える。同時に、常になんかやってそうにも見える。

時々、リトル・マニュエルたちと一緒に大西洋を渡るおんぼろ船に乗って、旅行なんかしてるみたいだけど、それは人数が足りなくなったときのブリッジ要員だからだそうだ。そういう船旅でリトル・マニュエルはいかさまが通じない相手に出くわすと、判事を呼ぶらしい。そうやっていかさまなしの勝負でふたりで相手を負かすんだ。ただ、マニュエルはいかさまなしの勝負で正々堂々と相手に勝つより、いかさまで勝つほうが好きみたいでね。そういう心理はおれにはまるで理解できないけど、まあ、それがリトル・マニュエルという男なんだろう。

いずれにしろ、ヘンリー・G・ブレイク判事は乞食じゃない。彼がいい服を着て、ウィングカラーをつけて、ダービーハットなんかかぶった日にゃ、誰もが好々爺《こうこうや》って思うだろう。おれ自身も彼が変なことをしたところなんか一度も見たことがない。会うといつも明るく挨拶《あいさつ》してくれる。

ヘンリー・G・ブレイク判事を捜すのには数時間かかるけど、ようやくダールのビリヤード場で見つかる。ロードアイランドのプロヴィデンスから来たやつとゲームしてる。一点につき五セント賭《か》けて勝負してるようで、おれが店の中にはいったときには、判事は十三点負けてる。とりあえず一点五セントでプロヴィデンスのやつに勝たせて気をよくさせて、そのあと一点二十五セントに引き上げさせようという魂胆だ。こういうところ、判事は抜け目がない。

おれが近づくと、判事は目隠しされてても誰もミスらないようなショットをミスる。話があるっておれが合図すると、そんなショットは嘘《うそ》みたいに、それからあとは台の上の玉を片っ端からポンポカポンとポケットに打ち込む。最後のバンクショットなんかアル・デ・オロ（当時のビリヤードの名人）だって打つのをちょっとためらっちまうようなショットだ。だけど、ことビリヤードに関するかぎり、この老判事はまさしくオオカミみたいに容赦がないんだ。

あとで判事はおれに言う――おれに急《せ》かされて〝むねんしごくだ〟って。私のあの最後のショットを見ちゃ、これからはあのプロヴィデンスの男は金を賭けなくても、もう勝負してくれないだろうって。

さて、おれがなんでめかし屋デイヴが判事に会いたがってるのか説明しても、最初、判事はあんまり嬉《うれ》しそうな顔はしない。それでもデイヴの頼みとあらば、やっぱり判事も断われない。なぜって、めかし屋デイヴの頼みを聞かなかったやつにはしばしば不運な出来事が起きるのを判事も知ってるからだ。ただ判事はおれに言う、夫の役が自分にきちんと務まるかどうか自信がないって。というのも、これまで何度か夫になろうとしたことがあるんだけど、そのたびに失敗してるんだそうだ。だけど、今回のやつはそんな真面目《まじめ》な話じゃない。ということで、結局、やってみるよって言ってくれる。高貴な生まれっぽいところは心配ないって自分から言う。

さてさて、めかし屋デイヴはいったんことを起こすと、なんたって仕事が早い。まずマダム・ラ・ギンプをミス・ビリー・ペリーに任せる。ミス・ミズーリ・マーティンのクラブ〈シックスティーン・ハンドレッド〉のタップダンサーだったミス・ビリー・ペリーは、今では永遠の愛を誓い合ったデイヴの女房だ。そんな彼女は、手伝ってほしいとミス・ミズーリ・マーティンを呼ぶ。

ミス・ミズーリ・マーティンにとっちゃ、これはもう願ってもない役どころだ。なぜって、他人事に首を突っ込むことほどミス・ミズーリ・マーティンの好きなこともないからだ。それがなんであれ。それでもって、彼女はけっこう役に立つんだ。ただ、最初はみんな彼女を黙らせるのに苦労する。放っとくと、彼女はなんでもかんでもブン屋のウォルドー・ウィンチェスターにしゃべっちまうんだよ。ウォルドーはそれを〈モーニング・アイテム〉の記事にする。ミス・ミズーリ・マーティンの名前入りで。自己宣伝のチャンスを見逃すなんて、ミス・ミズーリ・マーティンにはてんで考えられないことなのさ。

それはともかく、ミス・ビリー・ペリーとミス・ミズーリ・マーティンが協力し合って、マダム・ラ・ギンプに新調した服をいっぱい着せ、美容院にも連れていくと、マダム・ラ・ギンプはそれはもう見ちがえるほどになる、いや、ほんとの話。これはあとから聞いたことだけど、そういう共同作業のあいだ、ミス・ビリー・ペリーとミス・ミズーリ・マーティンとのあいだじゃ、口論が絶えなかったそうだ。というのも、ミス・ミズーリ・マーティンはマダム・ラ・ギンプの髪を自分の髪とおんなじ色——すごく明るい黄色——に染めたがったり、自分が着てるのとおんなじような服を着せたがったりしたからだ。ミス・ビリー・ペリーはそれは駄目だと言う。なぜって、わたしたちはマダム・ラ・ギンプを淑女に見せようってしてるんだからって。すると、ミス・ミズーリ・マーティンはそれにかちんとくるわけだ。だって、おまえは淑女じゃないって言われたようなもんなんだから。

　聞いた話じゃ、ミス・ビリー・ペリーをぶん殴ろうと思ったほどだ。でも、すんでのところで思いとどまったらしい。ミス・ビリー・ペリーは今じゃ、めかし屋デイヴの女房であることを思い出して。デイヴの最愛の女房をぶん殴れるやつなんていない。デイヴ本人を除くと、まあ、たぶん。

　さて、次に起きたことは誰でも知ってる。マダム・ラ・ギンプは〈マーベリー〉の部屋が七つも八つもある豪勢なアパートメントに収まることになる。次のようないきさつからそれが叶《かな》う——シャンパンを買ってくれる、めかし屋デイヴの一番大切な顧客で、ロドニー・B・エマーソンってやつがいて、そいつがそのアパートメントの所有者なんだけど、今はニューポートの夏用別荘に家族か女房と避暑に行ってるんだよ。

このロドニー・B・エマーソンっていうのは、ブロードウェイじゃなかなかのやつで、金払いがよくて、笑うのが好きで、悪党たちにもすこぶる受けがいい。それにたいていのやつらが彼にまがいものをつかませようとするのに、めかし屋デイヴはちゃんとしたシャンパンを提供してくれるってことで、デイヴには恩義すら感じてる。だからデイヴのこの親切な企てには快く賛成してくれる。

よく笑う丸い赤ら顔の肥《ふと》った小男。それがロドニー・B・エマーソンで、めかし屋デイヴはそんな彼のニューポートの別荘に電話して、ことの次第を説明して、エマーソンのアパートメントを借りる約束を取りつける。

ロドニー・B・エマーソンはデイヴの計画をことのほか面白がって、デイヴにこんなことまで言う。

「私のアパートメントは自由に使ってくれていいよ、デイヴ。でも、それより私もそっちに行くよ。私がいたほうが〈マーベリー〉の連中に何か言いつけるにも話が早いだろ?」

そう言って、ニューポートからすぐさま帰ってきて、めかし屋デイヴの計画に加わる。ひとつ言っておくと、彼のこのときのこのおこないは誰もがいつまでもよく覚えてる。実際、これ以降、彼にまがいもののシャンパンをつかませようなんて思うやつはいなくなる。おかげで彼はめかし屋デイヴから買わないときでも、まともなシャンパンが飲めるようになる。

さてさて、土曜がやってきて、船もスペインからやってくる。めかし屋デイヴは大型のタウンカーを借りると、それを自分のお抱え運転手ウォップ・サムに運転させる。知らない運転手だとこの車が借りものだってうっかり口をすべらさないともかぎらない。その用心だ。ミス・ミズーリ・マーティンはマダム・ラ・ギンプと一緒に船を迎えにいきたがる。それも彼女のクラブ〈シックスティーン・ハンドレッド〉のジャズバンド、ハイ・ハイ・ボーイズを引き連れて。盛大に歓迎式をやろうというわけ。もちろん誰も賛成しない。結局、マダム・ラ・ギンプと彼女の夫のヘンリー・G・ブレイク判事、それにミス・ビリー・ペリーの三人が出迎えることになる。ただ、判事がリトル・マニュエルも連れていきたいと言いだす一幕もあったけど。判事が言うには、夫としての彼にスペイン語でけちをつけられたりしても、リトル・マニュエルがいたらちゃんと教えてくれるってわけ。まあ、リトル・マニュエルは正真正銘のスペイン人だからね。

船を迎えにみんなで出かける朝、実のところ、ヘンリー・G・ブレイクは最愛の妻マダム・ラ・ギンプを初めて見る。マダム・ラ・ギンプはこの頃にはすでに、ミス・

ビリー・ペリーとミス・ミズーリ・マーティンのおかげで、この世でいちばん不細工な女などとはとても言えなくなってる。ぶっちゃけ、かなりの見映えだ。ジンもしばらく飲んでないし。もう金輪際飲まないなんて言ってるし。

いずれにしろ、ヘンリー・Ｇ・ブレイク判事は彼女を見て驚く。だって、ずっと皺《しわ》くちゃ婆《ばばあ》が現われるんだろうって思ってたからだ。彼が語るところによると、実は船を迎えにいくまえに二杯ほどひっかけたらしい。このあとのことを考え、自分を鼓舞するために。その二杯と、きれいな服と、ミス・ビリー・ペリーとミス・ミズーリ・マーティンに磨き上げられたおかげで、マダム・ラ・ギンプは判事の眼に実に好ましく映る。

マダム・ラ・ギンプと彼女の娘との再会はどこまでも感動的なものだったそうだ。それに誇り高きスペインの貴族の父親と母親と息子、さらにマダム・ラ・ギンプの姉も加わって、みんなが感情を昂《たかぶ》らせ、おれたちが沈めたスペインの軍艦を全部浮かべられるほどの涙を流したそうだ。ミス・ビリー・ペリーとヘンリー・Ｇ・ブレイク判事ももらい泣きする。もっとも、判事の涙は再会シーンに感動したからというより、元気づけにひっかけた酒の酔いのせいかもしれないけど。

それでも聞いた話だと、夫役を立派に務めたそうだ。マダム・ラ・ギンプの娘にはいっぱいキスして、誇り高きスペインの貴族やその妻、息子とは礼儀に叶った握手をして、マダム・ラ・ギンプの姉さんとはハグして。ただ、そのハグだけはちょっと強すぎたらしい。姉さんが思いっきり舌を出してたところを見ると。息ができなかったんだ。

誇り高きスペインの貴族の親父さんは白い頬ひげを生やしてて、なんとか伯爵《はくしゃく》って称号を持ってる。だから彼の女房は伯爵夫人ってことになる。息子はとてもハンサムなやつだけど、どこから見てもまだすごく若くて、誰かに見られるたびに顔を真っ赤に染めてる。マダム・ラ・ギンプの娘について言えば、こっちも大変な美形で、多くの男が残念がってる。ヘンリー・G・ブレイク判事が義父の役を独占してるのを。なぜって、判事だけが大した理由もなく、いくらでもマダム・ラ・ギンプの娘にキスできるからだ。そんなことはともかく、若いふたりは、こんなに見映えのいいカップルは見たことないって言えるほどのカップルで、互いに好き合ってるのは誰にもわかる。

マダム・ラ・ギンプの姉さんは、おれなんかはあんまりお近づきになりたくなるような女じゃないけど、歳のわりにやたらと顔に塗りたくってる。だけど、すごくおとなしくてほとんどしゃべらない。一行の誰も英語が話せないんで、ミス・ビリー・ペリーとヘンリー・G・ブレイク判事はアップタウンに向かう途中、なんだか仲間はずれみたいな感じになって、〈マーベリー〉に着くなり、判事は先手を打つ。夫役を演じるのにちょっと疲れてきたりもしたんだろう、これからピッツバーグの炭鉱を四つか五つ買いにいかなきゃならないけれど、明日には帰ると平気で嘘をつく。

いずれにしろ、これまでのところは完璧《かんぺき》にうまく行ってるように見える。こういうときは流れに任せるのが賢い判断というものだ。ところが、めかし屋デイヴにはそれができない。明日の夜、歓迎パーティを開きたがる。おれはそれだけはやめておくようにと反論する。なぜって、そんなことをしたら、うまくいってる計画をぶち壊しにするようなことが起こらないともかぎらないから。だけど、デイヴは聞く耳を持たない。大のパーティ好きのロドニー・B・エマーソンが今はこっちに帰ってるとあってはなおさらだ。ロドニーはロドニーで、アパートメントに隠してある高級シャンパンを飲みたくてうずうずしてる。

これに加えて、ミス・ビリー・ペリーとミス・ミズーリ・マーティンが、デイヴによけいな忠告をしようとしたおれに怒りだす。というのも、どうやらふたりはマダム・ラ・ギンプのドレスを新調するときに自分たちのドレスもつくってたようなんだ、もちろんめかし屋デイヴの金で。だから、そのドレスをお披露目できるとあれば、どんな機会も逃さない。そんなこんなで、盛大な歓迎パーティが開かれることになる。

　翌日の夜の九時頃、おれは〈マーベリー〉に着くと、マダム・ラ・ギンプのアパートメントを訪ねる。すると、ミス・ミズーリ・マーティンの〈シックスティーン・ハンドレッド〉のドアマン、ムーシュがドアを開けてくれる。おまけにムーシュは〈シックスティーン・ハンドレッド〉の制服を着てる。ただひげは剃《そ》ってる。いつもは何か話しかけてくるムーシュが今はただお辞儀をするだけで、おれの帽子を厳かに受け取る。

　まず夜会服姿のロドニー・Ｂ・エマーソンに会う。おれに気づくなり、彼は大声をあげる。「これはこれは、ミスター・Ｏ・Ｏ・マッキンタイア（米の当時の有名なコラムニスト）」まあ、言っとくと、おれはもちろんミスター・Ｏ・Ｏ・マッキンタイアなんかじゃないし、Ｏ・Ｏ・マッキンタイアなんて名乗ったこともない。それにそもそもおれとミスター・Ｏ・Ｏ・マッキンタイアは似ても似つかない。おれのほうがはるかにハンサムだ。ひとこと文句を言おうと、ロドニー・Ｂ・エマーソンに近づくと、彼は声を落としてこんなことを言う。

「まあまあ、聞きなさい。今度のことに関しちゃ、ビッグネームがちらほら聞こえたほうがいいに決まってるだろ？　それで彼らを感心させられるかもしれないだろ？

彼らもスペインの新聞を読んでるとすれば、記事に出てくる名前がこの会場でも聞けたら、マダム・ラ・ギンプはそんな大物をパーティに呼んでるんだってことになるだろ？」

そう言うと、彼はおれの腕を取って、部屋の隅にかたまってた数人のところまで連れていく。その隅だけでもグランドセントラル駅の待合室ぐらいの広さがある。

「あの大作家のミスター・O・O・マッキンタイアをご紹介します！」とロドニーが言って、次に気がついたときにはもうおれは伯爵夫妻とその息子とマダム・ラ・ギンプの娘とマダム・ラ・ギンプの姉さんとヘンリー・G・ブレイク判事と握手してる。燕尾《えんび》服《ふく》を着た判事はおれに気づいた様子なんかおくびにも出さない。思うに、もうすっかり重要人物になりきっちまってて、この大役を振ってくれた相手であろうと誰だろうと、いちいち気なんか使ってられないっていうわけだ。それでもこれだけは言っておこう。燕尾服姿の判事はなかなかどうして堂々としたものだ。お辞儀をしちゃみんなに素敵な笑みを振り撒《ま》いてる。

マダム・ラ・ギンプはローネックの黒いドレスを着て、ミス・ミズーリ・マーティンのダイヤをいっぱいつけてる。指輪とかブレスレットとか。これはミス・ミズーリ・マーティンがどうしてもつけさせろって言い張ったんだそうだ。もっとも、私服刑事のジョニー・ブラニガンにずっとこっそりマダム・ラ・ギンプを見張らせてたそうだけど。実際の話、おれはなんでジョニーなんかがいるんだろうって思って、めかし屋デイヴの友達だからかなんて思ったんだけど、ミス・ミズーリ・マーティンはまぬけじゃない。あったかいハートの持ち主に変わりはなくても。

今日のマダム・ラ・ギンプを見た人はみんなジャワじゅうのコーヒーを賭けてもいいと思うはずだ、彼女が十番街の地下室暮らしでジンびたりだったなんてありえないほうに。灰色の髪をスペイン風の大きな髷《まげ》に結って、頭の上に高く盛り上げてる。その髪型を見て、おれはどこかで見た絵を思い出すけど、どこで見たかは思い出せない。一方、彼女の娘のユーラリーはと言えば、白いドレスを身にまとい、誰もが眼福、眼福と言いたくなるような美しさだ。そんな彼女にヘンリー・G・ブレイク判事はことあるごとにキスをねだってる。でも、誰にも彼を責められない。

やがてロドニー・B・エマーソンの大声が響き渡る。「ミスター・ウィリー・K・ヴァンダービルト（当時の米の大富豪一族のひとり）がお見えになった」その声と同時に、誰あろう、ビッグ・ニッグがはいってくる。ロドニーは彼をスペイン貴族のところに連れていって紹介する。

ヘンリー・G・ブレイク判事の横にリトル・マニュエルが立ってて、伯爵夫妻たちにスペイン語で説明する。ウィリー・Ｋ・ヴァンダービルトは富豪の中の富豪だと。夫妻は大いに興味を示すけど、当然、マダム・ラ・ギンプとヘンリー・Ｇ・ブレイク判事も大富豪の正体に気づいてる。マダム・ラ・ギンプの娘と若い息子はお互いにしか興味がない。

さらに大声が聞こえる。「ミスター・アル・ジョルソン（当時の米の有名な歌手、俳優）がお見えになった」その声と同時に〈チキン・クラブ〉のトニー・ベルタゾーラがはいってくる。おれがＯ・Ｏ・マッキンタイアに似てるぐらいにはアルに似てる。つまり全然似てない。次に登場するのはジョン・ローチ・ストラトン猊下《げいか》（当時の米の著名なバプティスト派の牧師）。これがどう見てもスキーツ・ボリヴァーで、次のジェームズ・Ｊ・ウォーカー市長閣下は、これはどう見てもグッドタイム・チャーリー・バーンスタインだ。

ミスター・オットー・Ｈ・カーン（当時の米の投資銀行家、慈善家）はロチェスター・レッドで、ミスター・ヘイウッド・ブルーン（米の当時のスポーツライター。本書に序文を寄せている）はギリシア人のニックで、ニックはおれにこっそり訊いてくる。ヘイウッド・ブルーンっていうのは何者なんだって。おれは説明してやるが、それをそばで聞いてたロドニー・Ｂ・エマーソンはめちゃくちゃ渋い顔をしてる。

最後に入口でちょっとした騒ぎが起こり、ロドニーがアナウンスする。「ミスター・ハーバート・バイヤード・スウォープ（米の当時の著名なジャーナリスト）がお見えだ！」ことさら大きな声で。その声にみんなが振り向くと、なんのことはない、蒼白顔《そうはくがお》のキッドが立ってる。その本人がおれを脇《わき》に引っぱって、ハーバート・バイヤード・スウォープってのは何者なんだって訊いてくる。おれが説明してやると、キッドはすっかり気分をよくして、デスハウス（死刑囚棟）のドネガンとは口を利《き》こうとしない。なにしろドネガンはただのミスター・ウィリアム・マルドゥーン（米の当時の有名なプロレスラー）なんで。

さらに、合衆国副大統領チャールズ・カーティス閣下なんて名前まで聞こえてくる。現われたのはギニー（イタ公）・マイクだ。それを見て、おれはさすがにやりすぎだと思う。で、ちょこまか動きまわって、あちこちで世話をしてるめかし屋デイヴを捕まえると、思うとおり言ってみる。すると彼は言う。「なあ、あれがギニー・マイクだってことを知らなくても、あれはカーティス副大統領じゃないって、おまえにはわかるか？」

それでもここまでやるのはどんなものかと思うね。なぜかって、ロドニー・Ｂ・エマーソンの「グローヴァー・Ａ・ウェイレン警察本部長閣下」という声に、なんとワイルド・ウィリアム・ウィルキンズが現われるんだ。おれはわれらが指導者にはもうちょっと敬意を払うべきなんじゃないかと思うね。だって、ワイルド・ウィリアムはいくつかの件でいくつかの場所から手配されてるお尋ね者なんだから。さすがにこいつの出迎えは、めかし屋デイヴが自分でやって、ウィリアムのズボンのポケットからチャカを取り上げる。警察官であっても誰であっても銃の携行は許されない社交的な集まりだってことで。

まあ、そういうこととは別に、伯爵夫妻を見てるかぎり、有名人の名前を聞かされてもことさら感心してるみたいには見えない。これはあとから聞いてわかるんだけど、伯爵夫妻はローカルニュースしか載ってない地元の新聞しか読まないんだそうだ。実際の話、ふたりともなんだか退屈そうな顔をしてる。ただ、伯爵のほうは女たちが何人も会場に雪崩《なだ》れ込んでくると、急に陽気になって、女たちに興味を示す。女たちはだいたいがミス・ミズーリ・マーティンの〈シックスティーン・ハンドレッド〉と〈ホット・ボックス〉の踊り子だけど、ロドニー・B・エマーソンは彼女たちを〝ソフィー・タッカー〟だとか、〝シーダ・バラ〟だとか〝ジーン・イーグルズ〟だとか〝ヘレン・モーガン〟だとか〝アーント・ジェミマ〟だとかと言って紹介する（すべて米の当時の著名な女優やダンサー）。

そのあとすぐにミス・ミズーリ・マーティンのジャズバンド、ハイ・ハイ・ボーイズがやってきて、パーティはいよいよ盛り上がる。めかし屋デイヴが年代物のシャンパンを開けるようにロドニーを促すと尚一層《なおいっそう》。ダンスをする人間も徐々に増えて、みんなが愉《たの》しいときを過ごしてる。伯爵夫妻も含めて。実際の話、年代物のシャンパンをいくらか口にすると、伯爵がなかなか愉快な爺《じい》さんだってことがわかる。もっとも、何を言ってるのかは誰にもわからないんだけど。

ヘンリー・G・ブレイク判事はもうすっかりその気になってる。その気どころか、これはすべてほんとのことで、自分はセレブ中のセレブをわが家に招いてもてなしてるって信じはじめてる。それは誰の眼にも明らかだ。高級シャンパンを一クォート飲ませさえすりゃ、判事はなんでも信じるんじゃないか。そのうち息が切れるほど激しく踊りだしたりもするけど、おれは彼がやたらとマダム・ラ・ギンプにまとわりついてるのに気づく。

午前零時頃、めかし屋デイヴがキッチンにはいっていく。サイコロ博打《ばくち》の揉《も》めごとを収めるために。それ以外は平和なもんだけど、揉めごとというのはどうやらこういうことだったらしい。ハーバート・バイヤード・スウォープとカーティス副大統領とグローヴァー・ウェイレンの三人がクラップス博打で遊んでたら、ジョン・ローチ・ストラトン猊下もやってきた。で、彼も加わって四人で遊びはじめたところ、ストラトン猊下が賭け金を全部かっさらったらしい。ところが、猊下の使ったサイコロがいかさまサイコロだった。それで喧嘩《けんか》になったんで、デイヴが割ってはいらなきゃならなくなったってわけ。

おれはそろそろお暇《いとま》する頃合いかと思って、伯爵夫妻を見つけて、おやすみを言おうと思う。ところが、伯爵はミス・ミズーリ・マーティンとまだ踊りつづけてる。ていうか、ミス・ミズーリ・マーティンが伯爵に抱きついて、伯爵の耳に一方的にことばを垂らし込んでる。伯爵にはミス・ミズーリ・マーティンのことばなんかひとことも理解できないのに。しかし、彼女にはどうでもいいのだ。ただ、しゃべらせてくれさえすれば、自分の言ってることが相手に伝わろうと伝わるまいと。

伯爵夫人のほうは部屋の隅にいる。ハーバート・バイヤード・スウォープ、つまり蒼白顔のキッドと。キッドはインチキポンチキなラテン語と身ぶり手ぶりで、スペインにはブラックジャックのディーラーの勤め口はないかどうか伯爵夫人に訊いてる。訊いても伯爵夫人にわかるわけもないのに。しかたないんで、おれはマダム・ラ・ギンプを捜す。

彼女は隅の薄暗いところにひとりで坐《すわ》ってる。暗かったんで、ヘンリー・G・ブレイク判事が彼女に覆《おお》いかぶさるようにしてるのに、すぐそばまで行ってやっと気づく。盗み聞きするつもりはなくても、判事の声が聞こえてくる。

「この二日ずっと考えてるんだけど、あんた、私のことを覚えてるかね?」

「覚えてる」とマダム・ラ・ギンプは答える。「覚えてるどころか、すごくすごく覚えてるわ、ヘンリー。どうすればあんたのことを忘れられる? でも、あんたも気づくとは思ってなかった。だってもう何年も何年もまえのことなんだから」

「二十年だ」と判事は言う。「あの頃のあんたはきれいだった。今でもそうだが」

まあ、年代物のシャンパンがヘンリー・G・ブレイク判事にはかなり効果的だったことはまちがいないけど、この薄暗がりだと、笑みを浮かべたマダム・ラ・ギンプの顔も、まあ、なかなかどうして悪くない。それでも、歳とはいえ、ふたりとももう少し目方が少なくてもおれは文句は言わない。

「すべてはあんたのまちがいだ」とヘンリー・G・ブレイク判事は言う。「あんなチリコンカルネ野郎なんぞと結婚しちまうんだから。それが結局どうなった⁉」

ふたりがこうしてよりを戻そうとしてるのに、そんなふたりの邪魔をするほど不粋なこともない。おれは若い婚約者ふたりにだけ挨拶をして帰ることにする。それがふたりを捜してるうち、めかし屋デイヴに出くわしちまう。

「ふたりはここにはもういないよ」とデイヴは言う。「今頃は聖マラキ教会で結婚式を挙げてる、おれの女房とビッグ・ニッグの立ち合いで。結婚許可証はもう昨日の午後に取っといたんだ。なあ、世界一周旅行が終わるまで結婚できないなんて、若いふたりがそんなことを望むと思うか?」

この抜け駆けはいっとき騒ぎになるものの、それもちょっとのあいだで月曜になると、伯爵夫妻と若いふたりとマダム・ラ・ギンプの姉さんは、世界一周を続けるためカリフォルニア行きの列車に乗る。一行が発《た》つと、当然みんなの話題はヘンリー・G・ブレイク判事とマダム・ラ・ギンプのことになる。ふたりも結婚して、これからデトロイトに向かうところだ。ヘンリー・G・ブレイク判事が言うには、兄貴がそっちで配管工事の仕事をしてるんで、きっと雇ってくれるというわけだ。だけど、おれの見るところ、デトロイトからカナダに行ったり来たりして、ひとりで禁制品の商売なんかもやろうと思ってるんじゃないかな。配管工事なんてお堅い仕事はとてもヘンリー・G・ブレイク判事の柄じゃない。

話はだいたいこれで終わりだけど、ひとつおまけを足すと、何日か経《た》ってからのことだ、めかし屋デイヴがでっかい紙切れを一枚握ってものすごく怒ってる。

「これはリストだ。〈マーベリー〉のあちこちの部屋から持ち出された品の。これが全部もとの持ち主のところに、来週の火曜の夜までに返らないと、この街のやつらの鼻っ柱を何個もぶっ叩《たた》かなきゃならなくなる。おれが仕切ったパーティでこんなことが起こるとはな。こんな屈辱があるか？　全部もとあった場所に返させる。９‐Ｄ号室から持ち出された小型のグランドピアノは特に！」

第九話

ダーク・ドロレス

The Ninth Story

DARK DOLORES

こないだの夜、ナイトクラブの〈ホット・ボックス〉にいたんだけど、ブン屋のウォルドー・ウィンチェスターがおれにこんなことを言う。男を次から次と手玉に取る女が昔はいたけど、今はいなくなっちまった、それってつくづく残念なことだよって。ブン屋というのは、男を手玉に取るような女のことを書けばいい記事になると思ってるんだな、これが。それも女も男もどっちにしろ、特別優秀な人間ならなおさらいいんだそうだ。

「いや、ほんとに」とウォルドー・ウィンチェスターは言う。「クレオパトラとか、トロイのヘレンとか、なんならエリザベス一世でもいい、今数分置きに男を殺してくれりゃ、新聞の発行部数は死ぬほど伸びるのになあ。特にタブロイド紙とか。ところが、近頃の女は上げ下げ式の窓の重りで男をぶん殴るか、まあ、頑張って弾丸《たま》を男に目一杯ぶち込むか、それぐらいがせいぜいだ。これじゃ面白い記事は書けない」

　そのあとウォルドーはローレライって名の女の話をする。なんでもその女はその昔ライン川のそばをうろうろしてて、川を行く船乗りを岩場におびき寄せちゃ、船を難破させてたそうだ。おれはなんとも汚いことをしやがると思うんだが、ウォルドーはあんまりそんなふうには思わないみたいで、さらに別な女の話をする。それはキルケって名の女で、こいつは男を破滅させることにかけちゃ、相当の凄腕《すごうで》だったらしい。いや、それよりなによりこの話の途中から、ウォルドーはさめざめと泣きはじめちまう。新聞に記事を提供してくれる女がもういなくなっちまったことが、それほど悲しいらしい。

　まあ、ウォルドーが泣きだしたほんとの理由は、キルケのことを思ったからじゃないけど。〈ホット・ボックス〉が出す酒を聞こし召しすぎちまったからだ。〈ホット・ボックス〉の酒を飲むと、どんなやつでも急に泣きだすことがよくあるんだ。実際の話、〈ホット・ボックス〉の酒は街で一番人を泣かす酒じゃないかな。

　それはともかく、ウォルドーが語る女たちの話を聞いてるうち、おれはドロレス・ダークのことを思い出して、気づくと、彼女はそういう昔の女のひとりに、いや、全員に匹敵するんじゃないかって考えてる。ドロレス・ダークっていうのは、やくざ同士のでっかい手打ちの話し合いをめかし屋デイヴが開くことになって、おれもデイヴにくっついていって、そこで出会った女だ。

あとで彼女は場所によってダーク（黒髪）・ドロレスなんて呼ばれてるって聞いたけど、それは、まあ、彼女の見てくれのせいで、本名はその逆だ。だけど、そういうことよりさきに、どうしておれなんかがでっかい手打ちの話し合いのために、めかし屋デイヴと出かけたりなんかしたのか、そのことを話しておこう。

ある日の午後、大したことなんかあんまり考えたりもせず、ただ歩いてると、めかし屋デイヴがちょうどタクシーに乗ろうとしてる。手にスーツケースを持って。気づいたときには、おれはもうタクシーの中に引っぱり込まれてて、デイヴが運ちゃんに言ってる、ペンシルヴェニア駅に行ってくれって。そう、おれがでっかい手打ちの話し合いがあったアトランティック・シティにいた理由はただそれだけだ。そんな話し合いにはもちろんなんの関係もなく、めかし屋デイヴのただのお供だ。

人につき合うことができないほど忙しいってことがおれにはからっきしない。一方、めかし屋デイヴは誰かお付きがいるのが大好きな人間で、実際の話、どこに行くにしろひとりで行くのを嫌がる。そのわけは、ひとりだと彼の話にうなずいてくれる人がいないからだ。何が好きと言って、自分の話で人にうなずかせるほどデイヴが好きなこともほかにない。だから、おれはいつも不思議に思ってるんだけど、なんでビッグ・ニッグを連れていかないのか。ビッグ・ニッグほどデイヴの話にうなずくやつもいないのに。

ただ正直な話、うなずくことにかけちゃ、おれも素人《しろうと》じゃない。この街にはうなずき野郎がだいたい三百万人ぐらいいると思うけど、その中でもおれはトップクラスだ。おれにしてみりゃ、相手の話にうなずくなんかめちゃ簡単なことだ。実際の話、それでよけいなやりとりも省けるし。

いずれにしろ、アトランティック・シティにいたのはそんなでっかい手打ちがあるからだ。でも、今だから言うけど、誰がその話し合いに出るのか、いや、そもそもそんな話し合いがあること自体知ってたら、アトランティック・シティのそばにも近づかなかったよ。なぜって、この話し合いの参加者がとんでもないやつらばかりだからだ。おれみたいなビビり屋には絶対無理って感じの。

それはともかく、この話し合いはセントルイスの親分衆のあいだの揉《も》めごとを収めるためのものらしい。その親分衆というのが、ブラック・マイク・マリオとベニー・ザ・ブロンド・ジュウとスクードルズ・シェイの三人だ。ここ二年ばかりいくつかの商売の利権がからんで、けっこう激しくやり合ってるみたいで、その商売にはもちろん密造酒とか賭博《とばく》が含まれる。

聞くところじゃ、けっこうドンパチがあって、それぞれの組の兵隊があちこちでけっこう死んでるんだそうだ。爆破事件なんかもあってあれやこれやで、こうなると、葬儀屋しか儲《もう》かる商売なんかなくなるわけだけど、葬儀屋のうわまえをはねるってのはむずかしい。もっとも、スクードルズ・シェイだけはそれをやろうとしてるけど。

　このスクードルズっていうのが賢いやつで、戦争でフランスに行ったときのことをようやく思い出すんだ。でっかい国も戦争で金欠になって、戦争に疲れて、戦争に飽き飽きすると、和平会議を開いて物事を正そうとするってことを。で、ブラック・マイクとベニー・ザ・ブロンド・ジュウに持ちかけるんだ、おれたちも和平会議をやるのは得策かもしれないって。だいたいどこの組も兵隊が半分ぐらい死んじゃってて、商売ももうあがったりもいいとこなんだ。

　ブラック・マイクもベニーもこの提案は悪くないと思う。だからスクードルズに会うことに同意する。ところが、スクードルズっていうのは実に疑い深いやつで、まずどこでその話し合いを持つかってことから決めようって言う。さらにセントルイスじゃどこでも持ちたくないとも。自分の家の地下室以外は。そう、スクードルズは思ってるわけ。自分にとってそこ以外安全な場所はないって。下手すりゃ、ブラック・マイクの手下かベニーの手下に殺《や》られちまうかもしれないって。一方、ブラック・マイクもベニーもスクードルズの地下室にのこのこ出かけていくわけがない。それもスクードルズにはわかってる。

ただ、自分の考えが百パーセント正しいってこともわかってる。関係ないけど、聞いた話じゃ、ブラック・マイクの家の地下室はなかなか悪くないそうだ。ワインセラーなんかもあって。でも、まあ、個人的な意見を言えば、ブラック・マイクというのは、そういう地下室があってもなくても、あんまりこっちから仲よくなりたくなるような相手じゃないけど。

考えた末、スクードルズはアトランティック・シティはどうかって持ち出す。ブラック・マイクには異存はない。というのも、アトランティック・シティにはピサノっていとこが住んでて、故郷を離れて以来、ずっと会ってないんだそうだ。

ベニーはミズーリ州でなきゃどこでもいいって言う。ミズーリ州のどこであってもブラック・マイクやスクードルズと一緒のところを見られるのは避けたいって。見られると自分の評判が落ちるって。これはふたりにしてみりゃ、侮辱以外の何物でもない。そのため、彼らの手打ちは一度は流れそうになるけど、最後にベニーが自分のことばを訂正する。ミズーリ州というのはまちがいで、セントルイスのつもりだったと。

それでふたりは機嫌を直して、アトランティック・シティに落ち着く。

ただ、そのときブラック・マイクが言うんだ、審判役に誰かひとり部外者がいたほうがよくはないかって。そういうやつがいたら、万一揉めたときにうまく調整してくれるんじゃないかって。これにベニーが応じる、なんだったらフーヴァー大統領か、リンドバーグ大佐か、タフト最高裁長官を連れてきてもいいなんて言って。そんな人を連れてくるなんてまったく馬鹿《ばか》げた話さ。フーヴァー大統領にしたってリンドバーグ大佐にしたってタフト最高裁長官にしたって、セントルイスのやくざのいざこざの仲裁に顔を出すほど暇じゃない。

で、最後にスクードルズがめかし屋デイヴを指名して、ブラック・マイクもベニーもデイヴなら問題ないってことになる。ただ、ベニーはしばらくタフト最高裁長官にこだわったみたいだけど。いずれにしろ、デイヴはセントルイスの親分衆のためにその審判役を快く引き受ける。というのも、彼は同じような経験をまえにしてるんだ。ある街でおんなじようにやくざ同士が出入りを繰り返してたんだけど、ほんとはお互い抗争をやめたがってた。デイヴはそんな街に行ったことがあって、彼がその街を発《た》ったあと、その街の平和が数週間も続いたなんてことがまえにもあったのさ。

めかし屋デイヴはみんなも知ってのとおり誰とでも仲よくできて、それにこの手の揉めごとがあっても誰に対しても公正な対応のできるやつだ。これまたみんな知ってることだ。さらにデイヴ自身今度のことを喜んでるところがある。なぜって、セントルイスみたいなところのいざこざは、デイヴ自身の商売にも響くことがあるから。

さて、三人はアトランティック・シティ行きの列車に乗るために駅に向かう。だけど、そのまえにフランキー・ファローネっていう若い男に会うことを決める。この男はセントルイスで近頃急に頭角を現わしてきた根性のあるやつなんだけど、三人とも全員こいつのことを疎《うと》ましく思ってるんだ。

正直な話、今回の三人の手打ちの一番の理由がこのフランキー・ファローネだと言ってもいい。このファローネは誰とも友好関係になくて、遠慮も何もなくて、三人のシマを荒らそうとしてるらしい。古株へのリスペクトもへちまもなく。

このまま放っとくと、フランキー・ファローネに街を乗っ取られかねない。実のところ、三人はそれぞれファローネと接触して関係を結ぼうとしたんだけど、どうやらファローネは一匹狼《いっぴきおおかみ》が性に合うらしくて、誰とも手を組もうとしない。そればかりか、これは人伝えの話だけど、相手はスクードルズであれ、マイクであれ、ベニーであれ、誰でもいいから、こっちが始末するまえに、窓から飛び降りてくれないかって思ってるらしい。もしかしたらそれはひとつじゃなくて三つの窓かもしれないけど、そういうことは何も言わないそうだ。

つまるところ、フランキー・ファローネに対しては打つ手がない。彼を訪ねることぐらいしか。で、今回三人がたまたまそろったんで訪ねることにしたらしい。ファローネは三人とも脅してたわけだけど、警察がそんなことに関心を示すわけがない。そもそもこのときのセントルイスの警察はけっこういい加減だったみたいだ。

もちろん、ファローネのほうはスクードルズとマイクとベニーの仲がいいなんて端《はな》から思ってないから、駅に向かう三人に一緒にやってこられてめちゃ驚く。これはあとから聞いた話だけど、三人に殺されたときもまだ最初の驚き顔のまんまだったらしい。

なんでもカーディナルスがまたジャイアンツに負けたことを告げる新聞記事をもぐり酒場で読んでると、スクードルズが正面の入口からはいってきたらしい。ブラック・マイクは裏口から、ベニーは脇《わき》の出入口から。これまたあとでわかったことだけど、三人はその店のオーナーを知ってて、フランキー・ファローネの不意を突く協力をさせたらしい。

いずれにしろ、フランキー・ファローネが次に気づいたときには、もう四発の弾丸《たま》を食らってる。一発はスクードルズから、もう一発はベニーから、あとの二発はブラック・マイクから。ブラック・マイクはそもそも気前のいいやつなんだ。もちろん、ファローネはもっとぶち込まれててもおかしくない。ただ、三人は一ブロックほど離れたところにタクシーを待たせてたんだけど、エンジンをかけたまま待たせると、セントルイスのタクシーの運ちゃんはメーターをめちゃくちゃ進めちまうんだ。それぐらい三人も知ってたってわけ。

　そのあと三人は列車に乗って、デイヴとおれが着いたときにはもう、アトランティック・シティのリッツ・ホテルにいる。海が眺められるいかした造りの部屋を取ってる。とにもかくにも高級志向で、金離れのいい連中なんだ。

　三人とも上着を脱いでテーブルを囲んで、カード遊びのピナクルをやってて、おれとデイヴが中にはいると、すぐにブラック・マイクが言う。「よう、デイヴ、ここじゃトマトはどこで見つかる？」

　それを聞いただけで、マイクの育ちの悪さがわかる。もちろん男は女《ドール》をいろんな名で呼ぶけど、〝ブロード〟とか〝パンケーキ〟とか〝クッキー〟とか〝トマト〟とかって。だけど、そういうのってよくないね。女に対するリスペクトに欠ける呼び名だよ。

　このブラック・マイクはイタリア人なんだけど、ついでに言っとくと、見てくれは悪くない。ただ、ほっぺたにでっかい傷痕《きずあと》がある。誰かにやられたんだろうけど、やったやつはマイクの口元を年がら年じゅう笑ってるように見せたかったんだろう、たぶん。イタリア人、特にシシリア人の中にはナイフ使いの名手がいて、いつも笑ってるみたいに見える傷痕を口元に残せるやつがいる。ただ、そういうことをするのはたいてい男で、やられるのは不貞を働いたそいつの女だ。

ベニー・ザ・ブロンド・ジュウはユダヤ系で、背が高くて、青白い顔をしたやつで、髪は柔らかくて明るい色で、眼はブルー。おれはこいつがすでに男を九人殺してることをたまたま知ってるけど、知らなきゃ、これほど人畜無害に見えるやつもいない。スクードルズ・シェイはそばかすだらけの顔に赤毛の大男で、口がでっかく、その口元に始終笑みを浮かべてる。

歳《とし》はみんな三十ちょっとで、色物のシャツを着て、襟をゴールドのピンで留めてる。ブラック・マイクとスクードルズ・シェイはダイヤの指輪と腕時計をしてる。彼らが何者か知らなければ、やくざだとは、それもセントルイスのやくざだとは誰も思わないだろう。もっとも、よっぽどナイーヴな人でないかぎり、彼らをミサの従者とまちがえる人もいないとは思うけど。

見るかぎり、三人とも仲よさそうにやってる。だけど、それは驚くことじゃない。なぜって、今回みたいに別の街から別の街にやってきて、そこで派手に喧嘩《けんか》をおっぱじめるのは、すごく無礼なことだと考えられてるからだ。地元の人たちに対するリスペクトもへちまもないって。それにそもそもアトランティック・シティというのはなにより愉《たの》しむための街だ。互いにいがみ合ってるフィラデルフィアのやつらでさえ、アトランティック・シティに来たら、言い争うのはだいたい市境を出るまでひかえる。仕事でアトランティック・シティのそばまで出張してきて誰かと揉めると、わざわざアトランティック・シティに足を伸ばすやつらもいっぱいいる。アトランティック・シティだと揉めごとがわりと簡単に収まるからだ。もちろん、そういうことをしても、地元の人に無礼にならないと考えられるときにかぎられるけど。

いずれにしろ、女のことを考えてるのはブラック・マイクだけじゃない。スクードルズもベニーもおんなじことを考えてる。まあ、男が地元を離れてまず考えるのは酒と女と相場が決まってるけど。おれ自身はあんまりそういうことは考えない。おれはわりと神経質なんでね。酒と女は神経によくないよ。特に女は。

わかると思うけど、めかし屋デイヴもそういうことはあんまり考えてない。だって今はもうミス・ビリー・ペリーと結婚してるんだから。そんな彼が酒と女——特に女——にうつつを抜かしたなんて噂《うわさ》が立とうものなら、よけいな火種を家に持ち込むことになる。

とはいえ、デイヴとしてもここは自分がホスト役を務めるべきだと思ったらしい。ほかの三人はアトランティック・シティじゃよそ者だけど、三人ともセントルイスじゃ大物なんだから。それでおれたちはジョー・ゴスの店に繰り出す。そこは市の名物の遊歩道《ボードウォーク》からちょっとはずれたところにあるキャバレーで、店にはいると、あっというまに六人ほどの女がおれたちにつく。形も大きさもそれぞれちがった女たちで、ジョー・ゴスのコーラスガールとホステスたちだ。実際の話、ジョー・ゴスの店はニューヨークのくたびれたビジネスマンがいっぱい来る店で、ニューヨークからのビジネスマンがなにより好きなのが活《い》きのいいホステスだ。めかし屋デイヴへの敬意を表して、ジョー・ゴス自身もおれたちのテーブルにやってくる。

ブラック・マイクもスクードルズもベニーも、女としゃべったり時々ダンスをしたりでみんなご満悦の体だ。見てると、めかし屋デイヴも三人に加わってる。ジョー・ゴスの店の酒を二杯ほど飲んだら、ミス・ビリー・ペリーのことなんか忘れちまったんだろう。実際の話、彼女のことなんかすっかり忘れちまってる。女のひとりを連れ出してフロアでちょこっとダンスを踊りはじめてる。それを見るだけでも、ジョー・ゴスの店で出される酒の効き目が知れようというものだ。

女について言うと、だいたいキャバレーでよく見かけるタイプが大半だけど、ホステスらしい中にひとり、ドロレスって名前の女がいて、これがまさに百合《ゆり》そのもの。あとになってわかるんだけど、もうひとつ〝ダーク〟という名もあって、デイヴから聞くかぎり店じゃ〝ダーク・ドロレス〟って呼ばれてるらしい。

男なら誰だって「眼福、眼福」と言いたくなるほどの美貌《びぼう》で、背は高くて、ラジオのアンテナみたいにしなやかそうな体つきで、髪はスペードのエースほどにも黒い。いや、それ以上かも。つやつやしてて黒く光ってる。眼もまた黒で、ドーナツくらいでかい。すごく多くのことを見抜いてるのに、それを自分から明かすことはない。そんな眼だ。おれのその判断はまちがってないことがあとからわかる。

あんまりしゃべらなくて、あんまり飲まない。ほかの女たちともあんまり仲よくなさそうなんで、おれは彼女は新人なんだと思う。ジョー・ゴスがほかのたいていの女たちには親しげなのに、彼女にはそうでもないところを見るとなおさら。彼は彼女が勧められた飲みものを断わるたびに渋い顔をする。

最初のうち、誰も彼女に注意を向けない。こういう席じゃ、普通おしゃべりな女が人気になる。なのに、ようやくおれもベニーが彼女をちらちら盗み見てるのに気づく。ベニーはほかのふたりより女を見る眼があるようだ。ただ、めかし屋デイヴが彼女を無視してるのがわからない。女を見る眼にかけちゃ、デイヴの右に出る者はいないのに。

それはともかく、ベニーにしてもドロレスに話しかけるでもダンスに誘うでもない。そのうち、ほかのテーブルの客が勘定のことか酒のことで文句を言ったみたいで、ジョー・ゴスが席を離れる。実際、ここの酒は文句のひとつも言いたくなるような代物《しろもの》だ。そのときほかの連中はダンスをしにフロアに出てて、テーブルにはおれとドロレスだけになる。おれたちはぽつねんとテーブルに残される。ふたりともひとことも口を利《き》くことなく、けっこう長い時間が過ぎる。おれは女とのおしゃべりがすごく得意ってわけじゃなくてね。それでもやっと彼女に尋ねる、アトランティック・シティにはどれぐらいいるんだい？　って。言っとくけど、そんなことがほんとに知りたかったわけじゃない。ただの話の接《つ》ぎ穂《ほ》だ。

「今日の午後来たのよ」と彼女は言う。「で、仕事を探して今夜ミスター・ゴスのところに行ってみたの。わたしはデトロイトの出《で》なんだけど」

どこから来たのかなんて訊《き》いてないのに、自分のほうから言ってきたところを見ると、彼女も案外おしゃべりなのかもしれない。それでもそのあとは続かない。ほかのみんながテーブルに帰ってくるまでひとことも話さない。

ベニー・ザ・ブロンド・ジュウがドロレスの隣りに坐《すわ》って、こんなことを言うのが聞こえる。

「あんた、セントルイスにいたことはないかな？　なんか顔に見覚えがあるんだが」

「ないわ」と彼女は言う。「わたしはクリーヴランドの出《で》よ。セントルイスには生まれてこの方一度も行ったことがないわ」

「そうか」とベニーは言う。「だけど、似てるよ、おれがセントルイスで会った人に。だからすごく不思議な気がしてるんだ。あんたみたいなものすごい美人がふたりもいるなんてな。いや、まったく、信じられないよ」

　まあ、ベニーの台詞《せりふ》は会話を続けるための使い古された常套句《じょうとうく》だけど、それよりおれはドロレスがおれにはデトロイトと言いながら、ベニーにはクリーヴランドと言うのが解《げ》せない。しかし、まあ、いきなり訊かれて、自分の出身地がすぐには思い出せない女なんて何千といるからね。

　そのうちスクードルズとブラック・マイクも、ベニーがドロレスとの会話にすっかりはまっちまってるのに気づく。それで改めてドロレスを見る。そのときにはジョー・ゴスの店の酒をしこたま飲んでる。だからそのせいでドロレスが実際の彼女より十倍ぐらいきれいに見えるんだろう。ただ、言っとくと、ドロレスより十倍きれいな女なんてそれこそ夢の中でしかお眼にかかれないだろうけど。

いずれにしろ、ほどなくドロレスはブラック・マイクからもスクードルズからも関心を惹《ひ》くようになって、ついにはほかの女がみんないなくなる。だって誰もほかの女たちにかまわなくなっちまってるんだよ。めかし屋デイヴさえドロレスに狙《ねら》いをつけはじめる。おれはそれに気づいて、ミス・ビリー・ペリーに電話をしなきゃいけないことを彼に思い出させる。それで彼は電話ボックスの中で三十分過ごす。今はホテルにいて、もうベッドにはいってる、愛してるよなんて、愛するミス・ビリー・ペリーに告げることで。

　結局、おれたちは朝の五時までジョー・ゴスの店にいる。ブラック・マイクとスクードルズとベニーはドロレスとくっちゃべったりダンスしたりで忙しい。ただ、めかし屋デイヴはすっかり落ち込んじまってる。ミス・ビリー・ペリーに、あんたほど薄汚い嘘《うそ》つきはいない、なんて電話で言われたあとはことさら。彼女にもオーケストラが演奏する『アイ・ゲット・ザ・ブルース・ウェン・イット・レインズ』が聞こえちまったみたいなんだ。帰ってきてあたしと会うのを愉しみにしてらっしゃい、なんてことまで言われたらしい。ジョー・ゴスの店を出ると、おれたちはボードウォークにあるチャイルズのレストランでコーヒーを飲んで、そのあとは、みんなでドロレスが泊まってるって言うノース・カロライナ・アヴェニューの安宿まで彼女を送っていく。

「今日の午後は何してる、ドロレス？」もう朝なのに、おれたちが彼女におやすみって言ってると、ベニーがそんなことを彼女に訊く。これにはブラック・マイクもスクードルズもすごく怒った顔して、ベニーを睨《にら》む。

「リッツ・ホテルのまえの海で泳ごうって思ってる」とドロレスは言う。「誰か一緒に泳がない？」

　まあ、ブラック・マイクもスクードルズもベニーもこれを信じられないほどすばらしい提案だと思ったようだけど、めかし屋デイヴとおれのほうはそうはいかない。実際の話、この頃にはもうドロレスにうんざりしてて、ふたりとも早くホテルに帰って、ふかふかのベッドでひたすら眠りたいと思ってる。

「とにかく」とデイヴが言う。「今日の午後にはみんなで集まって、事態を収拾しないとな。実を言うと、愛するかみさんがかんかんなんだよ。ニューヨークに戻って片づけなきゃならない仕事もあるし」

　だけど、三人の話し合いはその日の午後には始まらない。その日の夜にも始まらない。次の日の午後にも夜にも。なぜかって、午後はブラック・マイクとスクードルズとベニーの三人はドロレスと海で泳ぎ、夜はジョー・ゴスの店で遊び、それ以外にはレジャー用の車椅子《くるまいす》に乗せに彼女をボードウォークに連れていったり、あちこちのホテルで彼女と一緒に食事したりで忙しいからだ。でも、彼女とふたりきりには誰もなれない。ジョー・ゴスの店でダンスをするとき以外は。で、三日目の夜になると、互いの嫉妬《しっと》が高じて、三人ともいっぺんに彼女と踊ろうとしだす。

　これにはジョー・ゴスが文句を言う。そんなことをしたら、踊ってるほかの客に迷惑だし、どう見ても奇妙だ。それでドロレスは自分はもう誰とも踊らないって提案する。これはドロレスにとっても、ちょっとは休めていいことだったはずだ。だって、ブラック・マイクとスクードルズとベニーの言うことを聞いてたら、彼女の足がどれほど丈夫でももたないよ。

　ボードウォークのレジャー用の車椅子は一番でっかいやつでも、男三人か、男ふたりと女ひとりか、女ふたりに男ひとりか――これが男には一番いいわけだけど――しか坐れない。なので、ふたりがドロレスの両脇に坐り、ひとりは車椅子の脇を歩くことになる。実際の話、これはなんとも珍妙な光景だ。誰が歩くのかどうやって決めたのか知らないけど、どう考えてもドロレスが仕切ってる。彼女が海で泳ぐときには三人がすぐそばを泳いでまとわりつくので、彼女は身動きも取れなくなったりする。

　いろんな話を聞いてなんでも知ってるブン屋のウォルドー・ウィンチェスターだって、こんな話は聞いたことがないんじゃないかな。三人の男がひとりの女に夢中になるのはいいとして、そもそもその三人は仲がいいとはとても言えない関係なんだからね。実際の話、三人はますます仲が悪くなる。だけど、ドロレスと一緒にいないときには、誰かが抜け駆けしやしないかと心配で、逆に三人ともいつも一緒にいる。

だから、彼女をめぐって、三人が銃を抜き合ってすぐにも殺し合いを始めないのがおれは不思議でならない。でも、これにはわけがあって、実のところ、めかし屋デイヴが二日目に三人から銃を取り上げてたんだ。デイヴにしてもアトランティック・シティで三人に射撃練習をされてはたまらないから。だから、やりたくても三人にはドンパチはできないわけだけど、そのわけはもうひとつあって、ドロレスに言われてるからだ、わたしは人を撃ってまわって粋がるやくざ者《タフガイ》が大っ嫌いだって。だから、三人はときたま汚いことばで罵《ののし》り合いはするものの、それ以外はいたって紳士的だ。

おれたちがアトランティック・シティに来たのは月曜で、今はもう金曜。なのに手打ちの話し合いが始まる気配はかけらもない。めかし屋デイヴはとことん苛立《いらだ》ってる。毎晩ミス・ビリー・ペリーと電話するたびに彼女にあしざまに言われるからだ。それはもう大変な言われようで、それが高じて、デイヴは彼女と結婚したことを後悔しはじめてる。

金曜の夜から土曜の朝にかけて、おれたちはジョー・ゴスの店にいる。個人的な希望を言えば、この店以外ならどこにでもいたいくらいだ。まずもって酒を飲んでる与太者《ゴリラ》のそばにはいたくない。酒を飲んでるそのゴリラ全員がひとりの女に夢中とあっては、彼らがいつなんどき紳士でなくなるかわかったものじゃない。おれがまだこっちにいるのはあくまでめかし屋デイヴがいるからだ。デイヴはデイヴでこの三人のせいでアトランティック・シティの名に疵《きず》がつくのを怖《おそ》れてる。

夜明けに水泳パーティをやろうなんて、誰が言いだしたのかはわからない。おれもデイヴもそのときには半分眠ってたんで。あとから聞いたところじゃ、ドロレスだったらしいけど。いずれにしろ、次に気づいたときにはもう海辺にいる。ドロレスとブラック・マイクとスクードルズとベニーは水着に着替えてる。太陽がそろそろ顔を出しかけてる海はすごく美しい。

もちろん、デイヴとおれは水着なんか着てない。まずもって、おれもデイヴも水泳は得意科目じゃない。ふたつ目に泳ぐとしてもこんな時間は選ばない。さらにさらに、これは個人的な感想だけど、もしおれがブラック・マイクとおんなじような体型なら絶対水着なんか着ない。スクードルズにしてもジーン・タニー（米の当時のプロボクサー）のような体型とは言いがたい。ベニーはいくらかでも人間っぽく見えるけど、それでも六十五点以上はやりたくないね。

おれとめかし屋デイヴはただ突っ立って、彼らを見てる。だいたいのところドロレスを。彼女は赤い水着を着て、黒い髪をゴム製の赤い帽子で覆《おお》ってる。たいていの女の水着姿は見られたものじゃないが、彼女の水着姿は美しい。実際の話、おれはこれからもずっと言いつづける、おれが見たものの中で一番美しい生きものはドロレスだって。ブルー・ラークスパーを除くと。もちろん、ブルー・ラークスパーは競走馬で、女じゃないけど。ミス・ビリー・ペリーがここにいなくてよかったっておれはつくづく思う。だって、水着姿のドロレスに見惚《みと》れるめかし屋デイヴの眼の輝きをミス・ビリー・ペリーが見ちまったらどうなるか。なにしろ彼女は喧嘩っ早い人だからね。

海にはいると、ドロレスは赤くてきれいなでっかい魚みたいに泳ぐ。それを見てりゃ、泳ぐのがほんとに好きなのがわかる。一方、ブラック・マイクとスクードルズとベニーの泳ぎっぷりはひどいもんだ。おれが仰向けで泳いだほうがまだ巧《うま》いんじゃないか。特にベニーはひどい。ガートルード・エーダリ（一九二六年、英仏海峡間を初めて泳いだ女性泳者）のおならにも及ばない。ただ、やつらはジョー・ゴスの店の酒をしこたま飲んでるから、そこのところは認めよう。あそこの酒は、いくら飲んでも地上でも水中でも人を浮き浮きさせるもんじゃない。

さて、しばらく海で泳ぐと、ドロレスと三人のロメオは砂浜に寝そべる。おれとデイヴはそろそろ引き上げてベッドで寝ることを考えてる。すると、ドロレスがいきなり立ち上がって海に向かって走りだす。そのすぐあとをブラック・マイクとベニーが鼻づらそろえて追いかけて、スクードルズが半馬身差でさらにそのあとに続く。

彼女は海に達すると、あちこち水を蹴散《けち》らして深いところを探す。見つかると、沖に向かって泳ぎだす。ブラック・マイクとスクードルズとベニーは必死になって追いかける。立って見てると、追いかけっこをしてるのがわかる。ドロレスの赤い小さな帽子が水面を上下してるのが見える。歩道を転がって弾むゴム毬《まり》みたいに。ブラック・マイクとスクードルズとベニーは彼女のあとを一生懸命追ってる。みな覚束《おぼつか》ない泳ぎながら。人の足元手元を覚束なくさせるのは、ジョー・ゴスの店の酒の得意技だ。

彼女は三人の先頭のやつより常に先を泳いでる。それでも、わざと引きつけて近づかせようとしてるようにも見える。ほかのふたりより速いブラック・マイクが五十ヤード以内に近づくと、すぐまた赤い帽子は上下して遠ざかる。おれはそのときドロレスが大きな円をいくつも描いてることに気づく。岸に戻るみたいに方向をちょっと変えるんだけど、すぐまた角度を変えて海に向かう。そんな感じだ。あとから考えてみたらよくわかる。ちょっと見てると岸から離れてるみたいには見えないんだけど、実際にはどんどん岸から離れようとしてたことが。

円を描く中で一度、ブラック・マイクとスクードルズのあとを泳いでるベニーに、彼女のほうから接近するような恰好《かっこう》になる。ベニーは千載一遇のチャンスとばかり、死にもの狂いで彼女に近づく。彼女はするりと身をかわすと、おれがこれまでに泳いでるのを見たどんな魚よりすばやく泳ぎ去る。彼女はブラック・マイクとスクードルズにもおんなじことをする。水の中で鬼ごっこみたいなことをしてるんだろう。そういうのは酔っぱらった男と思慮に欠ける女には愉しいかもしれないけど、おれとかデイヴとか常識のある男には面白くもなんともない。

なので、おれはデイヴがそろそろ引き上げて寝ようと言ってくれてほっとする。それにその頃にはドロレスもブラック・マイクもスクードルズもベニーもすごく遠くまで行っちまってる。ボードウォークを歩いて戻りながら、振り返って見ると、海の中の三人は虫ピンの頭ぐらいの大きさにしか見えない。しかも虫ピンは三つだ。ドロレスはたぶんもっと沖まで行っちまってて、その姿は靄《もや》越しにもう見えない。

「連中、帰ってくる頃にはもうくたくただろうね」とおれはデイヴに言う。

「おれはみんな溺《おぼ》れてくれればって思うよ」とデイヴは言うんだけど、この軽口を彼はあとからすごく後悔する。あのときはこっちも疲れてて、腹も立ってたせいだと言いわけしつつも。

今でもよく思うんだけど、おれもデイヴもあのときのすべてを不自然に思わなかったのは、われながら不思議なことだ。おれたちはその日の午後、デイヴの部屋でグレープフルーツとハムエッグを食べるまでドロレスとあの三人のことなどひとことも口にしない。食べながら、デイヴが窓越しに海を眺めて思い出したように言う。

「おい、おれたちが最後に見たとき、あいつらずいぶん遠くまで泳いでたけど、ちゃんと帰ってこられたのかな？」

その彼の質問に答えるようにドアをノックする音とともに誰あろう、ドロレスがはいってくる。とことん疲れきった様子だけど、きれいなことに変わりはない。彼女がはいってきただけで部屋がぱっと明るくなる。それだけは言っておこう。だからって彼女に惚《ほ》れたわけじゃないけど。誤解されたくないんで、これまた言っとくけど。要するに彼女はいつでもきれいだってことだ。だけど、デイヴに話しかけたその声は疲労困憊《こんぱい》しきってる。

「ミスター・デイヴ、あなたのセントルイスのお友達はもう戻ってこない。あの人たちは泳ぎは巧くなかったけど、わたしが思ったよりは泳げた。ブラック・マイクって呼ばれてた人と、スクードルズ・シェイって呼ばれてた人は、三マイルほど沖まで行って引き返したんだけど、岸には着けなかった。沈んでいくのを見たのが、ふたりを最後に見たときになった。あの青白い人、ベニーは三人の中で一番泳ぎが下手なくせして、もっと沖までついてきて、やっぱり岸に戻れなかった。脚が攣《つ》ってもあたしについてこようとしてやっぱり沈んでいった。ついでに言うと、彼があたしのことを一番愛してたみたい。本人がずっと言ってたとおり」

　当然、おれはこの恐ろしい知らせにびっくり仰天する。しかも彼女はこの知らせをまばたきひとつすることなく告げるんだ。その美しい眼を一度も閉じることなく。

「あんたは三人が塩辛い海の中で溺れるまま放ってたのか？」とおれはちょっと憤慨して彼女に言う。「まったく、人でなしとはあんたのことだ」

　そこでめかし屋デイヴが黙るようにおれに合図する。ドロレスが続ける。

「記録を見てもらえばわかるけど、一九二七年にわたし、イギリス海峡をあと四分の一マイルで泳ぎきるところまで行ったことがあるのよ。ミシシッピ川を片腕で泳いで渡ることもできる。でも、男を三人背負って泳ぐなんていくらなんでも無理よ。たとえ」と彼女は続ける。「背負いたいと思っても。そんなこと死んでもしたくなかったけど。ベニーだけとただひとり、死ぬまえにやりとりをしたんだけど、わたしが最後に円を描いて彼のところに戻ると、彼、手を振って言ったわ、〝おまえをどこかで見たことは覚えてたんだが、今わかったよ。おまえはフランキー・ファローネの女だ〟

って」

「で、そうなのか？」とめかし屋デイヴが尋ねる。

「今は彼の未亡人」とドロレスは答える。「わたし、棺《ひつぎ》に収められた彼に誓ったのよ、こいつら三人には死んでもらうって。で、実際、死んじゃった。有り金を叩《はた》いて飛行機代を出して、この街に来たんだけど、彼らを見つけられたのも何もかも運がよかった。これはもう要らなくなった」

そう言って、彼女は小さな瓶をおれたちの遅い朝食のテーブルの上に放る。これはあとから調べてわかったことだけど、その小瓶の中には騾馬《らば》四十頭でも殺せる量の青酸カリがはいってる。このことを思い出すたび、おれはドロレスがすごく真面目《まじめ》な女だってことも思い出す。

「ひとつだけ教えてくれ」とめかし屋デイヴが言う。「ほんとにひとつだけだ。どうやってあの三ばか野郎を沖までついてこさせたんだ？」

「そこのところは一番簡単だったわ」とドロレスは言う。「浜辺で寝そべってると、突然ひらめいたのよ。で、思うまま言ったの、海の中で最初にわたしを捕まえた人と結婚するわって。ひどい女だって思われたくないけど、ブラック・マイクが沈んでくれたときには心底ほっとした。あんな男と結婚するなんて。考えられる？」

いよいよニューヨークに帰るってときまで、めかし屋デイヴはドロレスのことを口にしない。でも、最後におれにこんなことを言う。

「おれはこのあともずっと思い出すだろうよ。ドロレスが結婚をちらつかせたとき、そのことばが聞こえなかったのはなんてラッキーだったんだってな。だって、聞こえてたら絶対おれも追っかけてたもん」

第十話

紳士のみなさん、国王に乾杯！

The Tenth Story

"GENTLEMEN, THE KING!"

火曜は毎週ボビーの肉料理屋にビーフシチューを食べにいく。ボビーの店のビーフシチューは栄養満点で、値段もすこぶる良心的だ。実際の話、火曜の夜のブロードウエイじゃ、誰もがボビーの店のビーフシチューが一番イケてる料理だって思ってる。で、これから話そうと思うこの火曜の夜もおれはボビーの店にいる。〈ジャーナル〉紙の競馬のレース結果に眼を通しながら、シチューを食ってる。すると誰あろう、フィラデルフィア出身の古い知り合いがふたり店にはいってくる。もうひとりいるけど、そいつはおれの知らないやつで、いかにも昔気質《むかしかたぎ》っぽい感じで、喧嘩《けんか》っ早そうな顔をしてる。

フィラデルフィアの古い知り合いのひとりはイジー・チーズケーキって呼ばれてるんだけど、なんでチーズケーキなんて呼ばれてるかって言うと、いつもデリカテッセンでチーズケーキばかり食ってるからだ。だけど、この渾名《あだな》は彼に対して何か悪意があってのことじゃない。チーズケーキが好きな人はいくらもいるし。コーヒーとすごく合うし。いずれにしろ、このイジー・チーズケーキには別の名もあって、それはモリスなんとかって名で、ユダヤ人の血がちょっと混じってて、でっかい鼻をしてて、多くの点で便利な男だと思われてる。

フィラデルフィアのもうひとりの古い知り合いはキティ・クウィックって名で、歳《とし》は三十二か三で、あらゆる意味で元気のいいやつだ。着る服のセンスがよくて、調子がよかったときはフィラデルフィアの上級市民ともつきあいがあって、金もたんまり稼いだみたいだけど、近頃はあんまりいい風が吹いてないみたいだ。まあ、そういうことを言えば、フィラデルフィアじゃ誰もそうだけど。

もちろん、おれはこのフィラデルフィアの古い知り合いにすぐさま声をかけたりしない。むしろ新聞を掲げて自分の顔を隠す。というのも、この街じゃよそ者にいきなり声をかけるのは賢明な策とは考えられてないから。そのよそ者がフィラデルフィアのやつとなればなおさら。相手の用件がわかるまではおとなしくしてる。だけど、おれが新聞を充分高く掲げるまえに、キティ・クウィックがおれに気づいて、すぐさまおれのテーブルにやってくる。イジー・チーズケーキともうひとりの男を従えて。当然、おれはでっかい声で挨拶《あいさつ》する。すごく愛想よく。そうして三人に椅子《いす》を勧めて、ビーフシチューも勧める。みんなが椅子を引っぱってくる。キティ・クウィックが言う。

「シカゴのジョジョを知ってるか？」そう言って、もうひとりの男を親指で差す。

そう、もちろんジョジョの噂《うわさ》は聞いてる。それは人を不安にさせるような噂だ。だけど、会うのは初めてだ、もちろん。自分の勝手が許されるなら、あんまりお近づきにはなりたくない男だ。ジョジョはあのシカゴにあってさえ荒っぽい男で知られてるんだから。

イタリア系で、ずんぐりとして横幅があって、見るからにがっしりしてる。ナイフがわりに使えば、ステーキぐらいいくらでも切れそうな下顎《したあご》に、眠そうな眼に黒い口ひげ。おれはなぜか檻《おり》に入れられたライオンを思い出す。リングリング・サーカスで一度見たことがあるんだ。いかにもシカゴの古株って感じだけど、シカゴを訪ねたやつはたいてい教えられる、あれがジョジョだって。よく今も生きてるって。たぶんまだ四十ぐらいのはずだけど。

本名はアントニオなんとかだけど、なんでジョジョって呼ばれてるのかおれは知らない。でも、たぶんアントニオより手軽だからだろう。おれと握手すると、会えて嬉《うれ》しいとか言って、そのあと椅子に坐《すわ》ると、すさまじい勢いでビーフシチューを食べはじめる。キティ・クウィックが食べながらこんな話をおれにする。

「なあ、おまえ、ヨーロッパに知り合いがいないか？」

これはなんとも思いがけない質問だけど、おれはこいつらみたいなフィラデルフィアのやつらに何か訊《き》かれたときには、すぐには答えないことにしてる。慎重に考えてから答えることに。今も時間稼ぎにおれは訊き返す。

「どのヨーロッパだい？」

「おいおいおい」とキティはすごく驚いたように言う。「ヨーロッパってのはひとつじゃないのか？　もちろん大西洋の向こう側のでっかいヨーロッパだ。おれたちはこれからそのヨーロッパに行くのよ。で。おまえがヨーロッパの誰かを知ってたら、まあ、喜んで挨拶ぐらいしにいってやろうと思ったわけだ。実際の話、誰もこれまで聞いたことがないようなでっかい仕事《ヤマ》で行くんだけどよ。ま、実際の話、おれたちみんなが大金持ちになる仕事だ。今夜発《た》つ」

おれはすぐにはヨーロッパの知り合いなんか誰ひとり思いつかない。まあ、思いついても、キティ・クウィックやイジー・チーズケーキやジョジョみたいな連中をその知り合いに引き合わせたいとは思わない。もちろん、そんなことは口が裂けても言えないけど。ただ、いい旅になるようにとか、船酔いなんかしないようにとか、そんなことを祈るとか確信してるとか言う。当然のことだけど、どういう仕事なんだなんて訊かない。そんなことを訊いたらなんか探りを入れようとしてるみたいに思われて、探り屋野郎のレッテルを貼《は》られかねない。しかし、まあ、どういう仕事か見当はつくけど。大方スコッチかリキュール、酒に関わる仕事だろう。

この三人、キティとイジーとジョジョはビーフシチューをけっこういっぱい食って出ていく。勘定をおれに払わせて。そのあと数ヵ月経《た》つまで三人の誰とも会わない。それがボクシングの試合を見にフィラデルフィアに行ったときに、ブロード・ストリートでばったりキティ・クウィックに出くわす。見るかぎり、まえと見た目は変わらない。おれはヨーロッパはどうだったかって尋ねる。

「駄目だった」とキティは言う。「旅そのものは失敗だったな。それでも、いろんなものを見て、まあ、いろんな経験もしたんだろうな、たぶん。そもそもなんでヨーロッパなんかへ行ったのか聞きたいか？　これがすごく奇妙な話でよ。だけど、ほんとのことだ。だからおれとしちゃ、話を信じてくれそうなやつになら喜んで話すよ」

それでおれたちはウォルターのレストランに行って、隅のテーブルにつくと、コーヒーを注文する。そこでキティ・クウィックはこんな話を始める——

ことの始まりは大物の弁護士がおれのところに来てよ、儲《もう》け話に乗る気はないかって訊かれたことよ。おれは言ったね、儲け話以上に考えたいことなんかなんもないってな。だって、このところフィラデルフィアはほんと不景気でよ。デカがあちこちにいて、あちこちで手入れがあるもんだから、ポケットにはいってくるのはほんと、スズメの涙もいいとこだ。だからって、こっちにゃ儲ける手だてがほかにない。

それはともかく、その弁護士はおれをリッツ・カールトン・ホテルに連れてって、サロ伯爵《はくしゃく》って名乗る男に引き合わせて、おれを指して、サロっていう伯爵にこう言うんだ、この男には百パーセント何をお話しになっても大丈夫です、なんてな。おまけにそれだけ言ったら、サロの返事を聞こうともせず出ていっちまう。むしろ聞きたくないみたいに。だけど、この三百代言はとことんまちがいがない仕事にしか手を出さない。でもって、自分の仕事をちゃんと心得てる。だからなによりオアシがいっぱい貯《た》まるのよ。

さて、このサロ伯爵だけど、眉毛《まゆげ》みたいな口ひげを生やした小男でよ、縞々《しましま》のズボンに上はモーニング、片眼に単眼鏡だ。外国の貴族らしいけど、英語はめちゃ巧《うま》い。正直な話、こいつの見た目は気に入らなかったけど、ひとつ言えるのはこいつはビジネスマンだってことだ。すぐに本題にはいる。

なんでもそいつは自分の国のひとつの政党の代表だそうで、そいつの国には王さまがいるらしい。で、その国は王さまを排除したがってる。なぜって、今じゃヨーロッパでも王さまは流行遅れだって言うのよ。実際、近頃は王さまのいる国なんかなくなっちまったらしい。そう、それがそいつの依頼よ、ヨーロッパに来て、その王さまを始末するのが。そのためにはどんな支援も惜しまないってな。報酬は二十万。もちろんアメリカドルで。とりあえず、その中から前金として二万五千ここで渡したら、あとは弁護士に預けとくから、全部終わったら、その全額を受け取ってくれって、こう言うのよ。

なんともよ、びっくりさせられる話じゃねえか。だってよ、誰か殺してくれって話はよく聞くけど、その誰かが王さまとはな。聞いたことがないよ。それに話が妙だ。王さまなんか殺しちまったら、世間の批判も注目も一身に浴びることになる。だけど、サロはこう言うんだ、自分の国はヨーロッパでも辺鄙《へんぴ》なところにあるちっこい国なんで、おれが王さまを消したらすぐ、電信線とか全部自分の政党がコントロールするって。だから事件が国外に伝わる可能性は低いって。

「すべては」とサロ伯爵は言う。「可及的速やかに運ばれる。貴君の身に危険が及ぶようなことは一切ない」

こっちは当然訊きたくなるぜ。だったらなんで自分の国のやつを使わないんだってな。そこまで金を払えるならなおさらだ。すると、やっこさん、こんなことを言うのさ。

「まず第一に、こういうことに関して貴君ほど経験があり、信頼もできる者などわが国にはひとりもいないからだ。第二に、国王の排除に関してはいかなる自国民にも直接関与させたくない。国王がいなくなれば国内は大混乱になるかもしれない。しかし、犯人が外国人となると、誰もが納得するはずだ。国王は城に高価な宝石を数多く持っているから、それを盗もうとした何者かに殺されたとなれば。そういうシナリオなら誰にも信じられる。この場合、犯人がアメリカ人ならなおよい。なぜとなれば、貴君の国ではそういうことが始終起きてるからね」

さらにサロ伯爵が言うには、おれのためにまえもってすべて準備されてて、王さまを始末するのに城にはいるのにも、なんの苦労も要らないってことだ。ただ、これだけは釘《くぎ》を刺された。高価な宝飾品には絶対手をつけないようにってな。やつの政党がそれを政治資金にしようってわけだ。

あんまり気乗りのする話じゃなかったんだけどよ。だけど、眼のまえで札ビラを切られたらよ。千ドル札を一枚一枚おれのまえに二十五枚積み上げられたら、そういう金を見ちまったら、どうしたって今の時代の大変さを思わないわけにはいかないぜ。

あちこちの銀行がつぶれるご時勢だ。こういう話にゃ、誰だって惹《ひ》かれて当然だろ？ただ、話を聞くうち、王さまを始末するなんて、もしかしたらこいつがただ頭の中で考えてるだけのことかもしれない、こいつの頭は確かなのかどうか、気になってきたんで、おれは言ったよ。

「おい」って。やつは坐っておれをじっと見てる。「おれはこの金をただもらって逃げちまって、何もしないかもしれないぞ。もちろんそんなことはしないがな。だけど、なんでそれがあんたにわかる？」

「これはこれは」なんて言って伯爵はびっくりしてやがる。「貴君のことはとても正直な人物から推薦されたんだ。私はその人物も貴君も信じるよ。それに」とやつは続ける。「貴君としても私との同意事項を実行しなければ、ただ損することになる。まず十七万五千ドルは手にはいらない。貴君が何もせず逃げたりしたら、あの弁護士が貴君をそのまま放っておくとも思えない」

　結局、おれはサロ伯爵と握手するのさ。でもって、そのあとすぐイジー・チーズケーキを捜しに出る。サロ伯爵ってのはやっぱ頭がいかれてるんじゃないかって思いながらもな。すると誰に出くわすと思う、ほかでもない、ジョジョだ。シカゴでやつを〝民衆の敵〟呼ばわりするやつらがいるんで、しばらくフィラデルフィアに来てるんだそうだ。ジョジョに言わせりゃ、〝民衆の敵〟ってのは根も葉もない真っ赤な嘘《うそ》だそうだがな。やつほど民衆が好きな人間もいないそうだ、やつに言わせるとだけど、もちろん。

こっちはいいところでジョジョに会ったと思ったぜ。なにせジョジョは信用できるからな。ジョジョはジョジョで、おれが話を持ちかけると飛びついてきた。だって、やつにしてみりゃ、ほとぼりを冷ましてるあいだに逆にしこたま金が稼げるわけなんだから。で、ジョジョとイジーとおれの三人で会って取り分を決めた。おれは創業者みたいなもんだから十万、イジーとジョジョは五万ずつですんなり話がついて、ヨーロッパに行くことになったのよ。

ヨーロッパのあるところに着くと、おれたちを待ってるのがこれまた単眼鏡のおやじだ。名前はバロン・フォン・タープっていう男爵で、サロ伯爵の代理だって言う。おれはまず思ったね、このサロ伯爵の国はやたらと片眼のやつが多い国なのかって。いずれにしろ、この男爵が列車とか自動車とか乗り継いで、おれたちをやたらと景色のいい町はずれまで連れていく。そこが目的地だ。

タープ男爵はおれたちを郊外の小さなホテルまで案内すると、どうか悪く取らないでほしいんだが、あなたたちと一緒のところを見られるとまずいんで、私はこれで失礼するなんて言う。実際の話、男爵はおれたちとちょっとばかし旅してとっても愉《たの》しかったらしい。ジョジョがオートマティックを取り出して、野良《のら》犬《いぬ》とか鶏とかをターゲットにしたがるなんて一幕があったりしたけどな。イジー・チーズケーキがずっと歌いっぱなしだったのも気にならなかったそうだ。個人的なことを言うと、おれはこの歌がイジーと旅するとき一番苦労することなんだけどな。

　立ち去るまえにタープ男爵は、おれたちが王さまを始末するのにはいらなきゃならない城の内部の略図を描いてってくれる。どこにどういう部屋があって、どこにドアがあるか、教えてくれる。さらに男爵が言うには、城にはいつもは近衛《このえ》兵《へい》がいるんだけど、彼の側についてる人間が手配して、今夜の十二時頃には誰もいなくなる手《て》筈《はず》になってるんだそうだ。ただ、王さまの寝室を守ってるやつだけひとり除くと。それでも、男爵が言うには、おれたちはそいつを殺しちまってもかまわないそうだ。どうやら男爵はそいつのことが嫌いらしい。

だけど、だいたいのところ、すばやく静かにけりをつけるほうがいいらしい。中にはいったら一時間以内でまた出てくる。誰にもあとを追われたりせず。こっちはそれで全然かまわないって言ってやったよ。おれもイジー・チーズケーキもジョジョもそれで全然文句はないってな。実際の話、おれたちは長旅で、みんな疲れててさ。早いとこどっかでまったりしたかったのよ。

　こういうことを全部話すと、タープ男爵はどっかに行っちまう。おれたちはやたらと醜い顔をした運転手と大型の高速車の中に残される。この運転手は英語はあんまりしゃべれないんだが、城までの道とかはよくわかってるらしい。で、おれたちは指示どおり夜の九時頃、その車でちっちゃなホテルを出て、城をめざすんだ。城と言ったって、公園の真ん中に建ってる四角っぽいでかい建物ぐらいのもんで、近くに町がひとつあるけど、城とはちょっと離れてる。

　醜男《ぶおとこ》野郎はこの公園みたいなところにはいって、建物の入口のまえまで運転して、おれたち三人を降ろすと、走り去る。そのあと木陰に車を停めておれたちを待つって寸法だ。

　おれとしちゃ派手なドンパチを期待してるんで、城にはいるとそういうことにすぐ対応できるよう銃を握る。イジー・チーズケーキもジョジョももう手に持ってる。だけど、タープ男爵が言ってたとおり、近衛兵なんかどこにもいない。実際の話、城の入口から中にはいっても人っ子ひとり見かけない。はいったところはでっかいホールで、まわりは絵だらけだ。それに甲冑《かっちゅう》、刀、そのほか古めかしいものがあれこれ置いてあって、見るかぎりそういうものならなんでもござれだ。

おれは略図を持って二階の王さまの寝室まで行く。ゆっくり慎重に歩いて。そこまで行って、必要とあらば三人でドアを蹴破《けやぶ》ろうと思ってると、そこに制服を着た男が立ってる。これが背の高い大男なんだけど、おれたちを見てびっくりしてやがる。大声をあげようとしたみたいだけど、その大声は誰にも聞こえない。なぜってそいつが口を開けるなり、イジー・チーズケーキが四五口径の銃把でそいつの頭をぶっ叩《たた》いたからよ。そいつは眼が明後日《あさって》のほう向いちまって床に倒れる。

そのあとジョジョがドアの両脇《りょうわき》に掛かってたカーテンのベルトを持ってきて、そいつが眼を覚ましたときの用心に、しっかり縛り上げる。また大声あげようなんて思わないよう口にはハンカチを詰め込む。こういうことをきちんとやって、おれはドアのノブを静かにまわして王さまの寝室にはいる。中にはいると、そこは王さまの寝室というよりなんだか会議室みたいなところだ。ただ、シルクのカーテンがあちこちに掛けられてて、金ぴかの家具がやたらとある。

でもって、その部屋にいるのが誰かと思えば、見目麗《みめうるわ》しい若い女だ。それにたぶん九歳ぐらいの子供。その子は、ナイトクラブの入口の張り出し屋根みたいな天蓋《てんがい》付きのベッドに寝てて、その脇で女が子供に本を読み聞かせしてる。いかにも家庭的なシーンだよ。だから、おれたちは虚を突かれて立ち止まってまわりを見まわす。だってよ、こんなものに出くわすなんて誰が思う？　おれたちが戸惑って、部屋の真ん中に突っ立ってると、女が振り向いておれたちを見る。ベッドの子供は起き上がる。肥《ふと》ってて丸々とした顔で、ちぢれっ毛がいっぱい生えてて、眼なんかパンケーキぐらい、いや、それよりでかい子だ。女はおれたちを見ると顔面蒼白《そうはく》になって震えだして、子供に読み聞かせてた本が床に落ちたりするんだけど、子供のほうはまるで怖がってない。おれたちに向かって実に巧い英語で訊くんだよ。

「あなたたちは誰ですか？」って。

こりゃ、まあ、もっともな質問だよ。だからって、こっちとしちゃそこで名乗るわけにはいかないけどよ。

「おれたちのことは気にしないでくれ。それより王さまはどこだ？」

「王さま？」と子供は訊き返して、ベッドの上で背すじを伸ばして続ける。「ぼくが王だけど」

もちろん、おれたちにはろくでもないたわごとにしか聞こえない。こんなちっこいガキが王さまであるわけがないことがわかるくらいの頭はこちとらにもある。ガキと遊んでる気分じゃないんで、おれは女に言う。

「いいか、こんなときにガキになんか用はない。こっちは急いでるんだ。王さまはどこにいる？」

「あれま」と女は小声を震わせて言う。「ほんとうにこの方が国王陛下なんです。わたしは国王陛下の家庭教師です。あなたたちは誰なんです？　なんの用です？　どうやってはいってきたんです？　近衛兵が大勢いたでしょうに」

「なあ、嬢ちゃん」とおれは言う。そう言いながら、おれは自分でも驚くほど我慢強く女に接してることに驚く。「このチビも王さまかもしれないが、おれたちが用があるのはでっかい王さまのほうだ。親分みたいな」

「ほかに国王陛下はおられません」と女が言うと、そこへガキが割り込んでくる。

「ぼくの父は二年まえに亡《な》くなりました。だから今はぼくがこの国の国王なのです」続けて言う。「あなたはイギリス人ですか？　ここにいるピーボディ先生もそうですけど。うしろにおられるおかしな顔をした老人はなんという方ですか？」

　言っちまうと、そう、ジョジョは確かに変てこな顔をしてる。だけど、そんな失礼なことを口にするやつは誰もいない。だから、これを聞くなり、ジョジョは不機嫌なうなり声をあげる。そんなこととは関係なく、イジー・チーズケーキが言う。

「おいおい、こりゃなんだか話がちがうぜ。おれたちは王さまを始末しろって言われたんだろ？　なのに来てみりゃ、その王さまがただのクソガキだった。個人的には」とイジーは続ける。「ガキを始末するってのはあんまり好きじゃない。男にしろ女にしろ」

「まあ、おれもだ」とジョジョも言う。「ガキを殺すのはおれのルールブックじゃ禁止になってる。だけど、このガキはちょいと生意気すぎねえか？」

「どうも」とおれは言う。「どっかで手ちがいがあったみたいだな。ちょいと腰を落ち着けて、頭を冷やして、考えようじゃねえか。この問題を解決する方法はないかどうか。ただ、おれの見るところ」と言って、おれは続ける。「サロ伯爵はとんだペテン師なんじゃないか？」

「サロ伯爵」といきなり女が言って、立ち上がると、おれのところまでやってきてこんなことを言うんだ。「今、サロ伯爵っておっしゃいましたか？　ああ、サロ伯爵はとてもとても悪い人です。この国のジノ大公の手先なんです。ジノ大公はここにおられる国王陛下の叔父にあたる人ですが、陛下がいなければ自分が国王になれます。だから、これはわたしの考えですが、陛下を亡き者にしようとあれこれ謀略をめぐらしています。ああ、あなた方は紳士です。ここにいる孤児に危害を加えるなんて絶対なさいませんよね！」

まあ、ジョジョにしてもイジー・チーズケーキにしても、相手が誰にしろ、〃紳士〃なんて呼ばれたのはたぶん人生で初めてだったんだろうな。見ると顔つきがずいぶん変わって和んでる。加えて、ガキがふたりに向けて屈託のない笑みを向けてるとあっちゃな。もっとも、ガキにしても自分がどういうやつに笑みを向けてるのかわかってたら、そういう笑みは向けないかもしれないけどさ。

「なあ、おい」ってジョジョが言う。「そのジノ大公ってやつはとんだ悪党だな。こんなちっこい子供を始末しようなんてな。これで王さまがでかい大人なら話はちがってくるけどよ」

「あなたは誰です？」と子供がまた尋ねる。

「おれたちゃアメリカ人だ」とおれは誇りを持って祖国の名前を出す。「そこのフィラデルフィアってとことシカゴってとこから来たんだ。ついでに言っとくと、フィラデルフィアもシカゴもすごくいいとこだぜ」

　すると、そのガキはでかい眼をさらにでっかくして、ベッドを出ると、おれたちのところまでやってくる。裸足《はだし》にブルーのシルクのパジャマって恰好《かっこう》がなんとも可愛《かわい》い。だけど、こいつはこんなことを訊いてくる。「シカゴ？　だったらアル・カポネを知ってるんですか？」

「アルだって？」とジョジョが訊き返す。「アルを知ってるかだって？　おいおい、アルとおれはマブダチよ」まあ、個人的な意見を言うと、昼日中の明るいところでジョジョに会っても、アル・カポネにジョジョがわかるかどうか、なんとも言えないところだけど。「どこでアルと知り合ったんだ？」とジョジョは子供に訊く。

「いいえ、知り合いじゃありません」と子供は言う。「雑誌で見て知ったんです。マシンガンのこととかパイナップル爆弾のこととかも。手榴弾《しゅりゅうだん》のパイナップル爆弾のこと、知ってますか？」

「おれがパイナップル爆弾のことを知ってるかって？」とジョジョはその質問にはむしろ傷ついたように訊き返す。「おいおい、おまえら、この坊主《ぼうず》がこのおれにパイナップル爆弾を知ってるかなんて訊きやがった。坊主、だったら見せてやるよ」

そう言って、なにやらちっこくて丸いものを取り出す。おれにはそれが何かすぐわかる。イタ公が嫌なやつにぶつけるものだ。特にシカゴのイタ公が。だけど、もちろんジョジョがこんなものをここに持ってきてるなんて知らない。だから喜んでるよりびっくらこいてるおれを見て、ジョジョが弁解する。

「今回の件が必死こかなきゃならなくなったときの用心よ。そうなったらこれほど役に立つものもないからよ」

これからあとのことはみんなも知ってのとおり、おれたちはみんなで陽気にあれこれ話しだす。特に子供とジョジョが。ジョジョは馬が速足で駆けるより速く嘘をつきまくりやがってよ。シカゴとミスター・カポネについて。こっちはもうジョジョのその嘘がアルの耳にだけははいらないことを祈るしかないね。少しでもはいろうものなら、ジョジョが嘘を並べたときにおれも一緒にいたってことで、どんな処罰を受けるかわからない。

おれはピーボディ先生とやらに話しかけてみる。なかなか可愛い女先生だけど、同時におれはイジー・チーズケーキから眼を離さない。イジーは部屋の中をうろうろして何か探しまわってる。おれが今回の国王を始末する話を持ちかけたときに言った高価な宝石を見つけようとしてるのさ。ただ、ざっと見た感じじゃ、さほど高価なものはなさそうだ。

ピーボディ先生がこの国の政治の話をしてくれる。どうやら大公がちび国王を亡き者にして、自分が国王になろうとしてるのはほんとのようで、そのわけはちび国王の国を支配したがってる隣りの大国と話がついてるかららしい。ピーボディ先生の話だと、このちび国王の国はペンシルヴェニア州のデラウェア郡くらいの大きさしかないそうだ。そんな国にとっちゃこりゃ大事件だろう。まあ、ピーボディ先生に言わせりや、小さくてもとってもすばらしい国なんだそうだけどな。

さらに彼女が言うには、ジノ大公さえいなければもっともっといい国になるんだとよ。ちび国王はちゃんと国民に寄り添える王さまだから。だけど、大公が国のすべてを牛耳ってる。ピーボディ先生は続ける、ずっとまえから心配してたってな。大公がちび国王にいつかとんでもないことをするんじゃないかって。ちび国王は健康そのものだから。〝とんでもないこと〟ってのはおれたちのミドルネームみたいなもんだなんてことは、おれは黙ってたけどな、もちろん。ピーボディ先生に悪党みたいに思われたくなかったからな。

そのとき、ジョジョが何をするかと思えば、ちび国王にオートマティックを見せびらかすんだ。長さが人間の腕ぐらいありそうなやつだ、いや、もっと長いかも。ちび国王は喜んじまって、銃を持ったら、あちこちに狙《ねら》いをつけて、バンバンってやりはじめるんだ。子供なら誰でもやるみたいに。だけど、何が起きたかって言うと、どうもジョジョが安全装置をかけ忘れてたみたいで、子供が引き金を引くと、引き金から指を離すまえに二発バンバンって弾丸《たま》が出ちまうんだよ。

でもって、その一発が部屋の隅に置いてあったでっかい甕《かめ》にあたって、甕は粉々になる。あとからミス・ピーボディに聞いた話だと、その甕には一万五千ドルの値打ちがあるそうだ。正直な話、それってだいぶ盛ってんじゃないかっておれは思うけど。二発目の弾丸《たま》はイジー・チーズケーキのダービー帽を吹っ飛ばす。まあ、レディのまえでも帽子をかぶってたわけだから、おれはざまあ見ろって思わないでもなかったけど。いずれにしろ、おったまびっくらなことには変わりない。でもよ、これはあとからわかることなんだが、この暴発が実のところ幸いするんだ。おれたちは知らなかったが、おれたちのまわりにはけっこう人が集まってて、その中にはタープ男爵をはじめその国のおもだった政治家が何人もいて、みんなで耳をすましてたみたいなのさ。でもって、みんなちび国王がやられたことがわかったら、すぐに家に帰ろうって決めてたんだな。なぜって、あとであれこれ訊かれたときに、自分は自宅のベッドで寝てましたって答えれるだろ？

　シカゴとカポネに関するジョジョの話もついには種切れになると、ちび国王は部屋の中を引っ掻《か》きまわして探しものを始めて、小さな箱を持ってくる。こっちはてっきり高価な宝石でもくれるんじゃないかって思ってると、その箱にはいってたのはなんと野球のバットだ。それにキャッチャーミットに野球のボール。自分の国からこんな離れたところで、いかにもアメリカってなものに出くわすなんてな、なんとも妙な気分よ。そのとどめはなんとベーブ・ルースのサイン入りバットだ。

「これがなんだか知ってますか？」とちび国王がジョジョに尋ねる。「これはアメリカのものです。アメリカを訪ねた者たちが送ってくれたのです。でも、これがなんのためのものなのか、誰にもわからないのです」

「これがなんだかおれが知ってるかって？」とジョジョはそれらを愛《いと》おしそうに触って言う。「おいおい、おまえら、この坊主がこのおれにこれがなんだか知ってるかって訊きやがった。坊主、おれは若い頃はな、シカゴのウェストサイド・ブルースの最優秀打者だったんだぜ」

　こうなるともうちび国王は、おれたちがその野球用具を実際に使うところを見るまでは収まらない。で、イジー・チーズケーキは、本人の申告ながら、フィラデルフィアのヴァイン・ストリーツの名キャッチャーだったってことで、キャッチャーミットとマスクをつける。ジョジョはバットを持って、ソファの小さなクッションをホームベースがわりに床に置いて、おれにピッチャーをやれって言う。野球は最後にやってもう何年も経つけど、実を言うとな、若い頃はフィラデルフィアのグレイズ・フェリーあたりで、おれはアマチュアじゃ、かなりいい線行ってたんだ。ほかにやることがなかったら、アスレチックスに入団してたんじゃないかな（当時はフィラデルフィアがアスレチックスの本拠地だった）。おれは上着を脱いで部屋の隅まで歩く。ジョジョが打つ場所に立ち、そのうしろにイジー・チーズケーキがしゃがんで構えを見て、ジョジョがカーヴに弱いことを見抜く。で、目一杯振りかぶると、バッターの手元で曲がって落ちるボールを投げる。だけど、おれの腕は昔の腕じゃない。おれが投げたボールはおれが思うほどには曲がってくれず、見事にジョジョに打たれちまう。ボールは部屋の高窓を突き破って外に飛んでいく。まあ、フィラデルフィアのシャイブ・パーク（当時のアスレチックスのフランチャイズ球場）ならライト前ヒットといったとこだな。

ジョジョは駆けだす。まるで一塁があるみたいに。だけど、彼が駆けだして向かわなきゃならないところなんて端《はな》からないから、脳みそが飛び出しそうなほど思いっきり頭から壁にぶつかっちまう。ボールもなくなっちまって、もうそれ以上はできない。だけど、おれたちのやったことが子供には大うけで、死ぬほど笑い転げてる。ピーボディ先生も笑ってる。その様子を見ておれは思う、こいつらはこれまで笑う機会にあんまり恵まれなかったんだろうなって。

もうそろそろ十時になってて、ピーボディ先生がこんなことを言う、誰か近くに人がいるようならみなさんのために何か食べものを持ってこさせますって。こっちにしてみりゃ、すごくいい考えに思えたんで、おれは外に出て縛りつけたやつを中に引っぱり込む。そのときにはそいつも意識を戻してて、びっくりもしてて、怒りもしてる。

ピーボディ先生はそいつに、おれたちにはわからないことばで話しかける。これはあとから考えても実に不思議なんだけど、なんでおれはピーボディ先生をそんなに信用したのか？　思うたび今でも自分に驚いてる。だって、彼女がそいつに、すぐ近衛兵とか誰か呼んでこいって言わない保証はどこにもないわけだからな。だけど、おれは信用したわけだ。ま、彼女はそれほど正直そうな顔をしてたってことかもな。

いずれにしろ、制服を着たやつはぶっ叩かれた頭を撫《な》で撫《な》で出ていったかと思うと、すぐに執事らしいやつと戻ってくる。その執事みたいなやつもおれたちを見てびっくり仰天してる。ピーボディ先生がそいつに早口でなにやら言う。すると、そいつはテーブルの上に皿やらサンドウィッチやらコーヒーやらあれやこれや、あっというまに並べちまう。

おれたち五人はテーブルについて飲み食いを始める。そのあと執事が何を持ってきたかって言うと、戦前の最高級のシャンパンだ。これがやたらと美味《うま》くてよ。ただ、そのときイジー・チーズケーキがピーボディ先生に持ちかけた話にはすごい恥ずかしい思いをしたけど。あの野郎、ピーボディ先生にこんなことを言いやがるのさ——こういうシャンパンがもっとたくさんあるなら、それをおれたちの国で売ってもいいけど、なんて。もちろんちび国王の分けまえもあるからよ、なんて。

執事がみんなのワイングラスに最初に注ぐと、ピーボディ先生が自分のグラスを取り上げて、おれたちを見やる。おれたちも馬鹿《ばか》じゃない、先生に合わせて自分たちのグラスを取り上げる。すると、彼女は立ち上がって、グラスを頭の上まで高々と掲げて言うんだ。

「紳士のみなさん、国王陛下に乾杯！」

おれも立ち上がる。それに合わせてジョジョもイジー・チーズケーキも立ち上がる。でもって、おれたちも唱和する。

「国王陛下に乾杯！」

そう言ってシャンパンを飲み干すとまた坐る。子供はと言うと、ずっと笑いっぱなしで手まで叩いてる。よっぽど愉しいんだろうよ。まあ、実際そうだったけど。ピーボディ先生はだからって子供に酒を飲ませたりしない。だから、ジョジョがテーブルの下からグラスをちび国王に手渡して、ちょこっと飲ませようとしたのを見咎《みとが》めると、烈火のごとく怒りだす。

そんなこんなで、最後にはちび国王がこんなことをおれたちに言うんだ、帰らないでくれって。中でもジョジョが国王のお気に入りだ。だけど、ピーボディ先生がちび国王をたしなめる、もう寝る時間だって。おれたちはまた遊びにくるよなんてちび国王に言って、帽子を手に、さよならって声をかける。ちび国王は寝室のドアのまえにピーボディ先生と並んで立ってる。ピーボディ先生の腰に腕をまわして。気づくと、おれはその腕がおれの腕だといいのに、なんて思ってる。

もちろん二度と戻ったりはしない。正直な話、おれたちはその夜のうちにその国を出ると、一番近い港から一番早く出る船に乗る。アメリカ合衆国に向けて。それを世界で一番喜んだのは醜男の運転手だろうよ。だって脇腹に銃口を突きつけられて、城から港まで千マイルも車を運転しなきゃならなかったんだから。

これで（とキティ・クウィックは言う）なんでおれたちがヨーロッパくんだりに行ったのかわかったろ？

言うまでもないけど、おれはすごく面白い話だと思う。キティが戦前のシャンパンについて言ったところなんか特に。だって、そういう国じゃ相手さえまちがえなきゃ、けっこういい商売ができそうだもの。でも、キティはその国がヨーロッパのどこにあるのか絶対教えてくれない。ヨーロッパにあるとしか教えてくれない。

「わかるだろ」と彼は言う。「ここフィラデルフィアは共和党が強い街だけどな、おれは共和党政府に国際紛争になんか巻き込まれてほしくないのよ。わかるだろ？　アメリカに帰ってきたとき、新聞の外電を読んだんだけど、ジノ大公が死んだってニュースがちっちゃく載ってた。数週間まえに自宅で事故にあって大怪我《おおけが》をして、それが悪化したらしい。

その大怪我と、おれたちが国を出た夜、不細工な運転手をジョジョが脅して、大公の邸宅まで運転させたことと関係あるのかどうか。そりゃわかんないよ。ジョジョが大公の寝室の窓にパイナップル爆弾を投げ込んだのと関係あるかどうかなんてな」

第十一話

世界で一番ヤバい男

The Eleventh Story

THE HOTTEST GUY IN THE WORLD

ある日の午後、おれのホテルの部屋にビッグ・ジュールがやってくる。はっきり言って、めちゃビビる。だって今、おれがこうやってしゃべってる時点で、ビッグ・ジュールこそ世界で一番ヤバい男だっていうのは誰もが知ってることだから。

実際の話、彼はどれほどヤバいのか。そりゃもうびっくりするほどさ。まずペンシルヴェニア州のピッツバーグの警察は郵便車強奪に関して彼を捕まえたがってる。これは噂《うわさ》だけど、ミネソタ州のミネアポリスじゃ現金配達人から五万ドル奪ってる。そのときじっとしてなかったんで、その配達人は手ひどくぶん殴られたそうだ。

ほかにも、ミズーリ州のカンザスシティじゃ銀行が襲われて、混乱のさなか窓口係と現金出納係と副支配人のひとりが殴られ、昼の警備員が怪我《けが》をして、警官もふたりひどい打撲傷を負ってる。で、結局のところ、カウンターから一万五千ドルを超える現金が持ち出され、それは今も戻ってない。

お次はオハイオ州キャントンのデパートで起きた事件、これまたオハイオ州のトレドの製粉所の金庫が襲われた事件、ワシントン州スポーケンの食料品店、サンフランシスコの郵便局、それにシカゴでの銃撃戦。でも、これは大したことはない、もちろん。ひとりが致命傷を負っただけだから。いずれにしろ、今言ったことからだけでもわかるはずだ。ビッグ・ジュールがどれだけヤバいやつか。国じゅうの警察があらゆる場所を隈《くま》なく捜してるんだから。もうすでに火あぶりにされてるのと変わらない。

もちろん、おれはさっき言ったようなこと全部がビッグ・ジュールのやったこととは思わない。警察ってのは、事件がどこで起ころうと、自分たちが真っ先に思いつく、一番めだってるやつの仕業にしたがるもんだから。でもって、ビッグ・ジュールほどアメリカじゅうでめだってるやつはいないもの。でも、実際の話、やつはおれがさっき言ったようなことの半分もやってないんじゃないのかな。たぶん事件の半分ぐらいに関しちゃ、アリバイがあるんじゃないかな。それでもやつがヤバいことには変わりないけど、もちろん。個人的なことを言うと、おれはヤバいやつとはあんまりお近づきになりたくない。正直な話、ヤバいかもしれないってくらいのやつとさえ。

そんなことは、ビッグ・ジュールにいきなりやってこられてもおくびにも出さないけど、もちろん。なぜって、ジュールにこいつはもてなしのできない野郎だなんて思われて、そんな噂がまわりで立つのはご免だから。いや、それよりなによりおれのことをもてなしのできない野郎だって思った時点で、ジュールが腹を立てるかもしれないだろ？　腹を立てたらジュールは絶対おれの頭を一発殴ってくるに決まってる。なにしろ短気なやつだから。

だから、おれはすごく愛想よく挨拶《あいさつ》すると、窓辺の椅子《いす》を勧める。その椅子に坐《すわ》ると、八番街の人の往来が眺められる。四十九丁目通りを曲がって、マディソン・スクウェア・ガーデンに向かうサーカスの荷車が見られる（当時ガーデンは八番街にあった）。サーカスは巡業に出るまえの春、必ずガーデンで興行を打つ。ちょっと暑いんで、ジュールは上着を脱ぐ。ショルダーホルスターにオートマティックが差してある。ズボンのベルトにももう一丁オートマティックを入れてる。おれは今ここに警察が飛び込んできたりしないことをひたすら願う。だってニューヨーク市じゃ、ジュールみたいに重武装して街中を出歩くだけで重罪だからだ。

「これはこれは、ジュール」とおれは言う。「びっくりしたよ。会いにきてくれてすごく嬉《うれ》しいよ。だけど、どうなんだろう、よりによって今、ニューヨークに姿を見せるっていうのはあんまり賢いことじゃないんじゃないかな。あんたにはヤバい噂があれこれ立ってるからね。ここのお巡《まわ》りはなんにもしてないやつだって捕まえようとするぐらいだからね」

「わかってる」とジュールは言う。「わかってるよ。だけど、おれは人が言うほどここじゃ何もやっちゃいないよ。それにな、男ってのはホームシックになるもんだ。生まれ故郷がときに恋しくなるもんだ。一年以上もそこを離れてた男にとっちゃなおさらな。ブロードウェイの街の灯りや人混みが恋しくなったのよ。昔住んでた界隈《かいわい》もな。それになによりおふくろに会いたくなったんだ。病気だって聞いてな。死んじゃうかもしれないって。だったら死ぬまえに会いたいってな、そう思ったのよ」

そういう状況なら、誰だっておふくろに会いたくなったって不思議はない。ただ、ビッグ・ジュールのおふくろは十一番街に近い西四十九丁目に住んでるんだけど、おんなじブロックに誰あろう、市警のギャング対策班のジョニー・ブラニガンも住んでるんだよ。だから、ビッグ・ジュールがあのあたりにちょこっとでも顔を出したら、それはまず百パーセント、ブラニガンの耳にはいる。でもって、ジョニー・ブラニガンに嫌いなものがあるとすりゃ、それはもう断トツでビッグ・ジュールなんだよ。実のところ、ふたりは幼なじみなんだけど。

と言っても、子供のころから仲はあんまりよくなかったみたいで、大きくなると、ジョニーはギャング対策班にはいる。だからビッグ・ジュールを小突きまわすチャンスがあれば、逃すわけがない。警棒でぶん殴ろうとしたこともある。一方、最後に街を出ていくときに、ビッグ・ジュールがジョニー・ブラニガンをボコったというのは誰もが知ってる話だ。だから、ジョニーはみんなに言ってる。おれは絶対休まないって。ビッグ・ジュールが行くべきところに彼を行かせるまでは絶対休まないって。ただ、それはどこなのかってことまでは言わないんだけど。

おれはビッグ・ジュールのおふくろさんが住んでるブロックにはジョニーも住んでるって、ビッグ・ジュールに言ってみる。すると、ジュールは烈火のごとく怒りだす。

「ジョニー・ブラニガンなんぞ怖いわけがないだろうが、この馬鹿《ばか》たれ。実際の話、こっちにいるあいだにあいつをとことんとっちめてやろうと思ってる。あいつには借りがあるからな。だけど、なによりおふくろに会いたい。おふくろの次はミス・キティ・クランシーだ。あいつ、おれを見たら驚くぜ。めちゃめちゃ喜ぶぜ」

まあ、ビッグ・ジュールを見たら、ミス・キティ・クランシーがびっくりするのはたぶんまちがいない。だけど、喜ぶかとなるとなんとも言えない。なぜって、男が一年かそれ以上女のもとを離れちまった場合、それまでどれほど愛し合ってても、女が別の誰かのことを思いはじめるってのはよくあることだから。女っていうのはそういう生きものだよ。下町の十一番街に住んでようと、高級住宅街のパーク・アヴェニューに住んでようと。だけど、おれはミス・キティ・クランシーがビッグ・ジュールにすごく熱を上げてたことも覚えてる。もぐり酒場を経営してる彼女の親父《おやじ》さん、ジャック・クランシーがいつも文句を垂れてたのも。ビッグ・ジュールみたいなやつに出入りされたら、クランシー一族末代までの恥だなんてよく言ってたもんだ。

「この一年、おれは始終ミス・キティ・クランシーのことを考えてたよ」とビッグ・ジュールは窓ぎわの椅子に坐って、サーカスの荷車とか行き交う人々とか眺めて言う。

「この数ヵ月はことさら考えてた。もっとも、実際の話、おれがいたところじゃそれぐらいしかすることがなかったこともあるがな。カナダのセントジョンズとかいう街のはずれにある倉庫にいたんだけど、そう、ずっとミス・キティ・クランシーのことばっか考えてたよ。それでわかったんだ、彼女を愛してることが。

なんで倉庫なんかにいたのかって言うと」とビッグ・ジュールは続ける。「誰かが街の宝石店を襲いやがってよ。デカがそれをおれのせいにしやがったからよ。で、その倉庫ってのがこっちで選べるんなら絶対選ばないような場所でな。古い毛皮の倉庫で、妙なにおいが充満してやがるんだ。だけど、宝石店を襲ったときに、誰かがおれのケツに弾丸《たま》をぶち込みやがってよ。で、レオン・ピエールがその古い倉庫におれを運び込んだのさ。傷が治るまでおれはそこにいなきゃならなかった。

なんともよ、孤独なもんよ」とビッグ・ジュールは続ける。「おれがどれほど孤独だったかわかったら、おまえ、おったまびっくらひっくり返るぜ。とにかく寒くて寒くて、そばにいるのはネズミだけなのよ。個人的なことを言うと、いかなる環境にあろうとな、おれはこのネズミってのが大っ嫌いでよ。だってよ、ネズミは病気になる黴菌《ばいきん》を運ぶだろ？ それに、腹がへってたら、寝てるやつを齧《かじ》ったりするだろ？ そういうことをおれは全部やられたんだよ、ネズミに。

倉庫は辺鄙《へんぴ》なところにあって、レオン・ピエールが食いものを持ってきたり、おれのケツの傷の手当てをしにきたりする以外、誰ひとり来やしない。だから、夜なんかそりゃ静かなもんよ。ぴゅうぴゅう吹く風の音が外から聞こえるばかりでよ。あとはちょこまか走りまわるネズミな。中にはすごくでっかいネズミもいてよ。実際の話、ウサギぐらいでかいのもな。で、おれは最初のうち、こいつらネズミと仲よくしようと思ったんだよ。けど、向こうには全然その気がなくてよ、おれに噛《か》みつくやつもいるじゃないか。こりゃもう仲よくしようとしたって意味がないって思い直して、おれはレオン・ピエールに頼んだんだ、毎日おれの鉄砲の弾丸《たま》を持ってくるようにって。おかげでネズミ相手に射撃の練習はできた。

なにしろ辺鄙なところに建ってる倉庫だから、銃声を聞かれる心配もない。それにいい時間つぶしになった。そのうちじっとしてるネズミも走ってるネズミも飛んでるネズミも撃てるようになってな。そう、その倉庫のネズミは飛びやがるんだよ、山に住んでる山羊《やぎ》みたいに。おれのすぐそばを飛べば、うまくおれに食いつけるとでも思ってやがるのさ。

それでな、ある日、数を数えたんだが、五十発連続で撃って、一発もミスらなかった。だから四五口径の部じゃ、おれはネズミ撃ちのチャンピオンだな。もっとも、そういうネズミ撃ちに挑戦するやつがほかにもいればの話だけどな。そういうやつがいたら、余興でいくらか賭《か》けてもいいぜ。とにかくネズミ撃ちは上達してよ、そのうち撃つまえにネズミのどこを撃つか言えるほどになったよ。このネズ公は右眼、次のは左眼なんてな、それで一発もはずさないのよ。ただ、四五口径ですぐそばからネズミを撃つとよ、もうぐちゃぐちゃになっちまってよ、どこに当たったんだかわからない、なんてこともあるけどな。

そうこうするうち、ネズミも元気をなくして、おれにもあんまりかまわなくなって、おれが寝てるときでもおれに噛みつこうとしなくなる。ひげをおれに突き立てたりもしなくなる。そんなことをしたら、ひげをきれいに剃《そ》られちまうのがわかってたんだろうな。こっちは暇つぶしがなくなっちまって、まわりを見まわしたって、そんなところには何もない。ところが、医者向けの本がいっぱいあるのが見つかって、これが読んだらすごく面白いのよ。どうやらこんな医者がいたみたいなんだ。実験しようと最愛の女房の頭をメスで切り取っちまった医者だ。女房は当然長くは生きられない。で、医者はそのあとその倉庫に隠れるんだが、そのとき自分の本をいっぱい持って出るんだ。そうしてお巡りに捕まって高く吊《つ》るされるまで、その倉庫で読書して過ごしたんだろうな。

医学の本はすごく慰めになってな、手術についちゃ驚くほどのことを学んだよ。だけど、全部読んじまうと、また考えるよりすることがなくなる。で、考えることと言ったらミス・キティ・クランシーだ。一緒に散歩したり、映画を見にいったり、愉《たの》しいことがあれやこれや思い出されてな。まあ、それも彼女の親父がおれに辛《つら》くあたるようになるまでの話だけどな。ああ、ミス・キティ・クランシーにまた会えたらすごく嬉しいよ。おふくろに会えても。自分が住んでた界隈が見れるだけでも」

要するに、ビッグ・ジュールとしちゃ、自分が住んでた懐《なつ》かしい界隈をどうしても歩きたいわけだ。でもって、ミス・キティ・クランシーに会えるかどうか、おふくろの家にも行けるかどうか確かめたい。ついては一緒についてきてほしい。そう頼まれて、おれとしちゃ、つい思わざるをえない。ビッグ・ジュールとつるんで街中をぶらつくよりもっとやりたいことがおれには百万ぐらいあるって。と言って、ビッグ・ジュールに勿体《もったい》ぶってるやつだなんて思われたくもない。まえに言ったけど、ビッグ・ジュールはすごく短気なやつなんだよ。それと昼のこの時間なら、ビッグ・ジュールがジョニー・ブラニガンにしろ、ジュールを知ってるほかのお巡りにしろ、ばったり出くわす確率はほかの時間より高くない。なのでおれは一緒に行くことに同意する。ところが、部屋を出ようとして、おれはジュールが銃を持ってるのに気づく。

「ジュール」とおれは言う。「ただぶらぶらするのに銃は要らないだろ？　誰かに、たとえばお巡りとかに見られたら、この街じゃ、あんたが口を開くまえにしょっぴかれちまう。相手があんたのことを知っていようと知るまいと。この街じゃサリヴァン法（ニューヨーク市の銃規制法）がきっちり守られてるのは知ってるだろ？」

　ところが、ビッグ・ジュールは銃を持たないで外に出ると風邪をひくから嫌だという。言うことを聞きそうもないんで、しかたなく四十九丁目通りに出る。そして、マディソン・スクウェア・ガーデンのほうに向けて歩きだす。八番街に着いて通りを渡るのに車がとぎれるのを待ってると、四十九丁目通りに面したガーデンのまわりでちょっとした騒ぎが起きてるのが見える。あちこちから人が走ってきて、みんな大声をあげて上を見てる。

おれもつられて上を見ると、ガーデンの建物の屋上の端っこに不細工な顔をしたサルが坐ってる。ただ、すぐにはサルだとわからない。でかくて人間ぐらいあるんで、おれはプロボクサーのマネージャーか誰かが午後ずっとそこに立って、自分の選手に見合った対戦相手を捜してるんだろうかって思う。だけど、そんなところにいるのはどう考えたっておかしい。なのでひょっとしてなんか賭けでもしてるのかって思い直して、もう一回ちゃんと見たところでわかるんだ、それがサルであることが。それもちょっとやそっとじゃお眼にかかれないほど不細工なサルだ。もっとも、ハンサムなサルがいるか？ なんて言われると困るけど。

このでっかいサルは腕に何かを抱えてる。最初はそれがなんだかわからない。でも、通りを渡ってガーデンの屋上がよく見えるようになると、おれにもビッグ・ジュールにもサルが腕に抱えてるのが人間の赤ん坊だってことがわかる。それがわかって当然おれは思うわけだ。これはガーデン側が考えた、サーカスのための派手な宣伝だろうって。あるいは、サーカスの公演のあと予定されてるシャーキー対リスコのボクシングの試合のための。だけど、男たちはいつまでも叫んじゃ走りまわってて、女たちもずっと悲鳴をあげてる。そこでやっとおれにもわかる、今この場がとんでもないことになってることが。

なんと、屋上のへりに坐ってるでかいサルがほかでもない、あのボンゴなんだよ。サーカスの。こいつはあらゆる意味ですごく珍しいゴリラだ。この国だけじゃなくてどこであっても。よく躾《しつ》けられたゴリラなんだよ。躾けられたゴリラはすごく珍しい。それでも、サーカスの人たちがボンゴの檻《おり》をガーデンに運び込もうとしてたときに、どうやら扉が開いちまって、外に飛び出しちまったみたいで、そのあと通りを走りはじめた。通りじゃ、近所の子供たちが歩道でゲームをしたり、母親たちが赤ん坊を乗せた乳母車のそばにしゃがみ込んで、日向《ひなた》ぼっこをしたりしてる。これは西四十九丁目界隈のありふれた光景で、どう見ても不快な光景じゃない。母親と赤ん坊が嫌いじゃなけりゃ。

　そんな母親のひとりが乳母車を押して、ガーデン側の歩道を歩いてたら、なんとボンゴがその乳母車の中に手を突っ込んで、赤ん坊をかっさらっちまったんだ。ボンゴがその赤ん坊になんでそんなことをしたのか、その理由は今日という日までまだ誰にもわからない。いずれにしろ、生まれてまだそんなに経《た》ってないちっこい赤ちゃんなんだ。ボンゴサイズのゴリラを相手に渡り合えるわけがない。ボンゴのほうは赤ちゃんなんか屁《へ》でもない。ゴリラは大の大人をそれこそ赤ちゃん扱いするそうだ。人間対ゴリラなんて闘いは見たことないけど。そういうカードが組まれたら、すごい人気になると思うけど。

当然のことながら、ボンゴに赤ん坊をかっさらわれた母親は金切り声をあげる。自分の赤ん坊をゴリラと一緒にいさせたいなんて思う母親はいない。だから、この母親も声をかぎりに叫んで、死にもの狂いでボンゴから赤ん坊を取り返そうとする。するとなんと、ボンゴは母親から逃げて、ガーデンの四十九丁目通り側に出てるでっかい電気の看板伝いに屋上までのぼる。のぼりきると、赤ん坊を腕に抱いて屋上のへりに坐り込む。赤ん坊は相変わらず思いっきり泣いてる。ボンゴは変な音を出して歯を見せる。下の通りには人がどんどん集まってる。

シャツを腕まくりした大男がひとり、そんな野次馬の中を手を振りながら走りまわってる。みんなに向けて静かにするようにと言ってる。「みなさん、どうか、静かに」って何度も何度も。でも、誰ひとり彼に注意を払わない。どうやら男はサーカスの関係者らしい。たぶんボンゴにも関係してるんだろう。この状況を見た交通巡査が四十七丁目の分署に応援を要請する。誰かが誰かに消防車を呼びにいかせて、やがて四方八方から警官が集まって、消防車も数台やってくる。シャツを腕まくりした大男はさらに興奮してみんなに言う。

「静かに、どうか静かにしてください。みなさん、どうか静かに。この騒ぎに興奮したら、ボンゴは赤ん坊を通りに放り投げるかもしれない。手にしたものはなんでも投げる習性があるんです。生まれ育ったところでココナツを投げることでできた習慣です。どっちにしろ、安全ネットが要ります。われわれが静かにしてれば、ボンゴが赤ん坊をココナツ扱いするまえに救えるかもしれない」

　ボンゴは屋上のへりに坐ってる。地上七階建ての建物の屋上から下をのぞき込んでる。赤ちゃんを腕に抱いて。その抱き方はどんな母親が抱くのとも変わらない。だけど、同時に下の騒ぎに苛立《いらだ》ってるのも見て取れる。で、一度赤ん坊を頭の上に持ち上げる。まるで赤ん坊を誰かにぶつけようとでもするかのように。サイコロ振りのビッグ・ニッグが野次馬の中にいるんだけど、しばらくすると、赤ん坊が死なないほうに賭けるけど、誰か受けないかって誘ってる。賭け率は七対五でいいからって。みんなはそれどころじゃない。そんなことをするには興奮しすぎてる。もっとも、その賭け率自体はなかなか魅力的ではあったけど。

　ガーデンとは反対側の歩道にいる野次馬の中に女がひとり立ってる。そよとも動かず、サルと赤ん坊を見上げてる。おれはその女を二度見して、それがなんとミス・キティ・クランシーであることに気づく。じっと上を見上げながら、唇だけ動いてる。どういうわけか、おれには彼女がひそかに祈りを唱えてるのがわかる。なぜってミス・キティ・クランシーはそういう女だからだ。こういうときには祈りを唱える女なんだよ。

ビッグ・ジュールもおれとほぼ同時に彼女に気づいて、彼女のそばまで歩いて近づいて挨拶する。ジュールに会うのは一年以上ぶりなのに、ミス・キティ・クランシーはまるでそれがつい一分まえだったみたいに彼と話しだす。ビッグ・ジュールが長いこと遠くにいたことを考えると、なんとも奇妙な光景だ。

「なんとかして、ジュール」と彼女は言う。「あなたはいつもなんとかしてくれた。だから、お願いよ、ジュール、今も何とかして」

ビッグ・ジュールはそれにはひとことも答えない。ただ、人垣の切れたあたりにさがると、ズボンのベルトに手をやる。おれはすかさず彼の腕を押さえて言う。

「冗談じゃないぜ、ジュール。何をしようっていうんだ?」

「ああ」とジュールは言う。「あの盗人のエテ公が赤ん坊を誰かにぶつけようなんて考えを持つまえに撃ってやる。ひょっとしたら、あのサル、そのとき赤ん坊をおれにぶつけるかもしれないがな、赤ん坊をぶつけられるなんぞ屁でもない。それが誰の赤ん坊であってもな」

「なあ、ジュール」とおれはどこまでも真剣な声音で言う。「こんなにお巡りがいっぱいいるところで銃なんか出すなよ。そんなことをしたらすぐ捕まるぞ。ただ銃を持ってたってだけで。捕まったらとんでもないことになる。あんたはあちこちから指名手配されてるんだから。実際の話、あんたはこの国じゅうでその四五口径よりヤバい男なんだよ。あんたが捕まるところは見たくない。それにサルのかわりにまちがって赤ん坊を撃っちまうかもしれないだろ？　誰が見たって、赤ん坊に怪我をさせずにサルだけ撃つのはすごくむずかしいよ。それにたとえうまくサルを仕留めても、サルがあそこから落ちたら赤ん坊も落っこちるだろうが」

「そんなことを言ってるから、おまえは馬鹿だってんだよ」とジュールは言う。「おれが的をはずすわけがないだろうが。サルの眉間《みけん》を撃ってやる。そうすると、サルはうしろに倒れる。まえじゃなくてな。だから赤ん坊は怪我しない。屋上のへりからうしろに倒れるだけだ。それぐらいじゃ誰も怪我しないよ。そういうことについちゃ、おれは勉強してるのよ」とジュールは言う。「あのエテ公も人間とおんなじ姿勢を取って、屋上のへりに坐って、高いところから下をのぞき込んでるとするだろ？　そういうときには防衛本能が働いてな、どうしたって重心はうしろにかかってる。だから、思いがけないことが起きたら——たとえば眉間を鉄砲で撃たれるとかな——どうしたって重心がかかってるほうに倒れるのよ。そういうことをおれはすべて医者の本を読んで学んだのよ」

そう言うと、彼はいきなり手を上げる。その手には彼の持つ銃のひとつが握られてる。音をそのまま字にすると、〝カーバップ〟ってあたりに響く。これはあとから思い出したことだけど、そのときジュールが狙《ねら》いをつけた記憶がない。何かを撃つとき普通は誰でもそうするものなのに。いずれにしろ、銃声がして、ボンゴが屋上のへりでほんの一瞬ほんのちょっと浮き上がったように見えたと思ったら、そのあとゆっくりうしろに倒れる。ビッグ・ジュールが得意げに言う。

「言っただろ、きっちり眉間に当たったろ？　まあ、自慢するほどの的でもなんでもなかったけどな」

いっとき、何が起きたのか誰にもわからない。ただ誰もが押し黙ってる。ひとりを除いて。シャツを腕まくりしてる大男を除いて。ビッグ・ジュールにひどく怒ってる。ボンゴに怪我をさせたのがあんたなんだったら、サーカスはあんたを訴えるって言って。あのサルは十万ドルもするらしい。見ると、ミス・キティ・クランシーは上を見上げて、両手を握りしめて、歩道にしゃがみ込んでる。ビッグ・ジュールは銃をまたズボンのベルトに差し直す。

その頃には建物の中を通って屋上に向かってた男たちが屋上にたどり着いてる。ボンゴをおびき寄せて屋上のへりから離そうとしてた連中だ。その連中の歓声が聞こえて、そのひとりが下の通りのみんなにも見えるよう、赤ん坊を高々と掲げたのが見える。続いて連中の中のふたりが屋上のへりまで行って、ボンゴの両脇《りょうわき》を抱えて、ボンゴがもうすっかり死んじまってるのを通りの野次馬たちに見せる。ひとりがボンゴの眉間を指差して、弾丸《たま》がそこに当たったことを示す。ミス・キティ・クランシーがビッグ・ジュールのところへ行って、なにやら話しかけようとする。だけど、ことばにならない。すごい声でわっと泣きだす。

　おれはそろそろ引き上げどきだと思う。今はみんなが屋上で起きてることに気を取られてるけど、高価なサルを撃ったってことでサーカスの人がビッグ・ジュールを訴えるのをここでただ待ってるのは愚の骨頂だ。それに呼ばれてやってきたお巡りがふたりほどさっきから怪訝《けげん》な眼をビッグ・ジュールに向けてる。あいつらがいつジュールを逮捕しようって気になってもおかしくない。

　そこへいきなりすらりとした若者がやってきて、こんなことを言う。

「ジュール、会いたかったよ」この若者が誰あろう、なんとジョニー・ブラニガンだ。ビッグ・ジュールは当然銃に手を伸ばす。だけど、ジョニーは通りを歩こうとジュールを促す。それがあんまり手早くて要領がいいものだから、従うよりほかジュールには何もできない。

「そんなものを出してもなんの役にも立たない」とジョニー・ブラニガンは言う。

「おれと一緒に来るんだ。急げ」

ビッグ・ジュールはなんだか狐《きつね》につままれたような顔をしてる。だって、ジョニー・ブラニガンの態度はどう見ても誰かを逮捕しようとしてるお巡りのそれじゃない。自然な流れで、ジュールはジョニーと一緒に歩きだす。おれはふたりのあとをついていく。ジョニーは半ブロックほど歩いたところでタクシーを止めて、おれたちも一緒に乗せて、運転手に八番街をこのまま走れって言う。

「おまえが街に帰ってからずっと尾《つ》けてたんだよ」とジョニー・ブラニガンは言う。「この街にいちゃおまえにチャンスはかけらもない。おれはおまえのおふくろさんのところに行くところだった。そこでおまえを捕まえようと思ってな。おまえがおふくろさんのところに行くのは、端《はな》からわかってたんでな。ところが、ガーデンであんな騒ぎが起きた。おれは次の角で降りるから、おまえはこれに乗ったままおふくろさんに会いにいくといい。会ったらできるだけ早くここをおん出ろ。おまえはここじゃめちゃくちゃヤバいやつなんだから、ジュール。

あと言っとくと」とジョニーは続ける。「おまえ、自分が誰の子供を助けたのか、知ってるか、ジュール？　おれとキティ・クランシーの子だ。おれたちは一年まえに結婚したんだ」

ビッグ・ジュールは一瞬ものすごく驚いたような顔をする。だけど、そのあと笑いだす。笑いながらこんなことを言う。「まあ、キティ・クランシーの子供だとはわからなかったがな。だけど、おまえの子だってことは一目見りゃわかったよ。だっておまえにそっくりじゃないか」

「ああ」とジョニー・ブラニガンは誇らしげに言う。「みんなにそう言われるよ」

「遠くからでもわかったぜ」とビッグ・ジュールは続ける。「しかし、これほどそっくりとはな。びっくりするぜ。だからよ、今だから言うけどよ、ジョニー、正直な話、銃を撃つとき、どっちの顔を狙ったらいいのか、ほんと、わからなかったんだ。おまえの赤ん坊とあのサルがあんまり似てたもんだから」

第十二話

ブレイン、
わが家に帰る

The Twelfth Story

THE BRAIN
GOES HOME

　ある夜、ブレインはおれをつきあわせて、ミンディのレストランのまえを行ったり来たりして、あれこれくっちゃべってる。そこへぼろをまとった赤毛のリンゴ売りの女がやってくる。一個五セントで売ってる。ブレインは女の籠《かご》から一個つかみ取る。リンゴはブレインの好物なんだ。そうして女に五ドル札を渡す。

　ぼろをまとった赤毛の女――歳《とし》は三十前後、見かけは、ま、ブスだ――は五ドル札を見て困っちまってブレインにこんなことを言う。

「すみません、お釣りがありません。でも、すぐ両替してもらってきます」

「いいんだよ、釣りは取っといてくれ」とブレインは大口開けてリンゴにかぶりついて言うと、おれの腕をつかんでまた歩かせる。

　ぼろをまとったリンゴ売りの女はブレインを改めて見る。気づくと、女の眼に大粒の涙が浮かんでる。女はブレインに言う。

「ありがとうございます、旦那《だんな》さま！　ありがとうございます！　旦那さまに神さまのお恵みがありますように！」

　そう言うと、女は両手で両眼を覆《おお》い、肩を震わせながら通りを走り去る。ブレインはその女の様子にすごく驚いて、姿が見えなくなるまで見送って言う。

「いやはや驚いた。ゆうべおれはドリス・クレアに一万ドルやったんだがな。今の女が五ドルに示した半分もありがたがらなかったよ」

「そりゃ、まあ、リンゴ売りの女はドリスが一万ドル必要とするよりもっと五ドル必要としてたからだろうよ」

「なるほどな」とブレインは言う。「ただ、まあ、ドリスはリンゴと〝神さまのお恵み〟よりもっといっぱいお返しをしてくれるけどな。なんてったって、そうさな、愛とかな、たぶん。おれはその愛にこれまでどんな男が払ったより多くの金を払ってる」

「だろうね」とおれは言う。ブレインの言うこともおれの言うことも当たってる。実際の話、ブレインが愛に使う金が一年で三十万ドル程度なら、その年はかなり効率よく使えた年ってことになるだろう。これは誰もが知ってることだ。そう、ブレインには三人の女がいるんだよ。最愛の女房以外に。

実際の話、ブレインは多くの連中から時々呼ばれてる、〝愛の帝王〟って。もちろん彼には聞こえないところでだけど。というのも、ブレインは自分の恋愛事情は誰にも知られてないと思ってるんだ。知られてても、まあ、ほんの一握りの人間だけだと。この街を見るかぎり、彼の秘密を知らないのは眼が見えなくて耳が聞こえなくてものがしゃべれない人だけだろうな。

一度ソロモンっていう大昔の王さまの話を読んだことがあるんだけど、その王さまには一度に千人も女がいて、それだけですごいスケールなんだけど、女の維持にかかる費用に関しちゃ、ソロモン王の女を全部束ねてもブレインの三人の女に敵《かな》わないんじゃないかな。ドリス・クレアひとりにかかる費用だけでも、普通の男なら気が狂っちゃうだろうね。しかもシンシア・ハリスとボビー・ベイカーと比べたら、ドリスだって慎ましいほうなんだから。

さて、これに加えてシャーロット。ブレインの女房。これが社交好きで、社交界で常に注目を浴びてたいクチだから、金がかかってかかってしょうがない。おれはあるときブレインがボビー・ベイカーに、おれの女房は病弱な体質だと話してるのを聞いたことがあるけど、シャーロットに関するかぎり、金で治らない病気なんか一個もないだろう。シャーロットが病弱なら、世界のほぼ全部の女が病弱ってことになっちまう。

でも、ブレインほど長いことブロードウェイをほっつき歩いてりゃ、あちこちで女と出会って当然だ。ただ、たいていの男は普通一度にひとりずつって感じで、そいつに逃げられたら——ブロードウェイの女が相手の場合、これは覚悟しないと——また別をあたる。それを何度も繰り返す。そうして歳《とし》を取ると、たいていもう女なんかどうでもよくなる。まあ、少なくとも百四歳ぐらいになると。そういうレコードを破るやつらもいるって話は知ってるけど。

いずれにしろ、ブレインの場合は、出会った女をいくらでも溜《た》め込んじまうんだ。これまで彼から逃げた女はひとりもいない。これはこれで、普通の男ならうざったくなったりもするはずだけど、ブレインにはこれが嬉《うれ》しいんだな。女に対して自分にはこんなに影響力があるんだって思えるから。

「そりゃ、おれに恋しちまったからって、女を責めるわけにはいかないよ」ある夜、ブレインはおれにこんなことを言う。「おれは絶対女に後悔させない男だからな」

これを聞いておれはそりゃ驚いたよ。ブレインみたいに賢い男がそんなことを言うんだから。だけど、本人は実際そう思ってるんだろう。なにしろブレインは自惚《うぬぼ》れの強い男なんだ。ただ、ブレインのことをこんなふうに言うやつもいる。ブレインは業《ごう》突《つ》く張《ば》りだからひとり手放すのも嫌なんだよって。まあ、個人的なことを言わせてもらえば、手放されたって現金のボーナスをつけられたって、彼の女を引き取るのはごめんだね。まあ、ボビー・ベイカーは別だけど。

ブレインは女を溜め込むだけじゃなくて、溜め込んだ女にいっぱい金を使う。自動車を買ってやったり、毛皮を買ってやったり、ダイヤを買ってやったり、贅沢《ぜいたく》な住むところを買ってやったり。特にこの贅沢な住むところ。一度おれはブレインに言ったことがあるんだ。でっかい家を借りて、そこに女たちを家族みたいにして、全員住まわせりゃいいじゃないかって。街のあちこちに住まわせるんじゃなくて。すると、ブレインは言うわけ、そんなのは駄目だって。

「そもそも」と彼は言う。「彼女たちはお互いを知らない。もちろん、シャーロットのことはドリスもシンシアもボビーも知ってるけど。一方、シャーロットは三人を知らない。みんなそれぞれ自分がオンリー・ワンだと思ってる。四人一緒に閉じ込めちまったら、四人ともおれの愛をめぐって嫉妬《しっと》し合うようになる。いや、そもそもそういうやり方は不道徳だよ。駄目だね。彼女らを別々に住まわせるほうがずっといい。だって、家に帰りたくなったときのことを考えてみろ、家がいくつもあるんだぜ。おれはブロードウェイの男で誰より帰る家がある男だよ」

まあ、それはそうかもしれない。だけど、そもそも彼があちこちに何軒も家を持ってるというのは、ここブロードウェイの大いなる謎《なぞ》だ。だってブレインはめったに家に帰らないんだもの。自分が家にいて、街にいないあいだに何か起こった場合、自分が蚊帳《かや》の外に置かれたみたいになるのが嫌らしい。だいたいブレインはどこへも出かけない。女のひとりと公の場に姿を見せることもない。一年に一度か二度最愛の妻シャーロットと出かける以外は。これも最後にはやめてしまう。ドリスにこんなことを言われたせいだ、あんたのそういう姿があたしの友達の眼にどう映ると思ってるの？なんてね。

ブレインがシャーロットと結婚したのは、彼が東部一の賭博《とばく》組織の親玉になって、百万長者の二倍も三倍も上を行く金持ちになるまえのことだけど、そのあと家庭に身を落ち着かせて女房とおしゃべりを愉《たの》しむような、普通の亭主みたいには彼はならなかった。それと、まだ貧しかった頃、家に帰るには不便すぎるようなところに住まなきゃならなかった時期があって、結局、彼の場合、家に帰るというのが習慣にはならなかったんだ。

一方、シャーロットのほうも、家の壁に掛けた絵をじっと眺めて一年も二年も過ごすようなタマじゃなかった。その絵がまた草原に牛が何頭かいる絵とか、雪をかぶった家々の絵とかなんで、必要がないと、彼女もだんだん家に帰らなくなる。いっぱい友達をつくって、彼女は彼女で愉しむようになる。ブレインがけっこう稼ぐようになって、金をちゃんと送ってくるようになると、彼女の愉しみ方はどんどん派手になる。

ブレインと彼の女についてひとつ言えるのは、彼の女にブスはいないということだ。女の顔についてもスタイルについても、ブレインには見る眼がある。彼の最愛の妻シャーロットもブスじゃない。もちろん今は若い頃のようにはいかないけど。ドリス・クレアは、全盛時代ジーグフェルド・フォリーズ（当時、ブロードウェイで公演されていたレヴュー）の看板女優の中でも一、二を争うような美貌《びぼう》だ。彼女の全盛時代とは昨日のことじゃない。一昨日《おととい》のことでもない。それでも、見かけは今でもほとんど変わらない。もしかしたら、贔屓《ひいき》目《め》ってことになるのかもしれないけど、歳は三十二か三十三ぐらいにしか見えない。今でも色気むんむんだ。それになんと言おうと、彼女のブロンドの髪は今でも輝くばかり。

ただ、実際の話、ブレインは女の髪をあんまり気にしない。それが証拠にシンシア・ハリスの髪はオオカミの心ほどにも真っ黒だ。ボビー・ベイカーはそのどっちでもなくて明るい茶色。シンシア・ハリスはドリスと比べると新参者だけど、ミスター・アール・キャロル（米の当時の劇場プロデューサー）の『ヴァニティ（キャロルがプロデュースしたレヴュー）』に出てたとか。

聞いた話じゃ、もともとミス誰々としてニューヨークにやってきたのは、よくあるミスコンのひとつに出るためで、もしほかのミス誰々が審査員たちに色目を使わなかったら、彼女が優勝してたかもしれない。

もちろん、シンシアも色目を使ったんだけど、どうやら使った相手をまちがえたみたいなんだ。彼女は審査員のひとりと思ったらしいけど、そいつは審査権も何もないただのブン屋だったんだ。

まあ、ミスター・アール・キャロルはそんなシンシアに同情して、シンシアには経験も何もなかったけど、『ヴァニティ』に出したところ、ブレインの眼に止まったってわけ。あとはみんなも知ってのとおり、彼女は酒の密輸船ぐらいでかい外国車を乗りまわして、なんとも羽振りのいい暮らしをしてる。

個人的な考えを言うと、おれはブレインの女の中でボビー・ベイカーが一番賢いと思うね。見てくれについちゃ大したことはない。ドリス・クレアやシンシア・ハリスみたいに商売柄の利点もない。つまり、舞台の上を歩きまわって自らの姿形をブレインみたいな男に見せびらかす機会はなかったってことだ。だって、ボビー・ベイカーはそもそもウォール街で働く男の個人秘書だったんだから。だから、当然いつも服を着てる。最近の女が着るぐらいの服はちゃんと。もっとも、近頃の女は昔ほどにはいっぽい布のある服は着なくなってるけど。

ブレインはボビーが秘書をやってた男といっぺん仕事をしたみたいで、それでボビーとも口を利《き》くようになったらしい。でもって、彼女は並べ立ててるんだ——ずっとお会いしたいと思ってました。あなたのことはまえから聞いたり読んだりしていたものですから。こうしてお会いしてみると、お噂《うわさ》どおりにハンサムなお顔、男の色気がおありになって、わたしがずっと思い描いていた理想の男性そのものです！

言っとくけど、おれは紳士だからね。どんな女にも嘘《うそ》つき呼ばわりはしない。実際の話、ボビー・ベイカーはブレインのことをほんとにハンサムで男の色気があるなんて思ったのかもしれないんだから。ただ、個人的な意見を言うと、彼女がブレインに嘘を言ったんじゃなかったとしたら、ブレインにそんなことを言ったとき、彼女は彼にのぼせてて眼もおかしくなってたんだろう。ブレインを目一杯誉《ほ》めるとしても、誉めることができるのは着てるものぐらいだよ。

ブレインの歳は四十前後、三十八から四十二といったところだけど、ちょっと腹が出はじめてる。それはずっとカードテーブルについたっきりで、運動をしないからだ。おれみたいに毎晩ミンディの店のまえを行ったり来たりすることもないからだ。顔つきはさっぱりしていて、頬のまわりが白く、いい歯をしてる。笑いたいと思って笑うといい笑顔になるけど、その笑顔が彼に借金をしてるやつに向けられることはまずない。

ただ、彼のいいところをひとつ言っとくと、人間的魅力にあふれた男だってことだ。まず話が巧《うま》い。もっとも、彼が語る話にはどんな話にも彼が英雄として登場するけど。それでも彼はどうすれば女にうけるか、その方法をちゃんと心得てる。そもそも教養もすごくある。シンシアとドリスみたいな女——シャーロットもたぶん——はイエール大学とハーヴァード大学ふたつ分の教育を受けるより、自分専用の〈カルティエ〉の掛売り口座を開いてもらうほうを選ぶだろうけど。ひとりボビー・ベイカーだけはインテリっぽいおしゃべりが好きで、自然、ブレインともそういう話をよくするようになる。

で、そのうちシンシアのよりでかい車を乗りまわすようになる。ドリスの車とまではいかないけど。ボビーの出身地のフラットブッシュ（ニューヨークのブルックリン区の一地区）じゃ、ボビーを妬《ねた》んで、子供たちが彼女の悪い噂を広めたりしてるけど、それもこれもでかい車のせいだろう。だけど、そんなことよりなにより、実際の話、おれはまえから思ってる、ブレインはフラットブッシュくんだりの女を拾ったことでブロードウェイ界隈《かいわい》じゃ男を下げたって。それが証拠に、ボビーはそのうち物書きとかブン屋とか、グリニッチヴィレッジあたりにいるような、そんなやつらに入れ込むようになる。
だからと言って、ボビーは賢くも可《か》愛《わい》くもない女だなんて言ってるんじゃない。彼女もすでに四、五年はブレインの女だけど、ほかの女たちの分を合わせたより多くの金をブレインからせしめてる。なぜって、彼女はしょっちゅうブレインに愛してるって言ってるからだ。あなたなしには生きられないとか。ドリスやシンシアのほうは言ったとしても月に一、二回だ。なんでかって言うと、言うのを忘れちまうんだな、これが。

さてさて、ある朝早く何が起きたかって言うと、ダフィ・ジャックってやつがいきなり現われて、ブレインの左の脇腹《わきばら》にナイフを突き立てたんだ。どうやらホーマー・スウィングってやつの依頼を受けて。このホーマーってやつはブレインにギャンブルがらみの借金をしてて、ブレインの取り立てにめちゃ腹を立ててたらしい。ダフィ・ジャックはナイフの相当な使い手なんだけど、ブレインの心臓を二インチほどはずす。それでもブレインの左脇腹には縫わなきゃならないほどの穴があく。

そのとき、サイコロ振りのビッグ・ニッグとおれは七番街五十二丁目の角に突っ立ってる。大して話すこともなく。時刻はだいたい午前二時。ブレインがよたよたとやってくる。五十二丁目通りから七番街に出てくる。そうしてビッグ・ニッグの腕の中に倒れ込む。ビッグ・ニッグのトップコートはブレインの傷からの血に染まる。このコートがおニューでね。実際の話、数日まえにビッグ・ニッグが六十ドル出して買ったばかりのコートなんだ。普通は怒るよ。だけど、今はブレインにそんなことを言うべきじゃない。ブレインが怪我《けが》を負ってるのは——それもかなりひどい怪我を負ってるのは——明らかなんだから。

だけど、ブレインがこんなことになっても、ぶっちゃけおれたちはそんなに驚いちゃいない。なぜって、彼がこのあたりで不人気なのは、昨日今日始まったことじゃないし、彼に何か危害を加えたがってるやつなんかいくらでもいるからだ。ただ、こんな七面鳥みたいに切られちまったブレインを見るとは、おれも思ってない。むしろ思ってたのは何発も弾丸《たま》を撃ち込まれたブレインだ。だから、ビッグ・ニッグもおれも憤慨してる。ナイフなんてものを使って人をこんなふうにするやつがこの界隈にいることに。

そんなことを考えてると、ブレインがおれに言う。

「ハイミー・ワイスバーガーとドクター・フリッシュを呼んでくれ。呼んだらおれを家に連れて帰ってくれ」

ブレインみたいな男はかかりつけの医者よりさきに自分の弁護士に会いたがる。ハイミー・ワイスバーガーというのはブレインのお抱え弁護士でなかなか優秀なやつだ。

「それより」とおれは言う。「病院へ行ったほうがよくないか？　すぐにちゃんと手当てしてもらったほうが」

「駄目だ」とブレインは言う。「おれはこのことを秘密にしておきたい。今このことが公になるのはおれにとっていいことじゃない。病院に行ったら、医者に警察に報告される。家に連れてってくれ」

当然のことながら、おれはブレインが言う家とはどの家のことなのか訊《き》き返す。ブレインとしても、これにはすぐには答えられないらしい。しばらく黙って考える。

「パーク・アヴェニューだ」とようやく言う。ビッグ・ニッグがタクシーを止め、ブレインを乗せて、パーク・アヴェニューに面して六十四丁目通りの近くにあるアパートメント・ハウスに行くよう告げる。ブレイン最愛の妻シャーロットが住んでるところだ。

そこに着くと、おれは誰かがまずさきに行って、シャーロットにこの悪い知らせをうまいこと伝えるべきだと思う。朝のこの時間に亭主がナイフに切り刻まれて運び込まれて、驚かない最愛の妻なんかいるわけがない。

で、おれがさきに中にはいろうとすると、ドアマンとエレヴェーターボーイに阻止される。ふたりは、ブレインのアパートメントに行くのは駄目だなんておれに言う。なんでも大宴会の最中らしい。おれは彼らにブレインが大怪我をしてることを伝える。それでようやく中に入れてもらえる。ブレインのアパートメントのドアの呼び鈴を鳴らすと、肥《ふと》った大男の執事が出てくる。見ると、中には夜会服姿の男と女がいっぱいいて、誰かがでっかい声で歌ってる。

執事は、シャーロットさまにはお会いになれませんなんて言う。それでも、ことばを尽くして説明するとわかってくれて、おれはシャーロットを玄関口に呼び出すところまで漕《こ》ぎつける。宝石をじゃらじゃらつけまくったシャーロットは見ていて愉しい。おれはあんまりびっくりさせないようにって思って、すぐには本題を切り出さない。それでもようやくブレインが事故にあったと伝えて、今はこのアパートメント・ハウスのまえに停めたタクシーの中にいるけれど、どこに運べばいいか指示を仰ぐ。

「そりゃもちろん」と彼女は言う。「病院でしょうが。わたしは今夜、とっても大切な人たちを招待してるの。そんな人たちを怪我人でびっくりさせたりしたくないわ。病院へ連れてって。あの人には明日にはお見舞いにいくって伝えておいて。スープを持ってお見舞いにいくって」

おれはブレインに必要なのはスープなんかじゃなくて、ゆっくり休めるベッドだと説明しようとする。すると、彼女はおれにひどく腹を立てて、おれの鼻先でドアをぴしゃりと閉める。そのときの言《い》い種《ぐさ》がこうだ。

「病院へ連れてってって言ってんの！　そもそもこんな時間に帰ってくるなんて馬鹿《ばか》げてるわ。こんな早い時間に帰ってくるなんて、ここ二十年なかったことよ！」

　そのあとエレヴェーターを待ってると、ドアがちょこっと開いて彼女が言う。

「で、あの人の怪我、ひどいの？」

　おれはひどいかどうかはわからないと答える。すると彼女はドアをまたすぐ閉めちまう。おれはタクシーに戻って、血も涙もない女だとシャーロットのことを思う。ただ、まあ、自分が開いたパーティをぶち壊しにされるのは気分のいいものじゃない。それはわからないでもないけどさ。

　ブレインはタクシーの座席の隅に横たわってる。半分眼を閉じてる。そのときにはもう血は止まってる。ビッグ・ニッグがハンカチでどうにか手当てしたみたいだ。それでもブレインが弱ってるのは容易にわかる。おれがタクシーに乗り込むと、起き上がろうとするんで、おれは言う、シャーロットは家にいなかったと。ブレインは薄い笑みを浮かべて囁《ささや》くような声で言う。

「だったら、ドリスのところだ」

ドリスは西七十二丁目通りに面してリヴァーサイド・ドライヴの近くに建ってる、でっかいアパートメント・ハウスに住んでる。おれが行き先を運転手に告げてると、ブレインは眠ってしまう。ビッグ・ニッグがおれに身を寄せて言う。

「ドリスのところに連れてっても意味ないよ。あいつは今夜アーミンの毛皮のコートを着て、めかし込んで、今夢中になってる役者のジャック・ウォーレンと出かけてるもの。ふたりがやってることはそこらじゅうですっかりスキャンダルになってる。シンシアのところに連れていこう。あいつは心の広いやつだからな、喜んで引き受けてくれるよ」

シンシアは五番街のすぐ近くのでっかいホテルのスイートに住んでる。宿泊料が年間一万五千ドルのスイートだ。ダウンタウンに住んでるのは、何か事件があったらすぐに駆けつけられるからだそうだ。ホテルに着くと、おれは館内電話で彼女に、今すぐ会ってほしい、すごく大切な用件だって伝える。だったらすぐに上がってきて、と彼女は言う。

たぶんもう三時半頃だ。だから、おれはスイートにいるシンシアを見て驚く。そんな時間なのに、髪をほどいて垂らしたネグリジェ姿がめちゃめちゃきれいなんだ。確かにブレインは女を見る眼だけはしっかりしてる。彼女はおれにやけに愛想のいい挨《あい》拶《さつ》はするものの、おれがやってきたわけを説明すると、とたんに口元が強《こわ》ばり、こんなことを言う。

「聞いてちょうだい。わたし、もうここでこれ以上ごたごたを起こしたくないの。実はゆうべちょっとしたパーティを開いたんだけど、そのとき男性ふたりが取っ組み合いの喧嘩《けんか》を始めちゃって、その仲裁にホテル探偵が来ちゃったのよ。そういうのはもうやめてほしいの。ブレインがここにいることがわかっちゃったらどうなると思う？　新聞がわたしのことをなんて書くと思う？　ちょっとはわたしの評判も考えてよ！」

　まあ、十分ぐらい経《た》つと、彼女と話し合っても無駄だってことがおれにもわかる。彼女はおれよりはるかに早口でしゃべるし、ブレインを中に入れたりしたら、自分の評判が傷つくってことをなにより恐れてるし。おれは彼女をドア口に立たせたまま引き下がる。ま、そんな彼女も相変わらずきれいだったけど。

　こうなると、おれたちにはブレインをボビー・ベイカーのところへ連れてくしかなくなる。彼女はイースト・リヴァーにほど近いサットンプレースに建つメゾネット式の高級住宅に住んでる。そこはもともとは低所得者層の居住地区だったんだけど、そのあと金持ちが高級アパートメント・ハウスをいくつも建てた一画だ。ブレインをタクシーの後部座席に寝かせて――今はもう虫の息になってる――ボビーのところに向かいながら、おれはビッグ・ニッグに言う。

「ニッグ、ボビーのところに着いたら、最初に彼女にお伺いを立てるまえにブレインを連れてって、彼女に押しつけて拒否できないようにしようぜ。ボビー・ベイカーがやさしい女だってことはおれも知ってるけどさ。ブレインのためにできることならなんでもするってことも知ってるけどさ。なんてったって、おれたちがこれから行くアパートメントにブレインは年間五万ドルも払ってるんだからね」

タクシーがボビーの家のまえに停まると、おれとニッグは両脇からブレインを抱えてタクシーから降ろして、ボビーの家まで行って呼び鈴を鳴らす。ボビー本人がドアを開けるけど、彼女のうしろの部屋に姿を消した男の脚が一瞬垣間見える。もちろんそういうものを眼にしてしまったからと言って、どうってことはない。たとえその〝男〟が穿《は》いてたパジャマのズボンがピンク色をしてたとしてもだ。

当然、おれたちに抱えられてるブレインを見て、ボビーはびっくり仰天する。だけど、おれがことのいきさつを説明して、ブレインの最後のことばがボビーのところへ連れていってくれだったんだって話しても、中には入れてくれない。それよりなによりおれが最後まで話すのさえ待たない。おとなしく聞いてくれたら、もっとずっと悲しい話にしてやろうと思ってたんだけど。そういうくだりに行くまえに彼女は言う。

「今すぐ彼をここから連れていかないなら、警察を呼ぶわよ。そしたらあなたたち、この人がどうしてこんな怪我をしたのか、何か知ってるにちがいないってことで、逮捕されるわよ」

そう言って、おれたちの眼のまえでドアをぴしゃりと閉める。おれたちはすぐさま階段を降りて通りに出る。というのも、ボビーに言われておれたちもいきなり気づくわけ。おれたちが抱えてるあいだにブレインが死んじまったりしたらどうなるか。どう考えてもかなり厄介なことになる。なぜって、ビッグ・ニッグとかおれみたいな人間がどう言おうと、警察が信じるわけがない。

さらに悪いことに、タクシーの運ちゃんもおれたちと同じことに気づいたんだろう、乗ってきたタクシーがどこにも見えない。おれたちがいるのはイースト・リヴァーの川べりくんだりで、流しのタクシーなんぞまず見あたらない。逆に巡回のお巡《まわ》りはいつ現われてもおかしくない。

かくなる上は逃げるしかない。だからおれたちは逃げ出す。おれがブレインの足を持って、ビッグ・ニッグがブレインの頭を抱えて、できるだけ建物の玄関口の暗がりに隠れるようにして、どうにかサットンプレースから数ブロック離れる。そうやって低所得者向けの共同住宅が連なるところまで来たときだ。ひとつの共同住宅の地下から女がひとり現われる。

　でもって、おれたちが暗がりに身を隠すまえにおれたちに気づく。女にしては度胸のあるやつなんだろう。そのままおれたちのところまでやってきて、ビッグ・ニッグとおれを見る。そのあとブレインに眼をやる。ブレインはいつのまにか帽子をなくしてる。だから薄暗がりの中でも、その青白い顔がはっきり見える。

「おやまあ！」と女は言う。「いつかあたしのリンゴを五ドルで買ってくれた親切な旦那さんじゃないの！　あのお金で薬が買えて、ジョーイの命が助かったの。いったいどうしたんです？」

「このままだと」とおれは女に言う。女は今もぼろをまとって赤毛のままだ。「できることはあんまりなくなる。すぐにどこかに連れていかなきゃ、こいつはおっ死《ち》んじまう」

「だったらあたしの家に連れてきて」女はすぐそう言って、自分が今出てきた建物を指差す。「みすぼらしいところだけど、助けが得られるまでゆっくり休むことぐらいはできるわ。今はジョーイの薬を買いに出てきたところなの。ジョーイの病気はもう峠を越えたんだけど。この旦那さんのおかげで」

　女の案内で、おれたちはブレインを抱えて地下への階段を降りて、女のアパートメントにはいる。中国人のクリーニング屋のにおいがする。子供がいっぱい床で寝てる。ベッドは一個しかない。それも無理をすればベッドと呼べなくもないような代物《しろもの》だ。そこにも子供がひとり寝てるけど、赤毛の女はその子に寝返りを打たせてスペースをつくって、子供の横にブレインを寝かせるようおれたちに合図する。おれたちがそうすると、そのあと女はぼろきれを濡《ぬ》らしてブレインの顔を拭《ふ》きはじめる。

ようやくブレインが眼を開け、ぼろをまとった赤毛の女を見上げる。女はやさしくブレインに笑ってみせる。これはあとから思ったことだけど、おれたちがあちこち連れまわしてるあいだも、ブレインには自分がどこにいるかちゃんとわかってたんじゃないかな。何も言わなかったけど、たぶん体が弱りすぎてて言えなかったんじゃないかな。いずれにしろ、ブレインはビッグ・ニッグのほうを向いて言う。

「ワイスバーガーとフリッシュを今すぐここに連れてきてくれ。ワイスバーガーはなんとしてもすぐ。おれの傷はどれだけ深いのかわからない。ちゃんと言えるあいだにワイスバーガーに言っておきたいことがある」

さて。あとからわかることだけど、ブレインの傷はかなりひどいもので、ブレインは還《かえ》らぬ人となる。それでも、そのあと三日は持ちこたえる。地下の安アパートメントで。ぼろをまとった赤毛の女と、彼女の病気の子供ジョーイに看病してもらって。

ドクター・フリッシュが動かさないほうがいいと言ったんだ。動かしたらすぐ死んじまうって。実際の話、ドクター・フリッシュは驚いてる。おれたちがあんなにあちこち連れまわしたのにブレインが生きてたことに。

ブロードウェイのご多分に洩《も》れず、ブレインの葬式もウィギンズ斎場でおこなわれる。その葬式に参列して、おれは花の多さに驚く。あんなにたくさんの花を見たのはたぶんそのときが初めてだ。棺《ひつぎ》のまわりはもちろん、膝《ひざ》が埋まるほど床にも撒《ま》かれてる。近頃のこの街の花の値段を思うと、とてつもなく高い花もあるはずだ。実際の話、そういうことを思ったのは、大きさも値段もまるっきりちがってる花があるのに気づかされたからだ。拳《こぶし》ほどの大きさもない萎《しお》れたカーネーションがあるかと思えば、その横には、スミレでつくった、馬に掛ける毛布くらいでかい花の枕《まくら》があったりするんだ。

萎れたカーネーションにはカードがついてて〝親切な旦那さまへ〟と書かれてる。それを見ておれは思う、ここには何千ドルもする花もあるかもしれないけど、真心が込められてるのはこの花だけだって。そう思ったことをビッグ・ニッグに言うと、ニッグはこんなことを言う——ああ、たぶんおまえの言うとおりだ。だけど、そんな真心もブレインが逝《い》っちまったところじゃなんの役にも立たないよって悲しげに。

その葬式の席でのブレインの妻シャーロットの泣きっぷりはなかなか見事なもので、これは誰も異論のないところだ。それでも、ドリス・クレアとシンシア・ハリスとボビー・ベイカーには敵わない。実際の話、泣き声があまりにでかくて、式場から連れ出そうかなんて言うやつもいたほどだ。

　それでも、葬式でどれだけわあわあ泣いてみせようと、ハイミー・ワイスバーガーによって、ブレインが死の床で書き直した遺言書が明らかにされたときの彼女らの泣きっぷりと比べたら、可愛いものだったそうだ。ブレインの遺産はすべてぼろをまとった赤毛の女に遺《のこ》されることになる。煉瓦《れんが》職人の未亡人で、五人の子持ちの彼女に。

　まあ、最初のうち、ブロードウェイ界隈じゃ、ブレインはいいことをしたってみんなが言い合う。彼の最愛の妻もドリスもシンシアもボビーもいい気味だって。ぼろをまとった赤毛の女に対する徳業を讃《たた》えて、ブレインの銅像を建てようなんて言いだすやつまで出てくる。

　だけど、それも二週間ほど過ぎるまでのことで、そのうちこんな噂が囁かれだす。ほんとうはぼろをまとった赤毛の女はブレインの昔の女で、だから子供もたぶん彼の子供で、彼にしても最期《さいご》を迎えて良心が痛んだんじゃないか？　これぞブロードウェイだ！　なんてね。だけど、おれの個人的な意見を言うと、それはありえない。なぜって、ブレインに何かないものがひとつあるとすれば、それは良心をおいてほかに考えられないもの。

第十三話

血圧

The Thirteenth Story

BLOOD PRESSURE

水曜の夜、十一時半頃、おれは七番街四十八丁目の角に立ってる。立って、自分の血圧のことなんか考えてる。そんなことこれまで考えたこともないのに。

実際の話、水曜の午後まで血圧のことなんか聞いたこともなかった。だけど、腹を壊して、ドクター・ブレナンのところへ行ったら、なんかさるぐつわみたいなものを手に巻きつけられて、あんたの血圧は猫が威嚇《いかく》して丸めた背中より高いって言われてさ。あとは、食べものに気をつけなさいとか、あんまり興奮しないようにとか。そうしてないと、思いもよらないときにぽっくりいくぞなんて言うのさ。

「あんたみたいに神経質で、血圧がトランプの絵札みたいに高い人は心穏やかに生活せんとな。はい、十ドル。お大事に」

そんなことを言われて、おれは今こうして立って考えてるわけだ。近頃の街の不景気を考えると、興奮を避けて暮らすのはそんなにむずかしいことじゃない。いや、そんなことよりピムリコ競馬場の明日の四レースに出るサンボーに賭《か》けて、診察代の十ドルを取り返せないものか、なんて考えてふと顔を起こすと、誰あろう、ラスティ・チャーリーが眼のまえに立ってるじゃないか。
ラスティ・チャーリーがこっちに来るのがわかってたら、ジャワのコーヒーを全部賭けてくれていいよ、即座にその場からおれが逃れるほうに。ラスティ・チャーリーっていうのは、なんであれ、関わり合いになりたくない男だ。どんなことでも嫌だね。実際の話、そう思ってるのはおれだけじゃない。この街の誰もが思ってる。なぜって、ラスティ・チャーリーはとことん乱暴な男だからだ。この世にここまで乱暴なやつもほかにいないんじゃないかって思うほど。そもそもでかくて横幅もあるんだけど、手なんかもでかくてごつくて、性格はめちゃめちゃ悪くて、自分の気分次第で人を殴り倒してその口を踏みつけるぐらい屁《へ》とも思ってない。

いわゆるゴリラだ、このラスティ・チャーリーっていう男は。ズボンのポケットにはよく銃がはいってるって言われてるし。帽子のかぶり方が気に入らないっていうだけで、その銃でいとも簡単に人を撃ち殺すって話だし。帽子に関しちゃ、このラスティ・チャーリーはやたらとうるさいんだ。この男たちの街でこれだけ多くの男を銃で撃って、そうじゃないときはシヴで刺して――〝シヴ〟ってのはナイフのことだ――

なのにラスティが街中をうろうろしてる理由はただひとつ。刑務所から出てきていつもまだ間《ま》もなくて、警察としてもまたぶち込むための容疑がいつもまだ思いつけない。それしか考えられない。

彼がそばに来たことがおれにわかると同時に、彼の声が聞こえる。「これはこれは。こんなとこで会うとはな！」

そう言って、おれの襟をつかむ。こうなったらもう逃げられない。逃げたいのは山々なれど。

「やあ、ラスティ」とおれは精一杯陽気に言う。「調子はどうだい？」

「よくも悪くもねえよ」とラスティは言う。「おまえに会えたのは嬉《うれ》しいけどよ。話し相手を探してたところなんでよ。三日ほど仕事でフィラデルフィアに行ってたんだ」

「フィラデルフィアの仕事はうまくいったんだね」とおれは言う。だけど、フィラデルフィアの話を持ち出されて、実はかなりビビってる。というのも、おれは新聞をよく読むんで、すぐにわかっちまったからだ、ラスティのフィラデルフィアでの仕事がなんなのか。つい昨日、グルーミー・ガス・スモールウッドっていう密造酒関係のあっちの大ボスが、自宅の玄関まえで殺されたって記事を読んだばかりなのさ。

もちろん、グルーミー・ガス・スモールウッド殺しにラスティ・チャーリーが関わってるかどうかはわからない。だけど、ガスが殺されたとき、ラスティはフィラデルフィアにいたわけで、2＋2の答は誰でもわかる。オハイオ州のクリーヴランドで銀行強盗があったときもそうだ。そのときもラスティはクリーヴランドかその近くにいた。そんなやつとばったり会っちまったんだ。当然、おれはすごく神経質になっちまってて、今まちがいなく言えるのは、血圧が秒ごとに上がってるってことだ。

「今いくらぐらい持ってる？」とラスティが言う。「おれはビタ一セント持っちゃいねえ」

「おれも二、三ドルぐらいしか持ってないよ、ラスティ」とおれは言う。「今日は医者に行ってさ。そしたら血圧が高いのがわかって十ドル取られた。もちろん、今持ってるぐらいの金でいいなら、いくら使ってくれてもいいけど」

「二、三ドルってのはおまえやおれみたいなハイクラスの男に見合う額じゃねえな」とラスティは言う。「ネイサン・デトロイトのクラップスの賭場《とば》に行って、サイコロでちょいと儲《もう》けるか」

ネイサン・デトロイトの賭場なんか行きたくない、もちろん。たとえ行きたかったとしても、ラスティ・チャーリーなんかとは金輪際行かない。男というのは誰と一緒にいるかで判断されるだろ？　一緒にいるところを見られるのが最悪の相手と言えば、ラスティを置いてほかない。そんなラスティ・チャーリーとクラップスの賭場に行くなんてありえない。クラップスをやるだけの金もないし。あってもクラップスなんかには注ぎ込まない。サンボーの馬券を買うか、ギャンブルには使わず、家に持って帰って家計の足しにする。家賃を払うとか。

　さらに、ドクター・ブレナンから、あんまり興奮したりしないように言われたことを思い出す。ラスティ・チャーリーが姿を見せただけで、ネイサン・デトロイトの賭場はちょっとした騒ぎになるはずだ。そんなところに居合わせて血圧が上がったら、おれはぽっくりいきかねない。実際の話、もう血圧が上がってるのがわかる。それでも、ラスティ・チャーリーに逆らったりはしない、もちろん。おれたちはネイサン・デトロイトの賭場に向かう。

　この夜、賭場は五十二丁目通りに面したガレージの二階で開帳されてる。四十七丁目通りのレストランの二階とか、四十四丁目通りの葉巻屋の裏部屋とかで開かれることもあるけど。実際の話、ネイサン・デトロイトの賭場はどこでも開かれて、毎晩場所が変わる。当然だ。ずっとおんなじ場所でやって警察の手入れがはいるのを待つのは愚の骨頂だ。

だから、ネイサン・デトロイトはあちこちで賭場を開き、彼のサイコロ賭《と》博《ばく》をやりたいやつは、毎晩彼の居場所を訊《き》かなきゃならない。でも、彼の居場所はブロードウェイの人間ならたいてい誰でも知ってる。デトロイトは何人もの人間にブロードウェイを行ったり来たりさせて、自分の居場所とその夜の賭場の合言葉を触れまわらせてるからだ。

　さて、五十二丁目のガレージのまえにはジャック・ザ・ビーファーがいて、おれとラスティ・チャーリーが近づいて、彼の脇《わき》を通り過ぎると、すごく低い声で「カンザスシティ」って言う。それがその夜の合言葉だ。だけど、どんな合言葉もおれたちには必要ない。ガレージの階段を上がってドアをノックすると、ドアマンのソリッド・ジョンがドアについてるのぞき窓からおれたちをのぞき見る。でもって、ラスティ・チャーリーに気づくと、すぐさま慌《あわ》ててドアを開ける。そうして無理やりふくらませた笑みを顔に浮かべる。ラスティ・チャーリーをドアの外に長いこと待たせたがるやつなんかこの街にはひとりもいない。

　ガレージの二階は汚い部屋で、煙草《たばこ》の煙がもうもうとしてる。クラップスは古いビリヤード台の上でやられてて、そのまわりには男たちが自分からぎゅう詰めになってる。ふたりの男のあいだに楔《くさび》を使って編み針を刺し込もうと思っても無理なほど。みんなこの街の金持ちだ。この時期、この街には金がいっぱい出まわってて、金まわりのいいやつがいっぱいいるんだ。それとこれは言っとかなきゃいけないけど、荒っぽいやつらも来てる。人の頭とか腹とか撃つぐらい屁とも思わない連中もいる。

実際の話、ブルックリンの馬づらハリーやスリープアウト・サム・レヴィンスキーや、ハーレムのローン・ルイスを見つけたときには、ここがおれの血圧にとって最悪の場所であることがわかる。なぜって、こいつらは筋金入りのやくざ者で、この街の誰からもそう思われてるからだ。

だけど、クラップスのテーブルにはほかにもギリシア人のニックとかビッグ・ニッグとかグレイ・ジョンとかオーケー・オクンとかいった大物も来てて、でっかい千ドル札なんか握っちゃって、その札を放り出したり取り戻したりしてる。まるで千ドル札が紙くずか何かみたいに。

こういった集団のまわりには小者のギャンブラーがいて、大物の体の隙間《すきま》から手を突っ込んじゃ、テーブルに金を置いて賭けてる。ほかには〝シャイロック〟と呼ばれるやつらもいる。なんでそんなふうに呼ばれるかっていうと、ここで無一文になったやつらに時計や指輪やカフスボタンを担保に金を貸すのをなりわいにしてるからだ。もちろんそいつらの利息はめちゃめちゃ高い。

今言ったみたいにテーブルのまわりには密な人垣ができちまって、おれたちがはいっていったときには、よっぽど痩《や》せたやつでもはいり込めない。ところが、ラスティ・チャーリーともなると、あちこちから挨拶《あいさつ》の声がかかって、男たちは全員まわりを見まわして、気づいたときにはテーブルにスペースができてる。それもラスティ・チャーリーの分だけじゃなくておれの分まで。おれたちがはいったときにはまさに立《りっ》錐《すい》の余地もないってやつで、ぎゅう詰めだったのに、あっというまにスペースができるなんてこりゃもう魔法としか言いようがない。

「誰が振り手《シューター》だ？」とラスティ・チャーリーがまわりを見まわして言う。

「そりゃもうあんただよ、チャーリー」サイコロを回収する役――スティック・マン――をやってるビッグ・ニッグが慌てて言って、すばやくチャーリーにサイコロを渡す。これはあとから聞いたことだけど、ほんとは彼の友達が9の目を出そうとサイコロを振りかけたところに、おれたちが現われたらしい。今は誰もが固唾《かたず》を飲んでチャーリーを見てる。おれなんかには誰も眼を向けない。なぜって、おれというのはそのあたりをちょろちょろしてるだけの男だってみんな知ってるから。チャーリーの片棒を担《かつ》いだりするなんて誰も思ってない。なのに、馬づらハリーだけはおれをちらちら見る。おれの血圧にはあんまりよくない眼つきで。まあ、そういうことを言えば、ハリーの眼つきは誰の血圧にもよくないけど。

チャーリーはサイコロを手に取り、横に立ってる小男のほうを向く。ダービー帽をかぶったその小男は、チャーリーの気を惹《ひ》かないよう小さい体をさらに小さくしてたのに、チャーリーにダービー帽を取られちまう。チャーリーはサイコロをふたつ片手でゆるく握って振ってカラカラ鳴らし、取り上げたダービー帽の中にサイコロを投げ込む。クラップスでサイコロを振るやつがよくやるように、「ハッ！」とかけ声をかけて。そのあと帽子の中をのぞき込んで言う。「10だ」ただ、誰にも帽子の中を見せない。このおれにも。だから、チャーリーがほんとうに10の目を出したのかどうか、誰にもわからない。

それでも、チャーリーが10の目をほんとに出したかどうか、まわりにいるやつは誰も確かめない。だってそんなことをしたら、チャーリーは嘘《うそ》つき呼ばわりされたと思うかもしれないからだ。チャーリーは嘘つき呼ばわりされるのがなにより嫌いなんだよ。

ネイサン・デトロイトのクラップス賭博は、〝一対一ゲーム〟とか〝フェイディング・ゲーム〟とか呼ばれるやつで、賭けの相手はディーラーとか胴元《ハウス》とかじゃなくて客同士だ。サイコロを使って客同士が始めるゲームなんで、ネイサン・デトロイトは普通のクラップスの賭場やカジノみたいに、博打《ばくち》に必要な道具をあれこれそろえる必要がない。実際の話、ネイサン・デトロイトの仕事は場所を見つけて、サイコロを用意するだけだ。それでもけっこうな寺銭《てらせん》を持っていく。

この手のゲームは、シューターが最初の目を出したところから始まって、その最初の数字を見て、テーブルのまわりの連中が賭けはじめる。次のシューターがその数字と同じ目を出すかどうか。今の場合だと、チャーリーがふたつのサイコロで10を出すまえに7を出しちまうかどうか（7が出ると、その場でシューターの負けとなる）。7が出る確率は、数字の組み合わせが10の二倍あるから当然二倍だ。これは世界じゅうどこでも変わらない。

ただ、10を出したというのはチャーリーが自分で言ってるだけだ。だからそんな賭けには誰も乗ってこない。チャーリーはテーブルのまわりの男たちを見まわす。その眼がテーブルの隅っこで体を縮こまらせてたルーイに止まる。

「五百ドル賭けるから、ルーイ、おまえ、受けろや」とチャーリーは言う。これはつまり、チャーリーが10を出すまえに7を出しちまうほうに千ドル賭けろという意味だ。チャーリーが10を出せばチャーリーの勝ち、そのまえに7が出ちまったらルーイの勝ちだ。

ユダ公のルーイというのはそもそもけちなギャンブラーで、どっちかと言うと、ギャンブラーというよりシャイロックに近いやつだ。なのにこのときテーブルのすぐそばにいたのは、ギリシア人のニックに金をいくらか工面しようと近づいたせいだ。いずれにしろ、どんな賭けであれ、ルーイがチャーリーの五百ドルに対して千ドル賭けるなんてありえない。彼が救世軍にいくらか寄付するよりありえない。ましてや、チャーリーが10を出すよりまえに7を出しちまうほうに千ドル賭けるなんて。チャーリーにそんな賭けを持ちかけられて、ルーイはほんとにぶるぶる震えだす。

テーブルのまわりの男たちはひとことも発しない。それを見て、チャーリーはサイコロを片手でゆるく握って振ってカラカラと鳴らすと、帽子の中に放り込み、「ハッ！」と声を出す。だけど、帽子の中はチャーリーしか見られない、もちろん。そんなチャーリーが帽子の中をのぞき込んで言う。「5だ」そう言って、またサイコロを片手でゆるく握ってカラカラ鳴らし、帽子の中に放り込んで「ハッ！」とかけ声をあげ、そのあと帽子をのぞき込んで言う。「8だ」おれはじっとり冷や汗が出てくる。チャーリーが7を出して賭けに負けやしないかと思うと。チャーリーは今、五百なんて金は持ってない。そもそもどんな目が出ようと、チャーリーには払う気がない。

次の一振りでチャーリーは「金《かね》だ！」と叫ぶ。10を出したってことだ。彼以外それがわかるやつは誰もいないのだけど。チャーリーはそう言って、ユダ公のルーイのまえに手を差し出す。ルーイはでっかい千ドル札をチャーリーに渡す。すごくすごくゆっくりと。自分の金に別れを告げなきゃならないそのときのルーイほど、悲しげな人をおれはほかに見たことがない。ルーイとしては帽子の中のサイコロの目がほんとうに10だったのかどうか、見せてくれってチャーリーに頼みたかったのかもしれないけど、結局、そういうことは何も言わない。チャーリーが自分からそれを示そうとしないんで。ほかのみんなも何も言わない。みんなわかってるんだよ、ラスティ・チャーリーというのは自分のことばを疑われるのをなにより嫌がる男だって。サイコロの目が10かなんて些《さ》細《さい》なことについちゃなおさら。

「さて」とチャーリーはルーイの千ドル札をポケットに入れて言う。「今夜はこれぐらいにしとこうか」そう言って、ダービー帽を小男に返し、おれに来るように合図する。おれは喜んで従う。なぜって、今は誰もが黙りこくってて、その沈黙に胃袋がひっくり返りそうになってるからだ。こういうのって絶対血圧によくない。おれたちがはいってきてから出ていくまで、みんながほとんど下を向いたままっていうのは、びっくりするほど神経がぴりぴりするものだ。大勢がみんな黙りこくり、身じろぎひとつしないっていうのは。それもいつヤバくなってもおかしくないような場所で。おれたちがドアにたどり着くところで、やっとほかでもないユダ公のルーイが呼ばわって、チャーリーに声をかける。

「チャーリー、一応訊くけど、10はゾロ目《ハード・ウェイ》だったのかい？」

これには、まあ、みんなが笑う。おれたちは賭場をあとにする。だけど、おれは今もってチャーリーは4と6で10を出したのか5と5のゾロ目――出すのはこっちのほうがむずかしい《ハード・ウェイ》――で出したのか、聞いてない。今でもよく考えるんだけど。

いずれにしろ、おれはもうひたすらラスティ・チャーリーと別れたいって思ってる。もう家に帰りたい。ラスティ・チャーリーほど血圧に悪い男もいない。それに、チャーリーと一緒にいるところを人に見られたら、まちがった噂《うわさ》が立たないともかぎらない。もう帰ろうよ、とチャーリーに言ってみる。すると、チャーリーは傷ついたような顔をしてみせる。

「おいおいおい、おまえも愉《たの》しいやつだねえ。まだこれからってときに帰るってか？まだいろよ。だってよ、おれは誰かと一緒にいるのが好きなんだよ。これから豚づらアイキーの店に行って、ちょいとスタス（ブラックジャックに似たカードゲーム）で遊ぼうぜ。アイキーはおれの古いダチでよ。だからちっとはあいつの店で遊んでやらなきゃならないのよ」

もちろん、おれは豚づらアイキーの店なんか行きたくない。場所がだいたいダウンタウンのずっと南のほうだし、スタスなんかもやりたくない。そもそもやり方がよくわからない。それに、ドクター・ブレナンには時々仮眠をとったほうがいいなんて言われてるし。だけど、チャーリーの気持ちを傷つけるほど愚かなこともない。今彼と一緒に行かなければ、彼がおれに〝抜本的手段〟を取ることは眼に見えてる。

チャーリーがタクシーを拾って、おれたちは豚づらアイキーの店をめざしてダウンタウンに向かう。このタクシーの運ちゃんが正直な話、めちゃくちゃスピードを出すやつで、おれの感じじゃ、血圧が一フィートから一フィート半ぐらい上がる。ラスティ・チャーリーはタクシーのスピードに気づいてさえいないみたいだけど。おれはやっとの思いで窓から頭を出して運ちゃんに、そんなに頑張らなくていいからゆっくり走ってくれって言う。五体満足で目的地に着きたいからって。運ちゃんはそんなおれの願いなんか屁とも思わない。飛ばしつづける。

ブロードウェイ十九丁目の角までやってくると、いきなりチャーリーが運ちゃんに怒鳴って、車を路肩に寄せろと言う。運ちゃんは言われたとおりにする。チャーリーは車を降りると、運ちゃんにこんなことを言う。

「客にゆっくり走ってくれって言われたのに、なんでおまえは客の言うことが聞けない？　ゆっくり走れない？　そういう了見だからこういうことになるんだ」

そう言うなり、チャーリーはパンチを繰り出す。そのパンチが運ちゃんの顎《あご》に見事に命中して、それだけで運ちゃんは運転席から道路に転がり落ちる。チャーリーは運転席に乗り込んで、タクシーを運転しはじめる。板みたいに固まっちまってる運ちゃんを路上に残して。実のところ、チャーリーは昔タクシーの運ちゃんをなりわいにしてたことがある。もっとも、それは必ずしもお客を目的地に運んでないことが警察に知られてしまうまでのことだけど。彼が酔っぱらってお客を乗せるときにはことさら目的地なんかどうでもよくなる。それでも、まあ、運転は下手じゃない。ただ、ひたすら一方しか見ないけど。まっすぐまえしか。

個人的な希望を言えば、こんな状況でチャーリーなんかとタクシーに乗りたくない。ましてやチャーリーが運転するタクシーなんかには。案の定、チャーリーもまたぶっ飛ばして、豚づらアイキーの店から一ブロック離れたあたりに車を停めて言う――タクシーはここに置いとこう、誰かが見つけて警察に届けてくれるさ。だけど、おれたちがタクシーを降りて歩きだすなり、制服警官がやってきて、運転手なしにタクシーをここに停めとくことはできないって言う。

言うまでもないけど、チャーリーはお巡《まわ》りの警告を聞くのがなにより嫌いな男だ。だから、何をしたかと言うと、まず誰か見てないか通りを見渡してから、お巡りの顎に一発パンチを命中させる。お巡りはガニ股《また》になってよろつく。言っとくと、ラステイ・チャーリーほど正確なパンチを繰り出すやつもいない。必ず急所の顎の先端《ボタン》に当たる。お巡りが倒れると、チャーリーはおれの腕をつかんで歩道を走りだす。そのまま一ブロック走って、おれたちは豚づらアイキーの店にすばやくもぐり込む。

そこはいわゆる〝スタス・ハウス〟と呼ばれるところで、近所のお偉いさんが何人もいて、スタスをやって遊んでる。ラスティ・チャーリーを見ても誰もあんまり嬉しそうな顔はしない。ただ、アイキーだけが死ぬほどくすぐられたみたいな顔になって、それを隠そうともしない。首の太い小男で、大みそかの馬鹿騒《ばかさわ》ぎにいかにも似合いそうなやつで――たとえば裸になってリンゴを口にくわえるとか――チャーリーとはほんとに旧知の仲で、いろんな点でお互いのことを憎からず思ってるみたいだ。

それでも、チャーリーがスタスをやりにきたことがわかると、それまでの死ぬほどくすぐられたみたいな顔じゃなくなる。チャーリーが千ドル札をちらつかせて、おまえにちょこっと負けたっておれは気にしやしねえよ、昔のよしみじゃねえか、なんて言っても。思うに、アイキーには自分がチャーリーの千ドル札を手にすることなんて絶対ないことがわかってるんじゃないかな。実際の話、しょっぱなのゲームで負けても、チャーリーのポケットにしまわれた千ドル札は出てこない。

そういうわけで朝の五時、チャーリーは持ってる千ドルの百三十倍も負けてる。腕力にものを言わせた荒っぽい稼ぎをしてる男にしても、これは大金だ。もちろんそれはアイキーにもわかってる。チャーリーからは百三十セントだって回収できない。千ドルの百三十倍など言うに及ばず。それにこの時間になると、ほかの客はもうみんないなくなってて、アイキーは店を閉めたがってて、チャーリーを追い出せるなら、百万ドルのチャーリーの手形だって引き受けようと思ってる。ただ、スタスの厄介なところは、負けた客は負け分の何パーセントかを店に要求できるところだ。だから、アイキーはたぶんこんなことを考えてる——チャーリーは手形を切った上で負け分の何パーセントか寄こせと言ってくる。そんな要求に応じてたら店はつぶれてしまう。

おまけにチャーリーはこんなことを言う——古いダチのアイキーの店で、おれがこんなふうに負けたまんま終わるわけにはいかないだろうが。それで何が起こるかというと、アイキーがついにドーピー・ゴールドバーグというイカサマ師を呼びにやって、そいつを雇う。ドーピーはチャーリーが勝つようにゲームを仕込む。その結果、あっというまにチャーリーの負けはチャラになる。

実際の話、おれはゲームにあんまり注意を払ってなくて、部屋の隅の椅子《いす》で寝てたんだけど。なにしろ体を休めるのは血圧にいいみたいだから。だからチャーリーと豚づらアイキーの店を出たときには、血圧のことなんか全然考えてもいない。これでやっと解放してもらえるって思ってる。ところが、もう朝の六時で、アイキーの店を出たときには外は明るいのに、チャーリーはまだまだ遊ぶ気満々だ。そんな彼を止める手だてはない。〈ボヘミアン・クラブ〉という店に行くしかない。

これでおれの血圧がまた上がりだす。なぜって〈ボヘミアン・クラブ〉というのは、街の店がもう全部閉まっちまって、ほかにはどこにも行ける場所がなくなった男と女が行く場末のクラブだからだ。おまけにそこを経営してるのがナイフのオハロランという男で、ダウンタウンのグリニッチ・ヴィレッジあたりから来たやつなんだけど、みんなからめちゃめちゃ悪いやつだって思われてる。あと、ナイフの店で、ナイフの酒をただ飲んで夜を過ごしただけで、命を落とすことがある。これは誰もが知ってることだ。

チャーリーはそんな店に行くって言いだす。もちろん、おれはついていく。最初のうちはいたって静かで平和なものだ。ナイトクラブで夜を明かした夜会服姿の男と女がけっこう隅にいて、大きな声をあげてたけど、その程度のことだ。チャーリーとナイフのオハロランは一緒に飲みはじめる。ナイフがポケットに入れて持ち歩いてる酒を。ナイフがいつもそうしてるのは、店で売ってる酒とまちがえたりしないためだ。ふたりはハドソン・ダスターズ（当時のニューヨークのストリート・ギャング）とつるんでた頃の昔話に花を咲かせる。すると、そこへいきなり私服のデカが四人やってくる。

非番のデカで、誰かをとっちめにこの店に来たわけじゃない。家に帰るまえに、一杯か二杯ちょこっとひっかけにやってきたんだろう。だからチャーリーがおとなしくしてれば、誰もチャーリーに注意を向けたりしない。もちろん刑事がチャーリーのことを知らないわけがないから、何か容疑がひとつでもあればすぐにでも逮捕するだろう。だけど、それがない。だから彼らはチャーリーに気づいてもどんな反応も示さない。一方、ラスティ・チャーリーがなにより嫌ってるものがあるとしたら、それはデカだ。だから四人がテーブルにつくなり、ちらちらと四人に眼をやり、とぎれとぎれにナイフにこんなことを言うのが聞こえる。

「ナイフよ、世界で一番きれいなものってなんだ？」

「知らねえな、チャーリー」とナイフは応じる。「世界で一番きれいなものってなんだ？」

「四人のデカが並んで死んでるところよ」とチャーリーは答える。

この時点で、おれは当然出口のほうにそろそろと近づく。お巡り相手に面倒を起こすなんて冗談じゃない。おまけに相手は四人もいるんだ。そのあとどうなったのか、おれはすべてを見ちゃいない。ただ、チャーリーを蹴《け》ろうとした刑事のでかい足をチヤーリーがつかんだところは見える。そのあとはみんなが雪崩《なだ》れ込んでくるみたいな恰好《かっこう》で、夜会服の男と女たちは大声でぎゃあぎゃあ文句を言いはじめる。おれの血圧はたぶん百万ぐらいになる。

店の外には出るけど、おれはすぐには逃げ出さない。まあ、少しでも分別のある人なら絶対こんなことはしないと思うけど、おれはしばらくそこに立って、中から聞こえる音に耳をすます。どったんばたばた、ばたばたどったん、なんて音が中から聞こえるけど、聞こえてくるのはそれだけだ。ドンパチが始まった気配はない。まあ、ラスティ・チャーリーについて言えば、彼も警察官を撃つほど馬鹿じゃない。警察官を撃つというのはこの街じゃ最低最悪のことだ。一方、刑事のほうも撃ち合いを始める可能性は低い。非番とは言え、〈ボヘミアン・クラブ〉みたいな店にいたというのは、あんまり聞こえのいいことじゃない。このいざこざは蹴ったり殴ったりだけで終わるはずだ、たぶん。

ようやく中の騒ぎも収まって、ドアが少しずつ開き、ラスティ・チャーリーが中から出てくる。服をあちこち手ではたいて埃《ほこり》を払いながら。いかにも嬉しそうな顔をしてる。ドアが開いてまた閉まる一瞬、中の床に男たちが何人ものびてるのがちらっと見える。それだけじゃなく、男たちと女たちの歓声も聞こえてくる。

「これはこれは」とチャーリーは言う。「おまえは逃げちまったんじゃねえかって思いかけてたところだぜ。でもって、おまえに腹を立てかけてた。だけど、待ってたんだな。こんなところは早いとこ離れようぜ。店の中は頭の中で考えてる自分の声さえ聞こえないほどの騒ぎだ。おれん家《ち》に行こう。女房に何か朝食をつくらせるよ。ハムエッグとかな。悪くねえだろ？」

　正直な話、この時間、ハムエッグにはかなり心が惹かれる。だけど、ラスティ・チャーリーの家なんかには絶対行きたくない。それに個人的なことを言えば、ラスティ・チャーリーにはもううんざりだし、彼の私生活などのぞき見たくもない。どこまでのぞき見ることになるにしろ。ただ、正直な話、彼がそういう暮らしをしてるということにはちょっと驚く。近所のすごく若い娘と結婚して、十番街の四十丁目界隈《かいわい》に住んでるって話は聞いたことがあるけど。詳しいことは誰も知らない。ただ、誰もが彼の女房はきっとみじめな暮らしを送ってるんだろうとは思ってる。

　チャーリーの家には行きたくなくても、ハムエッグを食べないかなんていう親切な誘いを断わるなんて、それは誰にもできないことだ。ましてやチャーリーからの誘いとなると。それにチャーリーは今、すごく驚いた顔をしてる。きっとおれがあんまり嬉しそうな顔をしてないせいだろう。でも、このことからチャーリーがそんなに誰でも自分の家に招待してるわけじゃないことがわかる。おれはとにかく礼を言う。あんたの奥さんがつくってくれるハムエッグほどすばらしいものなどこの世に存在するもんか、なんてことまで言っちゃう。おれたちは十番街を四十五丁目のほうへ歩きはじめる。

まだかなり朝早い時間で、店主たちがその日に向けて自分の店を開けようとしてる。ちっちゃな子供がスキップしながら、くすくす笑いながら、学校に向かってる。老婆《ろうば》たちが低所得者向け公共住宅の窓から顔を出して、寝具やらなにやら埃をぱたぱた払ってる。ラスティ・チャーリーとおれを見ると、みんなすぐに口をつぐんで静かになる。いや、実際の話、この界隈じゃチャーリーはなんだかすごく尊敬されてるみたいだ。店主はすぐさま店の中に引っ込み、子供はスキップもくすくす笑いもやめて、老婆は窓から頭を引っ込めて、通りがものすごく静かになる。実際の話、歩道を打つチャーリーとおれの靴音しか聞こえなくなる。

ある店のまえに、馬が二頭つながれた氷屋の荷馬車が停まってる。その馬を見るなり、チャーリーは何か思いついたみたいで、立ち止まると、しげしげと馬を見る。おれが見るかぎり、ただの馬だ。でかくて、肥《ふと》ってて、眠そうにしてるただの馬。そんな馬をじっと見定めて、チャーリーはこんなことを言う。

「おれは若い頃、右のパンチがすごく強くてな。よく馬の頭をぶっ叩《たた》いて、馬を気絶させてたもんだ。でもよ、今は威力が落ちちまってるかもな。さっきも最後にぶっ叩いたデカなんか二度も起き上がってきたもんなあ」

そう言って、チャーリーは氷屋の荷馬の一頭に近づくと、腕を引いて、馬の眉間《みけん》に右の拳《こぶし》を叩き込む。腕を引いたのはたった四インチほどのことだ。それでも、ミスター・ホースはすごくびっくりした顔で膝《ひざ》を折る。おれもハード・パンチャーは、全盛期のジャック・デンプシーも含めて大勢見てるけど、この馬にかましたほどのパンチを打てるのはラスティ・チャーリーだけだ。

氷屋の荷馬車の御者が店の中から飛び出てくる。そして、自分の馬の様子を見ると、めちゃめちゃ怒りだす。だけど、相手がラスティ・チャーリーだとわかると、あっというまに怒りを治める、また店の中に戻っていく。まだカウントを取られてる状態の馬を放って。おれとラスティ・チャーリーはまた歩きだして、最後に公共住宅の入口のまえまでやってくる。おれはここに住んでる、とチャーリーが言う。その入口のまえに果物や野菜やほかにもあれこれ積んだ荷車がある。チャーリーは中にはいるときにその荷車をひっくり返す。荷車の主のイタ公がわめき散らす。たぶんおれたちに悪態をついてるんだろう。イタリア語なんでよくわからないけど。それはそれ、個人的にはようやくどこかにたどり着けてほっとしてる。なぜってラスティ・チャーリーなんかと一緒にいると、分単位で血圧が上がるからね。

二階分階段を上がって、チャーリーがドアを開ける。中にはいると、かなりちっちゃくて可愛《かわい》い女が立ってる。ベッドから起きだしたばかりらしくて、赤毛の先があっちこっちに跳ねてる。眼はまだ寝てる。上のまぶたと下のまぶたがまだくっついてる。最初のうち、おれは彼女のことを見てて愉しいかわい子ちゃんだと思う。ほんとに。だけど、すぐに彼女の眼の中にあるものに気づく。この女が誰にしろ、誰に対しても敵意を持ってることだけはまちがいない。

「よう、かわい子ちゃんよ」とラスティ・チャーリーは女に声をかける。「おれとここにいるおれの友達にハムエッグかなんかつくってくれないかな？　あちこち歩いて、もうくったくったでよ」

赤毛のちっちゃな女は何も言わずにチャーリーをただ見る。部屋の真ん中に立って。片手をうしろにやって。そこでその片手がいきなりまえに出てくる。何を持ってるのかと思えば、野球のバットだ。二十五セントぐらいで買える子供用のやつだ。でもって、このあとおれに言えるのは、なんかボカンみたいな音がしたと思ったら、そのときにはもうラスティ・チャーリーがそのバットで側頭部を殴られてたことだ。

これにはめちゃ肝をつぶす。チャーリーは絶対その女をその場で殺すとおれは思う。となると、おれは殺人の目撃者ってことで何年か留置場に入れられちまう。この街じゃどういう目撃者もそれくらい食らうんだよ。だけど、チャーリーは部屋の隅の揺り椅子に倒れ込むと、片手を頭に当てて言う。「おい、待てよ、かわい子ちゃん。待てったら、ハニー」彼がそのときこんなことを言ったのは今でも覚えてる。「朝食のお客さんがいるんだぞ」そのことばにちっちゃい赤毛の女はおれのほうを向くと、これまでもこれからも忘れられない眼でおれを見る。おれは特大の笑みを彼女に向けて、おはようございます、すばらしい朝ですね、とかなんとか口走る。

　最後に彼女はこんなことを言う。

「つまり、あんたがあたしの亭主を夜どおしあちこち連れまわしたクソなんだね、そうなんだろ、このクソ？」そう言いながら、彼女はおれに詰め寄ってくる。おれは慌ててドアに向かう。このときにはもうおれの血圧は破滅状態になってる。なぜって、ミセス・ラスティ・チャーリーの権幕と言ったら半端《はんぱ》じゃないからだ。ドアノブに手をかけると同時に、何かが側頭部に飛んでくる。これはあとから思ったことだけど、バットにちがいない。そのときは屋根が落っこちてきたんだって思ったけど。

　どうやってドアを開けたのかは覚えてない。頭はくらくらするわ、脚はふらふらするわ、そんな状態だったからだ。それでもあとから考えると、ものすごく速く階段を駆け降りたんだろう。何段も。そのうち新鮮な空気に触れて、外に出たことがわかる。そこでいきなり今度は何かが後頭部にどすんとぶつかり、なんとも奇妙な感覚を覚える。最初に思ったのは血圧が上がりすぎて、頭が破裂して、血が噴き出ちまったんじゃないかってことだ。でも、肩越しに一度だけうしろを見ると、ミセス・ラスティ・チャーリーがイタ公の荷車の脇に立って、果物やら野菜やらをつかみ取ってはおれめがけて投げてるんだ。

ただ、言っとくと、彼女がおれの後頭部に命中させたのはリンゴでもモモでもカブでもキャベツでもカサバメロンでさえない。イタ公が売りものを入れるのに使う紙袋の重しにしてたレンガのかけらだ。このレンガのせいでおれの後頭部にはこぶができる。おまけに翌日もまだ胃の調子がよくないんで、またドクター・ブレナンのところに行く。すると、あまりにこぶがでっかいもんだから、ドクター・ブレナンは腫瘍《しゅよう》じゃないかって言う。そうじゃない、なんて説明する気はおれにはさらさらない。

「一方」とドクター・ブレナンはおれの血圧を今日も測って言う。「血圧はぐんと下がってるね。標準より低いほどだ。だから血圧に関しちゃ心配は要らないな。おだやかな暮らしをちょっとするだけで、それが男にはどれほどいいものなのか、あんたはその証拠みたいな人だよ」なんて言って、そのあといつもの締めの台詞《せりふ》となる。「はい、十ドル。お大事に」

おまけの一話

ミス・サラ・ブラウンの恋の物語

An Extra Story

THE IDYLL OF MISS SARAH BROWN

この国の大物ギャンブラーの中でもスカイってやつが大物中の大物だってことは疑う余地がない。実際の話、スカイって呼ばれてるのは、どんな賭《か》けでも賭けるとなるとどんどん空《スカイ》高く行っちまうからだ。スカイはすべてぶち込む。これ以上の賭けは誰にもできない。

本名はオバダイア・マスターソンといって、コロラド州の南部の小さな町の出だ。そこでサイコロ賭博《とばく》クラップスやカード賭博やあれこれ覚えたみたいだ。彼の親父《おやじ》さんが町じゃよく知られた人で遊び人でもあったらしい。なので、スカイが町じゅうの遊び金を全部集めちまって、もっと大きなところへ出たいと言うと、親父さんは彼にこう言ったそうだ。

「息子よ、もっと大きな世界に出て、自分の道を切り拓《ひら》きたいというのがおまえの望みなら、それはとてもいいことだ。この小さな町にはチャンスはない。おまえに路銀を持たせるにしろ、おまえの門出に華を添えるようなことを何かするにしろ、そういうことが何もできないのは、親として恥ずかしいことだ。それでも、金は無理でもおまえにやれるものがないわけじゃない。忠告だ。これをひとつおまえにやりたい。あれやこれや経験して、何年もかけておれが得た、とてもとても貴重な忠告だ。この忠告だけは忘れないでほしい。

息子よ、おまえがどれほど遠くへ行こうと、どれほど賢くなろうと、これだけは絶対覚えていてくれ。いつかどこかにいると」と父親は続ける。「こんな男がやってきて、おまえに賭けを持ちかける。そいつはまだ封を切ってない上等なカード一組《デック》を持っていて、こんなことを言う——このデックからスペードのジャックが飛び出して、あんたの耳にリンゴ酒を引っかける。おれはそう思うけど、どうする？　賭けるか？って」父親はそこでことばを切って続ける。「いいか、息子よ、その賭けには絶対乗るな。必ずリンゴ酒を目一杯引っかけられることになるから」

スカイはこのとき親父さんに言われたことを忘れない。スペードのジャックが飛び出してきて、耳にリンゴ酒を引っかけられるような賭けにはいつも慎重だ。過《あやま》ちはめったに犯さない。実際の話、彼がまちがったのはただ一度、故郷の町を出てセントルイスに行ったときのことで、ある男と賭けをして有り金全部を失った。セントルイスは世界で一番大きな街だというほうに賭けて。

これはもちろんスカイがもっと大きな街を見るまえのことだ。スカイはそもそも本を読まないんで、そういう知識はあんまりないんだ。実際の話、彼が唯一《ゆいいつ》読むのはホテルに備え付けてあるギデオン協会寄贈の聖書だけだ。でもって、スカイはもう何年もホテル住まいをしてる。

でも、これは本人から聞いたんだけど、聖書にはとても興味深いことがいっぱい書いてあるらしい。おかげで道を踏みはずさずにすんだことが何度かあったそうだ。たとえば、シンシナティでのこと、あちこちで賭けて、市長を除くシンシナティの全員から借金をしてしまい、二進《にっち》も三進《さっち》もいかなくなったときのことだ。

この債務を履行する手立てなどあるわけがない、とスカイは言う。かくなる上はもう逃げるしかない。そんなときに聖書を読んだら、こんなことが書いてある。

「誓いを立てて果たさないなら、誓いを立てないほうがよい（旧約聖書。コヘレトの言葉。第五章第五節）」

スカイは思う、なんであれ、これは借金は踏み倒しちゃいけないってことだって。それでシンシナティに残って、やっとの思いで借金を返す。それ以降、今日という日までスカイが借金を踏み倒したことは一度もない。

歳《とし》は三十ぐらいで、背が高くて、丸い口に大きな青い眼をしてて、見かけはいつも赤ん坊みたいに無邪気に見える。だけど、実際はまるでちがう。まずフィラデルフィアの辣腕《らつわん》弁護士を三人集めたくらい賢い。ニューオーリンズでもシカゴでもロスアンジェルスでも、カードにしろサイコロにしろ、競馬にしろ、野球にしろ、賭けごとがおこなわれるところじゃどこでも、すでに大物ギャンブラーとしてよく知られてる。スカイはギャンブルをやってるところならどこにでも足を運ぶ。

どんなギャンブルもやるのがスカイだけど、強いて言えば、やっぱり巧《うま》いのはカード・ゲームとサイコロ賭博だ。いや、それより得意なのがその場で考える即興の賭け。プロのギャンブラーのあいだじゃ、そういうことがよくおこなわれる。普通の人もそのときたまたま思いついたことで賭けをするのは嫌いじゃない。そういう賭けだと相手を負かすチャンスが大いにあるってみんな思うんだね、きっと。実際の話、翌日友達に持ちかける賭けを考えてたら徹夜になっちまったなんてやつをおれは何人か知ってる。

そういう賭けがカードになることももちろんある。たとえばエースを二枚続けて引けるかどうかとか、スタッドポーカーで2のペアでどれだけ勝てるかとか。ほかにはすごく馬鹿《ばか》げた賭けもある。実のところ、馬鹿げていれば馬鹿げてるだけ賭けが面白くなることもあって、そういう賭けが好きな人も少なくない。そんな中、スカイほどユニークな賭けを思いつくやつもほかにいない。

　この街に来てまだ日も浅い頃、彼は街のお偉いさんたちとポロ・グラウンズ（当時マンハッタンにあったスタジアム）に野球の試合を見にいく。試合を見てるときに〈ハリー・スティーヴンズ〉のピーナッツを買って、袋を上着のポケットに入れて、試合のあいだずっと食べてる。試合が終わって、一緒に行ったお偉いさんたちとグラウンドに降りると、お偉いさんたちに向かって、彼はこんなことを言う。

「いくら賭ける？　おれにはピーナッツを二塁ベースからホームプレートまで投げられないほうに」

　ピーナッツは軽すぎてそんなに遠くまで飛ぶわけがない。そんなことは誰でもわかる。だから、サイコロ振りのビッグ・ニッグが応じる。ニッグは有利な賭けならどんな賭けでも見逃せないやつだ。こう言って応じる。

「新入りさんよ、三対一で受けてもいいぜ」

「だったら六百ドル対二百ドルだ。それでいいね？」そう言って念を押すと、スカイは二塁ベースの上に立って、ピーナッツを取り出して投げる。ピーナッツはホームプレートに届くだけじゃなくて、まだ観覧席に坐《すわ》って、相手にぼかすか打たれてるのに、ウォーカー（当時のニューヨーク・ジャイアンツの投手）を替えなかったビル・テリー（当時のニューヨーク・ジャイアンツの選手兼監督）に文句を言ってる肥《ふと》った男の膝《ひざ》に落ちる。

まあ、これはもう途方もない一投だよ。だけど、あとでわかるんだけど、スカイはそのピーナッツに鉛を仕込んでたのさ。それはもちろん〈ハリー・スティーヴンズ〉のピーナッツじゃない。ハリーは鉛入りのピーナッツを一袋十セントなんかで売ってない。鉛がいくらぐらいするものなのか知らないけど。

この何日かあと、スカイはミンディのレストランで、何人かの客を相手に、百ドル札を出して今度はこんな賭けを持ちかける——今からミンディの店の地下の倉庫に行って、ネズミを一匹素手で捕まえてくる。このときミンディがその賭けに乗るのを見て、誰もがめちゃめちゃ驚く。なぜって、ミンディというのは、自分が生きてるって賭けでさえ五セントだって賭けないようなやつだからだ。

だけど、実のところ、ミンディにはわかってたみたいなんだ。スカイがミンディの地下倉庫のネズミを一匹手なずけてることが。だからスカイが望めば、そのネズミは手もなくスカイに捕まえられちまう。ただ、ミンディが知ってるのはそれだけじゃない。そのネズミをたまたま見つけた皿洗いのひとりが、そういうネズミとは知らず、パンケーキより薄っぺたく叩《たた》きつぶしちまったんだ。だから、スカイが地下倉庫に行って、そこにいたネズミを素手で捕まえようとしても、まず捕まらない。スカイは不思議に思うだろうけど、当然だ。そのときそこにいるネズミは普通のネズミなんだから。あとからミンディは言ったものだ、これなら、賭けの相手がストラングラー・ルイス（当時の人気プロレスラー）でも勝てるって。素手でもボクシンググラヴをつけてでも、賭け率が7対5でも。

この賭けはスカイの失敗だったけど、それでもスカイはめちゃめちゃ頭のいいやつだよ。だから、なりわいのギャンブル以外にも、すごく面白い賭けをほかでもあれこれやってる。それをいちいちしゃべってる時間はないんで、残念ながらここじゃ割愛するけど。

同時に、スカイはあらゆる点で正直なやつだというのもみんなが知ってることだ。カードでもサイコロでもスカイはいかさまを嫌う。もちろん自分でいかさまをやることも。まあ、そういつもってわけじゃないけど。それと、賭場を開く側になろうとも決して思わない。たいていのギャンブラーがそういうことを夢見るもんだけど。賭場を持てば、今度は寺銭《てらせん》を払う側じゃなくて、もらう側になるわけだから。スカイは、でも、あくまでプレイヤーでいたいと思ってる。そもそもひとつところに長く落ち着きたいほうじゃないんで、オーナーになるなんて考えもしないって本人も言ってる。

実際の話、ここ何年も国じゅうを旅してまわってるんだけど、彼が金以外に何を持ってるのか知ってる人は誰もいない。最後にブロードウェイに来たときも——おれがこれから話そうとしてるのがそのときだ——千ドル札一枚と、着替えのスーツしか持ってない。彼が持ってるのは世界じゅうにそればかり。家とか自動車とか宝石とか、そんなものは持ったためしがない。腕時計すら持ってない。これは本人が言ってることだけど、彼には時間なんてなんの意味もないんだそうだ。

何かのオーナーになれば何十万という金がはいってくるというのは、まあ、誰もが考えることだ。だけど、スカイはちがうんだ。スカイにとっちゃ、金は遊び道具でしかない。だからドルもドーナツもおんなじなんだよ、彼には。スカイが金のことを真剣に考えるのは無一文になったときぐらいだろう。それも彼の場合は、ポケットに手を突っ込んで、そこにあるのが自分の指だけってことに気づいて、やっと無一文であることがわかるんだろうな。

そういうときにはスカイとしても、金がはいってくる道を自分から探さなきゃならない。でもって、そういうことにかけちゃ、スカイはもう超能力としか言えない力を持ってる。金を手に入れる彼の速さと言ったら、あるところからあるところへ電報を打つより——富豪のジョン・D・ロックフェラーが何かを担保に資金を調達するより——速い。というのも、スカイは誰にも信頼されてるからだ。彼が頼めばそれで即、金が集まる。

さて、ある日曜の夕方、スカイはブロードウェイを歩いてる。すると、四十九丁目の角で何人かが布教活動をして、ちっちゃな街角集会を開いてる。それはそういう人たちが日曜の夕方にいかにもやりそうなことで、そこで罪人を取っ捕まえようとしてる。だけど、ひとつ彼らに個人的に注意してやるとすれば、罪人を捕まえるには、ブロードウェイのこの界隈《かいわい》じゃまだ早すぎる。この時間、罪人はまだベッドにいる。ベッドでゆうべの罪の疲れから回復するのを待って、もうちょっとあとの今夜の罪に備えてる。

布教してるのは全部で四人、ふたりは爺《じい》さんで、ひとりは婆《ばあ》さん、最後のひとりが若い娘でコルネットを吹いてる。スカイはこの娘にいっぺんでまいっちまう。無理もない。めちゃくちゃきれいな娘なんだよ。ブロードウェイで眼にする中じゃぴか一だ。布教活動してる女となるとなおさら。名前はミス・サラ・ブラウン。

背が高くて、すらっと痩《や》せてて、スタイル抜群だ。髪は明るい茶色で、もうほとんどブロンドと言ってもいい。眼にいたってはなんて言えばいいのかわからない。あらゆる点で百パーセントの眼だ。おまけにコルネットも巧い。それはコルネットが好きならわかるはずだ。ただ、ブロードウェイのこの場所だと、近くの中華料理店の中で生演奏してるジャズバンドに対抗しなきゃならない。これはちょっと勝ち目がない。もっとも、でっかいバスドラムを抱えてる爺さんのひとりがいくらかでも彼女に加勢すれば、大差で彼女の勝ちだって誰もが思うはずだけど。でも、爺さんの叩き方にはまるで心がこもってない。

スカイはそこに突っ立って、ミス・サラ・ブラウンのコルネット演奏を長いこと聞いてる。ミス・サラ・ブラウンはコルネット演奏を終えると、説教に移る。そして、罪をとことん叩いて、神さまをとことん讃《たた》える。さらに、今ここに魂の救済を求める人がいたら、まえに出てくださいなんて言う。誰も出てこない。スカイは客でいっぱいのミンディのレストランまでやってくると、おれたちにミス・サラ・ブラウンのことを話す。だけど、彼女のことならおれたちはもう知ってる、もちろん。あんなにきれいで、あんなにいい人なんだから。

それに、おれたちはみんな彼女のことを気の毒に思ってる。というのも、彼女はいつも一生懸命コルネットを吹いて、そのあと説教をして、救済を求める魂を救おうと探してるのに、そんな魂はまだ一個も見つかってないからだ。それと、彼女の仲間も全然増えない。ていうか、むしろ減ってる。彼女が始めたときにはすごく巧いトロンボーン奏者の男がいたんだけど、ある夜、トロンボーンを持ってとんずらしちまったんだ。これはみんな思ってることだけど、きっとなんかヤバいことをやっちまったんだろう。

いずれにしろ、スカイはこれ以降、ミス・サラ・ブラウンのことしか考えられなくなる。で、ミス・サラ・ブラウンがほかの仲間と街頭に立つ夕方は、いつも彼女をそばから眺めてるスカイの姿が見られるようになる。当然のことながら、こういうことが何週間か続けば、ミス・サラ・ブラウンがよほどのぼんくらでないかぎり、彼に気づくはずだ。でもって、彼女のことをぼんくらだなんて思ってるやつはこの界隈にはひとりもいない。そもそも彼女は立ち居振る舞いがいつもきびきびしてて、ブロードウェイみたいなところでも、自分の面倒がちゃんと自分で見られる人だ。

街頭集会が終わると、スカイは時々彼女たちのあとを追って、四十八丁目通りの倉庫を改造した、彼女たちの宗教団体の本部までついていく。団体の祭事はそこでおこなわれる。これは聞いた話だけど、スカイはその本部でミス・サラ・ブラウンを見つめながら、寄付金箱にでっかい札を何枚も入れるそうだ。その彼の札が大いに彼女の団体の役に立ってることは想像に難くない。どう考えても景気のいい宗教団体じゃないもの。

〝救魂伝導会〟っていうのが彼女の団体の名前で、おもに彼女の祖父が運営してる。

頬ひげを生やしたアーヴァイド・アバーナシーという爺さんだ。でも、実質的にはミス・サラ・ブラウンが切り盛りしてる。コルネットを吹いたりとか、あちこちの貧しい人々を訪ねたりとか、そういう活動は彼女がやってて、多くの人が噂《うわさ》してる。あんなにきれいな娘がひたすら善人でいることに時間を浪費してるのは、めちゃめちゃ勿《もっ》体《たい》ないことだって。

　スカイがどうやってそんなミス・サラ・ブラウンと近づきになったのか、これはいまだに大きな謎《なぞ》だ。だけど、誰もが気づいたときには、彼は彼女に挨拶《あいさつ》して、彼女は笑みを返してる。あの百パーセントの眼で。ある夕方のことだ。スカイとたまたま一緒に歩いてると、四十九丁目通りで彼女を見かける。スカイはいきなり走りだすと、彼女を呼び止めて、いい夕暮れですね、なんて言う。実際、そういう夕暮れだ。スカイはさらにこんなことを言う。

「最近活動のほうはどんな具合です？　誰かの魂を救済しましたか？」

　彼女が言うには、近頃そういう方面の活動は、まあ、あんまりうまくいってないそうだ。

「実際のところ」とミス・サラ・ブラウンは言う。「いったいどれほどの人の魂が救えるのか。わたしはそのことをすごく心配しています。時々、これはわたしたちの信仰が足りないからなのではないかなどと考え込んだりもしています」

そう言って、彼女は立ち去る。スカイは彼女のうしろ姿を眼で追いながら、おれにこんなことを言う。

「何かあの娘の役に立てたらなあ。特に彼女の団体の使命の魂の救済とか。彼女と話さなきゃ。そういうことで役立てることがおれにも何かないかどうか」

だけど、スカイはもう彼女と二度と口を利《き》くことができなくなる。誰かがスカイはプロのギャンブラーだってよけいなことを言っちまうんだよ。堅気の人間にはあんまり望ましくないやつだって。彼女の団体のまわりをうろついてるのは、ただ彼女がきれいだからだって。その後、彼女は彼と距離を置くようになる。そればかりか、寄付金箱への寄進ももうやめてくれって、人を介してスカイに伝えてくる。彼の金は浄財じゃないからって。

当然、スカイは大いに傷つく。で、ミンディの店に集まる人たちとまたつき合うようになって、そっちの仲間の社会でよくやられてることに心を戻す。特にサイコロ博《ばく》打《ち》に。

ただ、この不景気でサイコロ博打も大したことはない。世界じゅうの誰もが無一文になっちまってるような時期なんだから、しかたがないけど。とはいえ、賭博そのものがなくなるわけじゃない。たとえば、ネイサン・デトロイトが五十二丁目のガレージの二階で時々開いてるような、客同士が賭け合うサイコロ博打とかは。その賭場にある日のまだ宵の口、誰あろう、スカイがひょっこり現われる。ただ、賭けにきたというより誰か友達を見つけにきたといったほうが当たってる。

　実際、ゲームはしないで、ただ見てる。おんなじように立って見てる男たちとただおしゃべりしてる。その男たちの多くはゴールドラッシュで大儲《おおもう》けした連中だ。ただ、今は小鳥ほどにも、いや、小鳥以上にすっからかん、きれいさっぱりしたもんだ。そんなひとりに、ブランデー・ボトルのベイツという男がいる。東海岸から西海岸まで、金さえあればでかい博打をすることで知られてる男だ。ブランデー・ボトルなんて渾《あだ》名《な》がついてるのは年がら年じゅうブランデーを飲んでるから。

　鼻がでかくて、洋ナシみたいな恰好《かっこう》の頭をした、やたらと肌の黒い大男で、不品行で邪悪なやつだと思われてるけど、ギャンブラーとしての腕は悪くなくて、金があるときには金離れもいい。

　そんなブランデー・ボトルにスカイが訊《き》く、なんでゲームしないのか。すると、ブランデーは笑って言う。

「まずひとつ、金がないのよ。次に金があったとしてもまず勝てない。そりゃこの一年の自分のざまを見りゃわかる。ああ、おれは自分の魂が救えるかどうかの賭けをやっても勝てないね」

今のことばにスカイはふとあることを思いつき、奇妙な眼つきでブランデーを見はじめる。すると、そこへサイコロ振りのビッグ・ニッグがやってきて、サイコロを取り上げると、ころころ、ころころ、ころころ、三回振って6を出す。それを見て、ブランデー・ボトル・ベイツがこんなことを言う。

「おれにつきがないのはこれでもわかる。今夜のビッグ・ニッグはつきまくってる。こういうときにニッグに乗りたくてもおれには一ドルすらない。ついてるニッグが6を狙《ねら》った日にゃ、一晩じゅうでも出しまくるのに。これでやつにこのあと6が出せなきゃ、おれは堅気になって、博打はきれいさっぱりやめるよ」

「だったら、ブランデー」とスカイは持ちかける。「おれはニッグが6を出せないほうに千ドル賭けよう。あんたのほうは金を賭けなくていい。ただあんたの魂を賭けてくれりゃいい。つまりこういうことだ。このあとビッグ・ニッグが6を出さなけりゃ、あんたは堅気になって、半年間、ミス・サラ・ブラウンの伝道団にはいる」

「乗った！」とブランデーは即答して、スカイの賭けに応じる。もっとも、スカイが言った条件をきちんと理解したようには思えないけど。ブランデーにわかってるのは、ニッグが6を出さないほうにスカイが賭けたということだけで、ニッグが6を出すのもわかってる。そもそも魂のひとつやふたつ屁《へ》でもない。負けるなんてありえない賭けだ。そう思ってる。それほどニッグを信頼してる。

まあ、言うまでもないけど、ニッグは6を出す。スカイはブランデーに千ドル札を渡す。まわりのみんなが口々に言う、ブランデーの魂に現ナマを千ドルなんて、スカイはとんでもない賭けをしたもんだって。でもって、内心みんなこう思ってる、スカイはただブランデーにゲームに参加するチャンスをやりたかったんだろうって。ブランデー・ボトル・ベイツの魂を欲しがるなんてまともじゃないもの。実際の話、この賭けのあとスカイはどんな賭けにも加わらない。

ただ立って見てる。一方、千ドルを握りしめたブランデーはその金でほかの連中との賭けに応じて勝負する。だけど、実のところ、ブランデーにはスカイの心の内がわかってる。実は悪賢いやつなんだよ、このブランデー・ボトル・ベイツというやつは。

だから、サイコロを振る番が自分にまわってくると二度振る。そのあと4の目が出る。インチキをしても、4の目を出すのはむずかしいってことは誰でも知ってる。ところが、ブランデーはそこでスカイのほうを向いてこんなことを言う。

「なあ、スカイ。ここでおれの賭けを受けないか？　あんたが金を欲しがってるわけじゃないのは知ってるよ。ミス・サラ・ブラウンのためにおれの魂が欲しいんだろ？別に知らないふりをしようとは思わない。彼女のためになんでそんなものが欲しいのかも知ってる。おれにだって若い頃はあったからよ。おれが負けたら、あそこに行くよ、四十八丁目のあの団体本部に。一時間以内にあそこのドアを叩いてる。ブランデーさまのことばに嘘《うそ》はない。

　だけど、スカイ、おれは今、金を持ってる。だから賭け金はちょいと上がる。おれが4を出さないほうに一万ドル賭けるつもりはないか？」

「乗った！」とスカイは答え、ブランデーがサイコロを振ると、4が出る。

　ネイサン・デトロイトのクラップスの賭場で、スカイがブランデーと賭けをして、ミス・サラ・ブラウンのためにブランデーの魂を勝ち取ろうとしてるという噂は、あっというまに広がって、誰もがめちゃくちゃ興味を示す。たとえば、いつも客の多くがあれやこれやで議論して、金があったら自分の主張にいくら賭けるなんて言い合ってるミンディの店じゃ、この知らせが電話で伝えられるや、客が店の出口に殺到して、危うく店主のミンディを踏み殺しそうになる。

　そうやってミンディの店を出て、デトロイトのサイコロ賭場に最初に着いたひとりに競馬野郎のリグレットがいる。彼が店にはいったときには、ブランデー・ボトルが

9の目を狙ってて、それが出ないほうにスカイは一万二千ドル賭けてる。ブランデー・ボトルの魂は今やめちゃくちゃ高くなってる。

これを見てリグレットはスカイに持ちかける、千ドル賭けてくれりゃ、ブランデーが9の目を出すほうに自分の魂を賭けるって。すると、スカイはあんたの魂には二十ドル以上は出せないって言う。リグレットはものすごく侮辱された気分になるけど、結局、その賭け金で納得する。この勝負もブランデーが勝つ、もちろん。

このあと何人もの人たちがスカイに賭けを挑む。ひとつ確かに言えることがあるとすれば、こうした申し出をスカイは断わることができないということだ。で、ブランデーが次のゲームで負けたら、それぞれミス・サラ・ブラウンの救魂伝導会に入会するということで、ひとりひとりと賭け金を決める。ただこのときにはもうスカイには賭ける金がない。すでに三万五千ドルも負けてる。それでここからはつけにしてくれないかとブランデーに申し出る。

ブランデーはその申し出を受け付けない。いつもだったら喜んでつけでも承知するのに、自分の魂の賭けにつけは駄目だと言う。スカイはしかたなく店を出て、二、三ブロック離れたホテルまで戻って、夜勤のフロント係に金庫を開けてもらって、現金を持ってこなければならなくなる。そのあいだにもネイサン・デトロイトの賭場じゃ、しょぼいクラップスが続けられる。それをまわりで見てる連中は口々に言ってる。これまで自分も馬鹿げた賭けを見てきたけど、この賭けはそんな中でもダントツだなんて。ビッグ・ニッグも言う――おれはもっと馬鹿げた賭けを聞いたことがあるけど、それがどういう賭けだったのか思い出せない。

いずれにしても、ギャンブラーはみんな馬鹿だと彼は続ける。馬鹿じゃなきゃそもそもギャンブラーなんかになってないと。ニッグがそんなことを熱っぽく語ってるところへ、スカイが新たに現金を持って戻ってくる。ブランデーは勝負を再開するけど、こんなことも言う――こっちに不利な出目でいいから賭け金を上げないか？　そろそろ博打の潮目が変わってもいい頃だし。

話をかいつまんで言うと、結局のところ、ブランデーは十三回続けてスカイに勝つ。この最後の勝負では10の目を出して、自分の魂を危険にさらすことで二万ドル手に入れる。この賭けに乗ったほかの十人ばかりは、自分の魂を危険にさらしただけで、それぞれ百ドルから五百ドル手に入れる。その金額に目一杯文句を言いながらも。

ブランデーが10の目を出したとき、スカイに眼をやると、なんだかすごく変てこな顔をしてて、そう思うまもなく、右手を上着の下に入れる。そこにはショルダーホルスターに収めた銃があるのをおれは知ってる。どう見てもこりゃヤバい。

だけど、そんなことを考えてる暇もなく、店の出入口が騒がしくなって、大きな声が聞こえてくる。それも女の声だ。なんとなんとほかでもないミス・サラ・ブラウンの声だ。めちゃめちゃ怒ってる。

彼女はブランデーとスカイが勝負してて、まわりに見物客がいるテーブルまでやってくる。みんなはドアマンのドバーに同情する。ミス・サラ・ブラウンを中に入れたことについちゃ、ネイサン・デトロイトにあとでこっぴどく搾《しぼ》られるに決まってるから。テーブルの上には、ブランデーが出した目のままサイコロがのっかってる。その出目でスカイはすっからかんになる。逆にここ数ヵ月ぶりに潤《うるお》った連中も大勢いる。

そういうことは、ま、ともかく、ミス・サラ・ブラウンはスカイをじっと見つめる。スカイも彼女をじっと見る。彼女はまわりを見まわす。誰もこれといったことばを思いつかないようで、スカイがこんなことばを彼女にかける。

「こんばんは、いい夜ですね。あなたのためにここで魂をいくつか手に入れようとしてたんですが、どうも今夜はまるでつきに見放されちまってるみたいです」

「そうですか」とミス・サラ・ブラウンはどこまでも厳しい百パーセントの眼でスカイを見て言う。「何かものすごく努力なさってるのかもしれないけれど、ご心配なく。必要とあらばわたし、どんな魂でも手に入れられるんで。それよりあなたはご自分の魂のことを考えるべきなんじゃないですか？　そう、あなたはご自分の魂も賭けてるんですか？　それとも賭けてるのはお金だけ？」

もちろんスカイがこれまで賭けてきたのは金だけだ。だから彼はミス・サラ・ブラウンに向かって黙ってうなずく。どこかしら恥ずかしげに。

「ギャンブルについてはわたしもいささか心得ております」とミス・サラ・ブラウンは続ける。「クラップスについては特に。心得ていて当然なんです。クラップスのせいでわたしの父も兄のジョーも身を持ち崩したんですから。ミスター・スカイ、魂を賭けたギャンブルをしたいなら、自分の魂を賭けなさい」

そう言って、ミス・サラ・ブラウンは片手に持っていた小さな黒い財布を開ける。そして、二ドル札を取り出す。これがこれまで大いに人の役に立ってきたことがよくわかる、くしゃくしゃよれよれの二ドル札でね。ミス・サラ・ブラウンはその札を掲げて言う。

「これであなたと勝負したいと思います、ミスター・スカイ。あなたがこれまでほかの方々とやってきたのと同じ条件で。あなたの魂と引き換えに二ドル賭けます。これがわたしの持っている全財産です。それでもあなたの魂よりは値打ちがあるはずです」

ミス・サラ・ブラウンはスカイという人間をちっぽけに見せるためにこんなことをしてる。それも怒りに任せて。それぐらい誰にでもわかる。それでもスカイはすぐさま上着の中から手を出すと、サイコロを取り上げてミス・サラ・ブラウンに渡して言う。

「振ってください」ミス・サラ・ブラウンは引ったくるようにしてサイコロをつかむと、テーブルの上に転がす。彼女がプロのサイコロ賭博師でないことは見ればわかる。同時に彼女がまるで素人《しろうと》というわけでもないこともわかる。素人はみんなまず最初にサイコロに息を吹きかけると、目一杯転がして、「行け！」とかなんとかかけ声をかけるものだ。

実際の話、彼女がさっさとサイコロを振ったことに関しちゃ、あとから文句が出る。彼女が勝利の出目を出すのを見た人間とおんなじだけ多くの人間が、彼女の勝ちに賭けたがってたからだ。彼女はそんなやつらに賭けるチャンスを与えない。

サイコロを集める係スティック・マンのスクラントン・スリムが、サイコロがテーブルのへりにぶつかって転がり、止まるのを見て大きな声をあげる。「大当たり、大当たり、大当たり！」スティック・マンはみんなこの手の大声をあげたがるものだけど、確かにこのとき出た目は大声に見合う出目だ。5と6の11（クラップスでは最初に7か11が出たら、その時点でシューターの勝ちが決まる）。

これで誰がなんと言おうと、スカイの魂はミス・サラ・ブラウンのものとなる。

ミス・サラ・ブラウンは即座に振り向くと、テーブルのまわりの人垣を掻《か》き分けて、サイコロを振るときにテーブルに置いた二ドル札を取り戻すのも忘れて出口に向かう。あとで赤鼻のリーガンという実に不愉快な野郎が、落としものだと言ってその二ドル札を持っていこうとするけど、ネイサン・デトロイトにとっちめられる。デトロイトはリーガンに、おまえみたいなやつがこういう賭場の評判を落とすんだと言って、めちゃくちゃ怒る。

言うまでもないけど、スカイはミス・サラ・ブラウンのあとをついていく。これはドアマンのドバーから聞いた話だけど、ドアの鍵《かぎ》が開くのを待つあいだ、ミス・サラ・ブラウンはスカイのほうを向いて、こんなことを言ったそうだ。

「あなたってほんとに馬鹿」

これを聞いてドバーは思う、こんなひどい侮辱のことばを浴びせられたら、スカイとしても言い返さないわけにはいかないんじゃないかって。ところが、スカイは言い返すかわりにただミス・サラ・ブラウンに微笑《ほほえ》んでみせて、こんなことを言うのさ。

「聖パウロも言ってます、〝あなたがたの誰かが、自分はこの世で知恵ある者だと考えているなら、知恵ある者となるために愚かな者になりなさい〟と。おれはあなたを愛してるんです、ミス・サラ・ブラウン」

ドバーというのは記憶力のいいやつでね、あとでおれに教えてくれるんだ、そのときミス・サラ・ブラウンはスカイにこんなことを言ったらしい――そんなに聖書に詳しいのなら、ソロモン王の雅歌の第二節もきっとご存知ねって。ただ、これはドバーが第何節なのか聞きまちがえたみたいだ。あとで聖書を見て調べたんだけど、ミス・ブラウンもさすがにそこまで言ったとは思えないね（第二節は〝あの方が私に口づけしてくださるように〟）。こういうことは誰にもわからないことだけどさ。

いずれにしろ、これがこの話のほぼすべてだ。ただ、つけ加えると、ブランデー・ボトル・ベイツは、どさくさにまぎれてネイサン・デトロイトの店をさっさと出ちまったそうだ、スカイの金の大半を持って、ドバーの記憶にさえ残らないほどひっそりこっそりと。だけど、すぐにシカゴでファロで大負けして、最後にみんなが聞いたところじゃ、宗教に目覚めちまったそうで、今じゃサンノゼで伝道活動をやってるらしい。だから、スカイはいつも言ってる、結局のところ、おれはブランデーとの賭けに勝ったたって。

こないだの夜、おれはブロードウェイ四十九丁目の角にいるスカイを見かける。彼のまわりにはミセス・スカイを含めて仲間がすごくいっぱいいる。どうやら救魂ビジネスは繁盛《はんじょう》してるようだ。加えて、スカイは一流のバスドラム奏者になってて、彼のすばらしい演奏のおかげで、中華料理店のジャズバンドの演奏なんかほとんど聞こえてこない。スカイは太鼓を叩く合間には大声で説教を垂れる。これほど幸せな男の顔をおれは見たことがない。ミセス・スカイがあの百パーセントの眼で彼に笑みを向けたりすると、なおさら幸せな顔になる。いずれにしろ、おれは長居はしない。スカイに姿を見られたら、すぐさまやってこられて、大声でこんな説教を聞かされるんで。

「黒の染料ほどにも黒々と罪に染まった罪人よ、そこの罪人よ、罪人よ、悔い改めよ。手遅れになるまえに。罪人よ、われらに加わり、われらに汝《なんじ》が魂を救済させよ」

　この罪人呼ばわりにおれは少なからず気分を害す。なぜってそれはまるで事実じゃないからだ。おれが罪深い密告屋なんかじゃなかったのは、スカイにとってすごくいいことだったんだから。おれがそういう罪人だったら、いかに自分はスカイのゲームで勝負して、いかにその勝負に勝って、いかにスカイの魂を手に入れたかって、しょっちゅう自慢してるミセス・スカイのところに行って、ほんとうのことを言っちゃうもの。

　そう、彼女がスカイの魂を勝ち取るサイコロ――ブランデーがスカイの有り金を全部巻き上げたサイコロ――には細工がしてあったんだよ、実のところ。で、スカイが銃を撃ちかけたところにタイミングよく彼女が現われてことなきを得たっていうのが真相なのさ。

解説

小森収

デイモン・ラニアンが、三十四年ぶりに新潮文庫に帰って来ました！

新潮文庫版のラニアン短編集『ブロードウェイの天使』の発行が、四十年前の一九八四年。編集部に調べてもらったところ、その絶版決定が九〇年十月ということですから、本書の刊行で、三十四年ぶりに新潮文庫でラニアンが読めることになりました。

デイモン・ラニアンの名前をご存じない方でも、この本の題名である『ガイズ&ドールズ』には、見覚え聞き覚えがあるのではないでしょうか。ブロードウェイの代表的なミュージカル作品のひとつであり、日本では宝塚歌劇がたびたび上演していますから。もう七十年近く前になりますが、舞台版をもとに、マーロン・ブランドとフランク・シナトラで映画にもなり、その邦題である「野郎どもと女たち」でご存じの映画ファンもいるかもしれません。

デイモン・ラニアンは、一八八〇年生まれのアメリカのジャーナリスト、作家です。家業がカンザスの小さな町の新聞社で、ラニアンが子どものころ他州に転居しますが、それでも十代から記事を書き、当時のアメリカの記者の多くがそうであったように、叩《たた》き上げの記者として名を成しました。一九二九年に、ブロードウェイを舞台にした、様々な人物――ギャンブラー、踊り子、ギャング、フラッパー、ブン屋などなど――が登場する短編小説を書き始め、当たりをとります。掲載誌はコスモポリタンやコリアーズが多かったようです。

　本書の序文で、ヘイウッド・ブルーン（当時の著名なコラムニスト）は、O・ヘンリーを引き合いに出していますが、市《し》井《せい》の人々を描く短編の書き手という、大雑把な共通項はあるものの、本書刊行の二十年以上前に亡くなっていたO・ヘンリーの名を、並べて見せた以上の意味はないように思えます。むしろ、ラニアンと年齢も近く、ジャーナリスト出身で、同じくユーモラスな小説に定評がある作家には、リング・ラードナー（八五年生まれ）がいます。ふたりに共通するのは、スポーツ（とくに野球）記者として成功し、話し言葉を活字に移すことに長《た》けていると言われた点です。ふたりが新聞記者として活躍していた時代は、テレビはもちろん、ラジオもなく、映画もサイレントでしたから、どんな有名人でも――まして無名な、あるいは悪名高い人はなおのこと——、その肉声が伝わることはありませんでした。そうした人々の話し言葉を巧みに文章で再現できることが、大きな武器になったことは、想像にかたくありません。そして、その武器を、そのまま小説に持ち込んだという点でも、ふたりは共通していたのでした。ヘイウッド・ブルーンも、ラニアンの「耳のよさ」を特筆しています。もっとも、小説家として活躍した時期が、ラードナーは主に一九二〇年代なのに対し、ラニアンは三〇年代という違いがあります。

本書は、ラニアンの生前に三冊編まれたブロードウェイものの短編集のうち、第一短編集である *Guys and Dolls* を、全訳したものです。そして、その上で、おまけの一編として「ミス・サラ・ブラウンの恋の物語」を収めています。

ラニアンのブロードウェイものの最初の一編は、本書にも入っている「荒ぶる四十丁目界隈のロマンス」です。コスモポリタン一九二九年七月号に掲載されました。まず原題の roaring forties というのが、ブロードウェイのあたりを指すスラングです。ニューヨークは、南北に走り、東側から西側へ数字が増えていくアヴェニューと、東西に走り、南から北へと数が増えていくストリートで表されます。前者を～番街、後者を～丁目と訳すのが、日本語でのお約束ですが、場合によって丁目に「通り」とつけるのが、田口流です。ブロードウェイは、狭義には世界一有名なニューヨークの劇場街を指し、おおざっぱには、北の53丁目通りと南の42丁目通り（フォーティセカンド・ストリートですね）の間、西の8番街と東の6番街の間あたりをさします。中心にタイムズスクエアがあり、そこで7番街とX字型に交差して斜めに縦断しているのが、通りとしてのブロードウェイ（これは南北にニューヨークじゅうを走っています）です。劇場が密集しているのは43丁目から49丁目の間ですから、まさにroaring forties なわけです。「ブロードウェイのブラッドハウンド」の追跡劇を読むときのご参考までに。

　同時に二九年七月号というのが微妙なタイミングで、大不況の引金となった株式暴落の直前なのです。すなわちroaring twenties（狂乱の二〇年代）が終わる寸前のスケッチでもあるのです。これと翌三〇年三月二十二日号のコリアーズに載った「社交場での大きな過《あやま》ち」は、二〇年代のブロードウェイの匂《にお》いを残す作品でした。こういうことが分かるのが、原書を再編集しなかった良さでしょう。二〇年代アメリカのroaring ぶりは、フレデリック・ルイス・アレンの『オンリー・イエスタデイ』に活写されています。禁酒法によって、社会のインサイダーもアウトローも、スピークイージーでは等しく法を犯す者となり、服装、髪型（ボブですね）は言うにおよばず、飲酒喫煙といった生活習慣でさえ、男女の垣根が取り払われていく――しかも幅広い年齢層で一気に。

一方で、序文で指摘されているように、ラニアンが描くのはブロードウェイのごく狭い地域でした。よそに行くときも、おもに競馬場ですしね。その世界の限られているところ、一人称の話者が、登場人物というよりも、物語の語り手に近い（しかし、あくまでも近いのであって、ちゃんと登場しています）ところが、落語を連想させるかもしれません。そんな世界にグッドタイム・チャーリーや、レストランをやっているミンディ（ラニアンの行きつけはリンディズでした）がいて、めかし屋デイヴがいて、警察にはブラニガンがいて、ギャンブラーにも、小者のノミ屋リグレットと、大物のビッグ・ニッグがいる。ブルックリンの三人組ではハリー・ザ・ホースの出番が多いようですが、三人揃うと「ブッチは赤子の世話をする」のようにズッコケたことになり（YouTube に従来の題名「ブッチの子守唄」を曲にしたものがアップされていて驚きました）、本書には入っていませんが、「約束不履行」という、これまたドジなクライムストーリイもあります。

日本へのデイモン・ラニアンの紹介という点において、加島祥造の名を逃すことは出来ません。それ以前にも、散発的な翻訳はありました。日本語版ＥＱＭＭでの三田村裕訳が一例（本書収録の「ブレイン、わが家に帰る」は、その久々の復活となります）ですが、一九六〇年代から七〇年代にかけての加島祥造による翻訳が、ラニアンの名を日本に知らしめることになりました。そして、その恰好《かっこう》の媒体となったのが、常盤《ときわ》新平を編集長にいただくハヤカワミステリマガジン（日本語版ＥＱＭＭの後身）です。アーウィン・ショウに常盤新平がいたように、ジョン・オハラに田中小実昌がいたように、ラニアンとラードナーに惚《ほ》れ込んだのが、加島祥造でした。

加島祥造訳のラニアンの初登場は、ハヤカワミステリマガジン一九六八年七月号の「ブッチの子守唄」です。本書では「ブッチは赤子の世話をする」となっています。ただし、当該号の目次からは落ちているため、リストによっては載っていないことがあり、要注意です。ここから、加島祥造の精力的な翻訳が始まり、一九七三年四月に新書館から出版された『野郎どもと女たち』という短編集となって、実を結びます。以後、新書館から『ブロードウェイの出来事』（七七年）『ロンリー・ハート』（八三年）『街の雨の匂い』（八七年）と計四冊の短編集が編まれ、その間に、最初の三冊からの再編集版（プラス一編を新訳増補）として、冒頭で触れた『ブロードウェイの天使』が新潮文庫に入りました。

デイモン・ラニアンについての加島祥造の訳業は、立派なものでした。しかし、自分が気に入った作品を、あまり時間に追われずに、ぽつりぽつりと訳していき、基本的に現在形しか用いないという、ラニアンの特殊な文体を、うまく日本語に移したと思えたものからまとめていくという、ある意味で幸福な訳し方は、一方で、自然と短編集が日本でのオリジナル編集となりました。その結果、ラニアンのように、おなじみの登場人物が、いろいろな作品に出てくる場合、その面白さが伝わりにくくなったり、登場人物名の訳に不統一が起きるといった弊害が生じました。加島祥造には少々雑なところもありますしね。そこで、本書では、本国でラニアンの生前に編まれた第一短編集を、きちんと全訳することが、第一の方針とされています。

日本で初めてラニアンの短編集が出版されたとき、書名が『野郎どもと女たち』となったのは、自然なことでした。日本では無名のラニアンに関して、かろうじて知られていたのは、日本でも公開され、ある程度の評判にもなった映画「野郎どもと女たち」だったからです。ただし、厄介なことがありました。舞台映画ともに、ミュージカル「ガイズ・アンド・ドールズ」の台本の骨格となったのは、「ミス・サラ・ブラウンの恋の物語」ですが、この作品は第一短編集 *Guys and Dolls* には入っていなかったのです。のみならず、私が所持しているペンギンのポピュラークラシックス版 *Guys and Dolls and Other Stories* には、逆に、同作が Guys and Dolls: or The Idyll of Miss Sarah Brown という題名で巻頭に据えられているのです。確かにミュージカル「ガイズ・アンド・ドールズ」は大ヒットし（一九五〇年十一月二十四日初演で千二百回のロングラン）、その題名はこの上なく適切に、ラニアンの短編小説の世界を言い表しています。その原作が、同名の第一短編集の邦訳に入っていないのは、読者に不親切というものでしょう。なにより、ラニアンの短編の中でも一、二を争うほど面白い。そこで、本書では、おまけの一編として追加されているのです。

なお、舞台の原作として「サラ・ブラウン」のほかに「血圧」や「勝馬はどれだ」もあげられることがありますが、芝邦夫の『ブロードウェイ・ミュージカル事典』の記述のように、原作は「サラ・ブラウン」とし、「話をふくらませるために、ネイサンのキャラクターをほかの短編から持って来ている」とするのが、実際に即していると思います。ミュージカル「ガイズ・アンド・ドールズ」は、五〇年代のヒットののち、短期間の再演がくり返され、七六年には、ブロードウェイで当時ブームだった、オール黒人キャストでリヴァイヴァルされました。あまり出来は良くなかったようです。ローレンス・オリヴィエもネイサンを演じたがったそうですが、実現しませんでした。初演と並ぶかそれ以上に当たったのが一九九二年の再演で、こちらは翌九三年、ともに日生劇場で、翻訳上演（五月）も来日公演（十月）もありました。来日公演は、シックな一枚絵の背景がオシャレ（The Lemon Drop Kid の文字が入るという楽屋オチ）で、初日には、客席に植木等の姿が見えました。こうした動きとは別に、八〇年代から、宝塚のレパートリーに入ったことは良く知られていますね。
まだまだ、書きたいことはたくさんありますが、まずは、ラニアンが新潮文庫に帰って来て、読者の皆さんが手に取る機会が増えたことを心から喜んで、筆をおくことにします。

（令和六年四月、編集者／評論家／作家）

デイモン・ラニアン著作リスト

【短篇集】

Guys and Dolls（1932）※本書
Blue Plate Special（1934）
Money From Home（1935）
More Than Somewhat（1937）
Furthermore（1938）
Take It Easy（1938）
My Wife Ethel（1939）
My Old Man（1939）
Runyon à la Carte（1944）
In Our Town（1946）
The Three Wise Guys and Other Stories（1946）

Trials and Other Tribulations（1947）

【新聞コラム集】

Short Takes（1946）

【主な短篇アンソロジー（再編集版）】

The Best of Runyon（1938）
Damon Runyon Favorites（1942）※序文／ウォルター・ウィンチェル
The Damon Runyon Omnibus（1944）
Runyon First and Last（1949）※序文／クラーク・キネアード
Runyon on Broadway（1950）※序文／E・C・ベントリー
More Guys and Dolls（1951）
The Turps（1951）
Runyon from First to Last（1954）
A Treasury of Damon Runyon（1958）※序文／クラーク・キネアード
The Bloodhounds of Broadway and Other Stories（1981）※序文／トム・クラーク
Romance in the Roaring Forties and other stories（1986）※序文／トム・クラーク

On Broadway（1990）

The Racing World of Damon Runyon（1999）

Guys, Dolls, and Curveballs: Damon Runyon on Baseball（2005）※ジム・ライスラー編

Guys and Dolls and Other Writings（2008）※序文／ピート・ハミル

【詩集】

The Tents of Trouble（1911）

Rhymes of the Firing Line（1912）

Poems for Men（1947）

【戯曲】

A Slight Case of Murder（1940）※ハワード・リンゼイと共著

【評伝】

Capt. Eddie Rickenbacker（1942）※W・キアナンと共著

【単行本未収録短篇】

“**The Art of High Grading**”（Illustrated Sunday Magazine, January 2, 1910）
“The Sucker”（San Francisco Examiner, July 10, 1910）
“Burge McCall”（Collier's, July 11, 1936）
“Lou Louder”（Collier's, August 8, 1936）
“**Nothing Happens in Brooklyn**”（Collier's, April 30, 1938）

【日本独自編纂の短篇集】

『野郎どもと女たち』*Guys and Dolls*（一九七三年）加島祥造訳／新書館→**『ブロードウェイ物語1　野郎どもと女たち』**（一九八七年）新書館（新装版）
▼収録作品――サン・ピエールの百合（The Lily of St. Pierre）／ブロードウェイ・ロマンス（Little Miss Marker）／血圧（Blood Pressure）／プリンセス・オハラ（Princess O'Hara）／ブッチの子守唄（Butch Minds the Baby）／片目のジャニー（Johnny One-Eye）／約束不履行（Breach of Promise）／義理の固い男（A Very Honourable Guy）／夢の街のローズ（Dream Street Rose）／ミス・サラー・ブラウンのロマンチックな物語（Guys and Dolls: or the Idyll of Miss Sarah Brown）

『ブロードウェイの出来事』*The Lemon Drop Kid*（一九七七年）加島祥造訳／新書館

↓**『ブロードウェイ物語2　ブロードウェイの出来事』**（一九八七年）加島祥造訳／新書館（新装版）

▼収録作品――レモン・ドロップ・キッド（The Lemon Drop Kid）／三人の賢者（The Three Wise Guys）／マダム・ラ・ギンプ（Madame la Gimp）／ブロードウェイの出来事（Broadway Incident）／ユーモアのセンス（Sense of Humour）／世界一のタフ・ガイ」（Tobias the Terrible）／ダンシング・ダンのクリスマス（Dancing Dan's Christmas）

『ロンリー・ハート　デイモン・ラニアン作品集3』 *Baseball Hattie*（一九八三年）加島祥造訳／新書館↓**『ブロードウェイ物語3　ロンリー・ハート』**（一九八七年）新書館（新装版）

▼収録作品――ベースボール・ハティ（Baseball Hattie）／勝馬はどれだ（Pick the Winner）／葬儀屋の歌（Undertaker Song）／リトル・ミス・マーカー（Little Miss Marker）／みなさん、陛下に乾杯（'Gentlemen, the King!'）／地震（Earthquake）／クレオ（Cleo）／ロンリー・ハート（Lonely Heart）

『ブロードウェイの天使』（一九八四年）加島祥造訳／新潮文庫

▼収録作品――紳士のみなさん、陛下に乾杯（'Gentlemen, the King!'）／プリンセス・オハラ（Princess O'Hara）／片目のジャニー（Johnny One-Eye）／レモン・ド

ロップ・キッド（The Lemon Drop Kid）／ブロードウェイの出来事（Broadway Incident）／マダム・ラ・ギンプ（Madame la Gimp）／リリアン（Lillian）／ミス・サラ・ブラウンのロマンス（The Idyll of Miss Sarah Brown）／血圧（Blood Pressure）／ブロードウェイの天使（Little Miss Marker）／世界一のお尋ね者（The Hottest Guy in the World）／ブッチの子守唄（Butch Minds the Baby）

『ブロードウェイ物語４　街の雨の匂い』 *Neat Strip*（一九八七年）加島祥造訳／新書館

▼収録作品――見事なストリップ（Neat Strip）／バーベキュー（Barbecue）／鉄道員の娘（The Brakeman's Daughter）／ボクサーの血筋（Bred for Battle）／高い賭け率（A Nice Price）／きつ過ぎる靴（Tight Shoes）／黒髪《ダーク》のドロレス（Dark Dolores）／懐かしのケンタッキー（Old Em's Kentucky Home）

【単行本未収録邦訳短篇】

「真夜中のアリバイ」（The Old Doll's House）三田村裕訳／日本版『ＥＱＭＭ』一九六〇年七月号

「やくざなロマンス」（Romance in the Roaring Forties）加島祥造訳／『ミステリマガジン』一九七二年四月号

「『われらが町』より／バージ・マッコールとネコイラズ」（Burge McCall）※*More*

Guys and Dolls（1951）より／名和立行訳／『EQ』一九八三年三月号

「『われらが町』より／ジョー・テラスの大誤植」（Joe Terrace）※*More Guys and Dolls*（1951）より／名和立行訳／『EQ』一九八三年三月号

「『われらが町』より／ルー・ラウダーと恋の鞘当て」（Lou Louder）※*More Guys and Dolls*（1951）より／名和立行訳／『EQ』一九八三年三月号

「リトル・ピンクス」（Little Pinks）※*Runyon à la Carte*（1944）より／木村仁良訳／『EQ』一九九八年十一月号

「世にも物騒な男」（A Dangerous Guy Indeed）外山一雄訳／『マンハント』一九六二年十二月号

「ある感動的な物語」（A Very Touching Story to Some）外山一雄訳／『マンハント』一九六三年一月号

「昔の新年」（Old New Years）外山一雄訳／『マンハント』一九六三年二月号

「男の中の男」（100 Percent Man）外山一雄訳／『マンハント』一九六三年三月号

「ネリイ・モーガン」（Nellie Morgan）外山一雄訳／『マンハント』一九六三年四月号

「お婿やさん」（A Very Married Man）外山一雄訳／『マンハント』一九六三年五月号

「大男で力もち」（A Big Strong Man Six Feet Two）外山一雄訳／『マンハント』一九六三年六月号

「すばらしくきれいな娘」（A Right Good Looking Gal）外山一雄訳／『マンハント』一九六三年七月号

「賭け屋ボブの誘拐」（The Snatching of Bookie Bob）菊池光訳／リチャード・ペイトン編『敗者ばかりの日』*Deadly Odds*（ハヤカワ・ミステリ文庫）所収

「おい、しゃべらない気か！」（So You Won't Talk!）田口俊樹訳／ピーター・ヘイニング編『ディナーで殺人を』*Murder on the Menu*（創元推理文庫）所収

「カフェ・ソサエティ」（Cafe Society）常盤新平訳／バーバラ・コーエン、シーモア・クワスト、スティーヴン・ヘラー編『ニューヨーク拝見』*New York Observed*（白水社）所収（"My Wife Ethel"からの抜粋）

「小ちゃなマーキーちゃん」井上一夫編訳／『アメリカほら話』（筑摩書房）→『アメリカほら話』（ちくま文庫）所収

【邦訳エッセイ】

「誤った証言」（Fals Identification）三田村裕訳／『日本版ＥＱＭＭ』一九六四年九月号

【映画化作品】

“Lady for a Day”「一日だけの淑女」（一九三三年）※監督／フランク・キャプラ、出演／メイ・ロブソン、ウォーレン・ウィリアム

“A Very Honorable Guy”（一九三四年）※日本未公開、監督／ロイド・ベーコン、出演／ジョー・E・ブラウン、アリス・ホワイト

“Little Miss Marker”「可愛いマーカちゃん」（一九三四年）※監督／アレクサンダー・ホール、出演／アドルフ・マンジュー、シャーリー・テンプル、別題／The Girl in Pawn

“Midnight Alibi”「夜の十二時」（一九三四年）※原作／“The Old Doll's House”、監督／アラン・クロスランド、出演／リチャード・バーセルメス、アン・ドヴォラック

“Million Dollar Ransom”「百万ドル身代金」（一九三四年）※監督／マレイ・ロス、出演／フィリップ・ホームズ、エドワード・アーノルド

“The Lemon Drop Kid”「よたもん稼業」（一九三四年）※監督／マーシャル・ニーラン、出演／リー・トレイシー、ヘレン・マック

“No Ransom”（一九三四年）※日本未公開、監督／フレッド・C・ニューメイヤー、出演／レイラ・ハイアムズ、フィリップス・ホームズ

“Princess O'Hara”（一九三五年）※日本未公開、監督／デヴィッド・バートン、出演／ジーン・パーカー、チェスター・モリス

“Hold 'Em Yale”「彼女は制服が好き」（一九三五年）※監督／シドニー・ランフィールド、出演／パトリシア・エリス、シーザー・ロメロ

“Professional Soldier”（一九三五年）※日本未公開、監督／テイ・ガーネット、出演／ヴィクター・マクラグレン、フレディー・バーソロミュー

“The Three Wise Guys”（一九三六年）※日本未公開、監督／ジョージ・B・セイズ、出演／ロバート・ヤング、ベティ・ファーネス

“Racing Lady”（一九三七年）※日本未公開、原案／“All Scarlet”、監督／ウォレス・フォックス、出演／アン・ドヴォラック、スミス・バリュー

“A Slight Case of Murder”「暗黒王マルコ」（一九三八年）※監督／ロイド・ベーコン、出演／エドワード・G・ロビンソン、ジェーン・ブライヤン

“Straight, Place and Show”（一九三八年）※日本未公開、原作／“That Ever-Loving Wife of Hymie's”（クレジットなし）、監督／デヴィッド・バトラー、出演／アル・リッツ、ジミー・リッツ、ハリー・リッツ

“Joe and Ethel Turp Call on the President”（一九三九年）※日本未公開、原作／“A Call on the President”、監督／ロバート・B・シンクレア、出演／アン・サザーン、ルイス・ストーン

“Tight Shoes”（一九四一年）※日本未公開、監督／アルバート・S・ロゲル、出演／

ジョン・ハワード、ビニー・バーンズ

“Butch Minds the Baby”（一九四二年）※日本未公開、監督／アルバート・S・ロゲル、出演／ヴァージニア・ブルース、ブロデリック・クロフォード

“The Big Street”「ビッグ・ストリート／愛しき女への挽歌」（一九四二年）※原作／“Little Pinks”、監督／アーヴィング・ライス、出演／ヘンリー・フォンダ、ルシル・ボール

“It Ain't Hay”（一九四三年）※日本未公開、原作／“Princess O'Hara”、監督／アール・C・ケントン、出演／バド・アボット、ルー・コステロ

“Sorrowful Jones”「腰抜け顔役」（一九四九年）※監督／シドニー・ランフィールド、出演／ボブ・ホープ、ルシル・ボール

“Johnny One-Eye”「片眼のジョニー」（一九五〇年）※監督／ロバート・フローリー、出演／パット・オブライエン、ウェイン・モリス

“The Lemon Drop Kid”「腰抜けペテン師」（一九五一年）※リメイク、監督／シドニー・ランフィールド、出演／ボブ・ホープ、マリリン・マクスウェル

“Stop, You're Killing Me”（一九五二年）※日本未公開、原作／“A Slight Case of Murder”、監督／ロイ・デル・ルース、出演／ブロデリック・クロフォード、クレア・トレヴァー

“Money from Home”「底ぬけふんだりけったり」（一九五三年）※監督／ジョージ・マーシャル、出演／ディーン・マーティン、ジェリー・ルイス

“Guys and Dolls”「野郎どもと女たち」（一九五五年）※原作／“The Idyll of Miss Sarah Brown”他、監督／ジョーゼフ・L・マンキーウィッツ、出演／マーロン・ブランド、ジーン・シモンズ、フランク・シナトラ

“Pocketful of Miracles”（一九六一年）※日本未公開、監督／フランク・キャプラ、出演／グレン・フォード、ベティ・デイヴィス

“40 Pounds of Trouble”「40ポンドのトラブル」（一九六二年）※原作／“Little Miss Marker”、監督／ノーマン・ジューイソン、出演／トニー・カーティス、フィル・シルヴァーズ

“Little Miss Marker”（一九八〇年）※日本未公開、リメイク、監督／ウォルター・バーンスタイン、出演／ウォルター・マソー、ジュリー・アンドリュース

“Bloodhounds of Broadway”「ワンナイト・オブ・ブロードウェイ」（一九八九年）※監督／ハワード・ブルックナー、出演／マット・ディロン、マドンナ

“Canton God Father”「奇蹟 ミラクル」（一九八九年）※リメイク、原作／“Lady for a Day”、監督／ジャッキー・チェン、出演／ジャッキー・チェン、アニタ・ムイ

【TVドラマ】

Suspense（1950）※TVシリーズ（一九四九～五四年）の一話、原作／"Dancing Dan's Christmas"

The Ford Television Theatre（1954）※TVシリーズ（一九四八～五七年）の一話、原作／"For the Love of Kitty"

Damon Runyon Theater（1955–1956）※ラニアンの短篇小説五十二篇を毎週放送

Talisman（1968）※TV映画

Broadway Stories（1994）※ラニアン原作十話のTVシリーズ、Dancing Dan's Christmas／The Old Doll's House／Romance in the Roaring Forties／Neat Strip／Johnny One Eye／The Brain Goes Home／Sense of Humour／Dream Street Rose／Tobias the Terrible／A Piece of Pie

Three Wise Guys（2004）※TV映画

本作品は訳し下ろしです。本書の記述・表現の中には、今日の観点からは慣用的でない表現ともとれる箇所がありますが、作品の時代背景に鑑み、原書に忠実な翻訳をしたことをお断りいたします。

（新潮文庫編集部）

Title : GUYS AND DOLLS
Author : Damon Runyon

ガイズ&ドールズ

新潮文庫　ラ-6-2

Published 2024 in Japan
by Shinchosha Company

令和六年六月一日発行

訳者　田《た》口《ぐち》俊《とし》樹《き》

発行者　佐藤隆信

発行所　株式会社 新潮社

郵便番号　一六二―八七一一
東京都新宿区矢来町七一
電話 編集部(〇三)三二六六―五四四〇
読者係(〇三)三二六六―五一一一
https://www.shinchosha.co.jp

価格はカバーに表示してあります。

乱丁・落丁本は、ご面倒ですが小社読者係宛ご送付ください。送料小社負担にてお取替えいたします。

印刷・三晃印刷株式会社　製本・株式会社植木製本所

ISBN978-4-10-220702-4 C0197